典藏版 7

盘龙

我吃西红柿 著

魔法少年重铸家族荣耀
天赋觉醒开启全新世界

定价 36.80 元/册

1~15册全国热销中

我吃西红柿 著

吞噬星空

典藏版 15

定价 32.00 元/册

我吃西红柿经典科幻作品 开启震撼人心的星际传奇

雪鹰领主

我吃西红柿 著

◇ 新版 ◇

1

时代出版传媒股份有限公司
安徽文艺出版社

图书在版编目（CIP）数据

雪鹰领主：新版.1 / 我吃西红柿著. — 合肥：
安徽文艺出版社, 2022.8
ISBN 978-7-5396-7491-9

Ⅰ.①雪… Ⅱ.①我… Ⅲ.①长篇小说-中国-当代
Ⅳ.①I247.5

中国版本图书馆CIP数据核字(2022)第119290号

XUEYING LINGZHU XINBAN 1

雪鹰领主 新版1

我吃西红柿 著

出 版 人：姚　巍
责任编辑：宋潇婧　李　芳
装帧设计：曹希予　周艳芳

出版发行：安徽文艺出版社　www.awpub.com
地　　址：合肥市翡翠路1118号　邮政编码：230071
营 销 部：(0551)63533889
印　　制：北京盛通印刷股份有限公司　　　电话：(010)52249888

开本：710 mm×1000 mm　1/16　印张：18　字数：290千字
版次：2022年8月第1版
印次：2022年8月第1次印刷
定价：36.80元

目 录
CONTENTS

第 1 章

雪鹰领

龙山历9616年，冬。

安阳行省，青河郡，仪水县城。

一名约莫八岁、唇红齿白的男孩，穿着剪裁精致的白色毛皮衣，背着矛囊，正灵活地飞蹿在山林间。他右手持着一根黑色木柄短矛，追逐着前方一头仓皇逃窜的野鹿，周围的树叶抖动，积雪簌簌而落。

男孩猛然高举短矛，身体微微往后仰，腰腹力量传递到右臂，奋力一甩。

唰！他手中的短矛破空飞出，擦过一些树叶，穿过三十余米距离，从野鹿背部划过，而后扎入雪地深处，仅在野鹿背部留下一道血痕。

野鹿顿时更加拼命奔跑，朝山林深处钻去，眼看就要逃脱。

忽然，嗖的一声，一颗石头飞出。石头化作流光穿行在山林间，飞过上百米距离，砰的一声，贯穿了一棵大树的树干，精准地射入那头野鹿的头部。

野鹿坚硬的头骨也抵挡不住，它踉跄着靠着惯性飞奔十余米便轰然倒地，震得周围树上的积雪簌簌而落。

"父亲，"男孩转头看向远处，有些无奈地说道，"你别出手啊，我差点就能射中它了。"

"我若不出手，那野鹿就跑了。它高速飞奔，而你甩出的短矛准头还差了些。你今天傍晚加练五百次短矛。"声音雄浑，远远传来。

远处的两道身影正并肩走来。

一名是颇为壮硕的黑发黑眼中年男子，背着一个兵器箱。另外一名则是更加魁梧壮硕、高过两米、手臂比常人的大腿还粗的壮汉，他有狮子脑袋，正是狮首人躯！凌乱的黄色头发披散着，这赫然是颇为少见的兽人中的狮人，他同样背着一个兵器箱。

"铜三老弟，你看我儿子厉害吧。他今年才八岁，却已经有寻常成年男子的力气了。"中年男子笑道。

"嗯，雪鹰是不错，将来比你强是没问题的。"狮人壮汉铜三打趣道。

"他当然会比我强。我八岁的时候还在和村里的小孩玩闹，啥都不懂呢，后来进入军队才有机会修炼斗气！"中年男子感慨道，"我这个当父亲的给不了儿子好的条件，不过只要是我能给的，我都会倾力给他，好好栽培他。"

"东伯兄，你能从一个平民成为一名天阶骑士，还买下领地，成为一名贵族，已经很厉害了。"铜三笑道。

这中年男子正是周围上百里领地的领主——男爵东伯烈！

男爵爵位是夏族龙山帝国最低的贵族爵位。在龙山帝国建国时，贵族爵位授予还很严格，而龙山帝国从建立至今已经有九千多年了，这个庞大的帝国开始腐朽，一些低爵位买卖甚至是官方允许的。

当初东伯烈和妻子因为有了孩子才决定买下男爵爵位，买下一块领地，并给领地起名为雪鹰领！和他们的儿子同名，可见他们对儿子很疼爱。当然，这只是仪水县内的一块小领地。

"我二十岁才修炼出斗气，可我儿子不同，他今年才八岁，我估摸着他十岁左右就能修炼出斗气。哈哈，他将来肯定比我强得多。"东伯烈看着那男孩，眼中满是父亲对儿子的宠溺和期待。

"他的力气那么大，十岁左右是能修炼出斗气了。"铜三也赞同。

他们经历得太多太多了，眼光自然很准。

"父亲，你离得那么远，扔的石头却能贯穿这么粗的大树？"男孩站在那棵大树旁，双手去抱，竟然无法完全抱住，却看到树干上被石头贯穿出一个大窟窿，"这么粗的大树啊，若让我慢慢砍，恐怕都要砍好久好久。"

"你这下知道天阶骑士的厉害了吧。"铜三笑着说道。

旁边的东伯烈得意一笑。

在儿子面前，当父亲的还是喜欢显摆显摆的。

"有神厉害吗？"男孩故意撇嘴。

"神？"

东伯烈、铜三顿时无语。

龙山帝国的开创者龙山大帝就是一位强大的神灵，这是这个世界几乎所有子民都知道的。东伯烈在军队中也算一员猛将，可是根本无法和神灵相比。

"看来让你今天傍晚加练五百次短矛还是少了。嗯，那就加练一千次吧。"东伯烈说道。

"父亲！"男孩瞪大眼睛，"你……你……"

"看你下次还敢不敢跟我顶嘴。记住，和父亲顶嘴，你只会吃亏。好了，我们回去吧。"东伯烈说道。

铜三当即从脖子上取下一支乌笛，放在嘴边，吹出了低沉的声音，声音在山林间回荡。

很快，远处有二十名穿着铠甲的士兵迅速赶来。

"将猎物带回去。"东伯烈吩咐道。

"是，领主大人。"士兵们都恭敬应命。

东伯烈、铜三带着男孩东伯雪鹰走到了这座山的最高处，那里有大量马匹和近百名士兵，一片空旷的雪地上铺着巨大的白色毛毯，白色毛毯上坐着一名气息神秘、超然的紫袍女子，紫袍女子的身边有一名奔跑时还有点跟跄的孩童。

那些士兵看向紫袍女子的目光中有敬畏，因为这紫袍女子是一名强大的法师！

"石头，快看，谁来了。"紫袍女子笑着说道。

那孩童立即转头看去，眼睛一亮。

"哥哥抱，哥哥抱。"孩童扭着屁股飞奔过去。

紫袍女子微笑着看着这一幕。

"石头。"东伯雪鹰立即走向前，而后蹲下。

孩童飞扑到他的怀里："哥哥抱，哥哥抱。"

这是东伯雪鹰的弟弟——东伯青石。

东伯雪鹰抱起弟弟，亲了下。

"石头，今天父亲猎到了一头野鹿哦，你看。"东伯雪鹰指着后面士兵抬着的野鹿。

"夜炉？夜炉？"东伯青石瞪大乌溜溜的眼睛，嘴里发出不清晰的声音。

东伯青石还小，虽然努力说话，可咬字不够清晰，也不太懂意思。

"是野鹿，我们家后山中的一种野兽。"东伯雪鹰说道。

"雪鹰，把弟弟给我吧。"紫袍女子起身走了过来。

"是，母亲。"东伯雪鹰将弟弟递过去。

紫袍女子说道："我带了些桂花糕点，还热着，就在篮子里，赶紧去吃吧。"

"糕点？"东伯雪鹰口水都快流出来了，立即飞奔过去。

"我也要吃，我也要吃。"东伯青石立即在母亲怀里挣扎起来。听到吃糕点，他可是最积极的，平常吃饭反而很不听话。

"当然有你的，你这个小馋嘴。"紫袍女子看了看走过来的东伯烈和铜三，"你们俩也快点，我也给你们准备了些吃的。"

"哈哈……主人不但法术厉害，厨艺也很好啊！"铜三说道。

铜三年少时曾是奴隶，后来成了紫袍女子的仆从。虽然这么多年过去了，彼此感情变得极为深厚，仿佛亲人，可他依旧坚持喊紫袍女子主人。

……

东伯雪鹰吃饱喝足后朝远处看去。

他们露营的地方就在山顶，一眼看去，远处也有一些山，还有许多农田，目光所至，都是自家的领地。父亲和母亲当年就是因为自己的出生才结束了冒险的日子，买下贵族爵位，买下了一大片领地，并将这片领地起名为雪鹰领！

东伯雪鹰伸了个懒腰，满脸笑容。

有疼爱自己的父母，有可爱的弟弟，有许多心存善意的领地子民。

对于这样的日子，东伯雪鹰真的太满意了……

唯一让他有些头疼的，就是父亲对他的训练太苦了。

"要加练一千次短矛，加上原有的一千次……更主要的是练枪法，还有……"东伯雪鹰的小脸都快成苦瓜脸了。

夜幕降临，残月悬空。

风在呼啸。

轰——

距离地面数千米的高空中，仿佛一片乌云的巨鸟正在疾速飞行。

这鸟的羽翼展开长度超过二十米。它有四个翅膀，飞行的速度接近音速，正是极其凶戾的可怕魔兽——四翼秃鹫。

四翼秃鹫背上盘膝坐着两个人，一名银甲男子和一名持着暗紫色木杖的灰袍人。

"到哪儿了？"灰袍人问道。

"禀主人，已经进入仪水县内，估计还有半个时辰就能抵达雪鹰领。"银甲男子俯瞰下方，目光冰冷，清晰辨别下方位置。

"还有半个时辰，我就能看到我那位妹妹了。"灰袍人神情复杂，"她真的很能躲啊！在我们家族的追查下，她竟然躲了足足十五年……"

四翼秃鹫在黑夜中直奔雪鹰领！

第 2 章

超凡

夜。

暖和的床上，东伯雪鹰正倚靠在床头看书，旁边的火晶灯发出的光芒照亮了整个屋子。

书的名字叫《十大超凡骑士》。这书是传记故事，东伯雪鹰最喜欢看故事了，特别是一些传说中的超凡骑士的故事。他作为一名贵族，母亲是法师，家里又有大量的藏书，他早就从书中得知了许多关于骑士的常识。

比如，骑士分为人阶、地阶、天阶、流星、银月、称号以及超凡这七个级别。

其中，人阶、地阶、天阶骑士都算是普通骑士。

流星级、银月级、称号级骑士则算是星辰骑士。

星辰骑士之上，便是超凡骑士。

最后的三个大级别是很难逾越的！他的父亲，还有铜叔，都只是天阶骑士。

至于星辰骑士，在战场上如同星辰一样耀眼夺目，无数箭矢围攻都伤不了他们。他们能够统率三军，能够纵横无敌。

不过，这些都属于凡人的力量。即便是一人能毁掉十万大军的称号级骑士，虽然有"一人之军团""凡人的极限""近乎神灵的力量"等各种称呼，可终究是凡人。如遇上这种对手，凭借数量优势还是能耗死他的。

可跨入超凡，那就是质的差别，那是整个生命层次的跃迁，他们已经不再是凡人，而是超凡生命了。单纯的凡人数量对他们已经没有意义了。

正常情况下，就是再多的凡人都耗不死他们，甚至都伤不了他们。他们拥有不可思议、超越物质的力量！

神灵都很忌惮他们。

像传说中高千米的熔岩巨人，像深渊中的炼狱大恶魔等，都是超凡生命。而人类同样能够靠修炼成为超凡强者。

人族的超凡强者们能击退入侵的恶魔，灭杀一切胆敢反抗者！

他们是人族的镇族力量，震慑一切异族！

"如果我能成为超凡骑士就好了，抓几个恶魔玩玩，弄一头巨龙当坐骑，找神灵喝喝酒。"东伯雪鹰看着传记故事开始傻笑，仿佛自己已化身为其中的超凡骑士。

忽然，旁边的火晶灯自动熄灭。

"啊，火晶灯怎么熄灭了？这么快？"看书看得入迷的东伯雪鹰顿时苦着脸，"有个当法师的母亲，我真是可怜啊，连火晶灯到时间都会自动熄灭。"

"嗯，睡觉！"

没有灯光，他只能睡觉。

东伯雪鹰进入梦乡，在睡梦中，他化身为超凡骑士，无所不能。熟睡的他不禁咧着嘴笑着，显然梦很甜。

东伯烈夫妇此刻都躺在床上准备歇息了。

"烈，我最近总感觉心神不宁。"墨阳瑜躺在东伯烈怀里，不安地说道。

"阿瑜，别担心，我们在仪水城已经八年了，一直风平浪静，你的家族一直没有找过来，你放心吧，不会有事的。我们一家人会一直平静地过下去，十年，二十年……我们会白头到老。他们找不到我们的，永远找不到。"东伯烈轻轻安抚妻子。

墨阳瑜头靠着丈夫的胸膛，她没有多说什么，她很清楚自己的家族是多么强大，恐怕终有一天他们会被抓到。

她嘴角有一丝微笑，她丝毫不后悔自己当年的选择。如果当年顺从家族，对她而言那才是灾难。她逃出家族，去各地冒险，最终和自己喜欢的人在一起，甚至有了两个可爱的儿子，她已经很满足了。

"烈，你会后悔吗？"墨阳瑜轻声问道，"一旦被抓住，他们也不会放过你的。"

"你我同生共死多少次了，你还问这个？"东伯烈笑道。

"嗯。"墨阳瑜点点头，不再说话。

夜已深，城堡里很宁静。

除了还在值守的士兵外，其他人几乎都在沉睡中。

轰——

一只大鸟疾速飞来，那轰隆隆的破空声音让城堡的一些玻璃窗户都震动了。

大鸟停在高空。

鸟背上的灰袍人和银甲男子俯瞰下方。

"到了。"灰袍人目光复杂，"妹妹，我真不想抓你回去啊。"

"戒备！"一道雄浑的吼声响彻整个城堡，是铜三发出的咆哮声。

"是兽人族的狮人？"银甲男子惊奇地说道。

"是当年家族分配给妹妹的一个狮人奴隶。没想到，这么多年过去了，这个狮人还跟随着我的妹妹，他还挺忠心的。"灰袍人看着铜三，想起了当年那个被关在牢笼内的狮人奴隶。那个狮人奴隶从年少时一直默默地跟随着妹妹，如今已经长得如此雄壮了。

下方的城堡占地两亩，分为外城堡和内城堡，外城堡居住着四个营的士兵和仆人。骑士可以携带家眷居住在外城堡，夜里外城堡的城墙上有一个营的士兵在巡夜看守。

"有敌人！"

"有敌人！"

城墙上，那三百名士兵都拿起了身旁的巨大的暗红色大弩，粗大的弩箭早就放好，遥遥对准了高空的四翼秃鹫。

"你去！"灰袍人吩咐。

"是！"银甲男子从高空一跃而下。

近五十六米的高度，银甲男子没有任何缓冲，双脚轰然落在了城堡的石板地面上，地面震动，他脚下的石板朝四周龟裂开来。

银甲男子看着前方，此刻东伯烈夫妇二人已经出来了，连东伯雪鹰和其弟弟东伯青石都起来了。

外面又是吼声，又是轰隆声，他们哪能睡得着？

"怎么回事？"东伯雪鹰抱着弟弟站在父母的身后看着。

"墨阳瑜！"银甲男子站在城堡前面的空地上，冷冷地说道，"到了这份上，你还要顽抗吗？还是乖乖和我们走吧。"

"看看你周围！"东伯烈喝道。

银甲男子目光一扫周围，看到远处高墙上，还有地面上一些围着的士兵，一个个举着暗红色大弩。

银甲男子瞳孔微微一缩，随即笑道："破星弩?!了不起！一个县城内的普普通通的小领地竟然能够装备这么多破星弩！如此多破星弩，围攻我一个，的确有希望杀了我。"

"你贵为流星级骑士，如果一对一，我们城堡内没人是你的对手。"东伯烈说道，"不过我方有五百把破星弩，随便一把都能伤你，再加上我们几个出手，围杀你还是有把握的。"

"这里是东伯家族的领地。"墨阳瑜也说道，"你入侵一个贵族的领地，是对我们家族的挑衅，我们完全可以将你击杀。"

帝国法律规定，贵族拥有特权，贵族的领地更是不可侵犯。

"你们夫妇二人还是跟我走吧，别顽抗了。"银甲男子皱眉说道。

"贵族受帝国法律庇护，难道你要违背帝国法律强行掳走两名贵族？"墨阳瑜冷冷地说道。

"小瑜。"

一道有些沙哑的声音传来。

所有人都抬头看去，看到高空中那大鸟背上的灰袍人手持法杖，忽然一股可怕的威力汇聚，高空中骤然出现厚厚的云层，云层中有无数雷电在闪烁。

下方城堡的许多地方都凭空出现了一丝丝电光。黑夜中，无数的电光衬得城堡美轮美奂。

这些电光落在那些士兵的身上，士兵们立即惨叫着跌倒在地，连破星弩也散落一地。

灰袍人举手投足间，数百名士兵便毫无反抗之力了。

他已经手下留情了，否则所有士兵早已成为焦炭。

高空中的四翼秃鹫降落下来，灰袍人走了下来，他将罩帽掀开，露出了一张略显苍白但十分俊美的面孔，看起来很年轻。

这灰袍青年的面容和墨阳瑜有七八成相似。

"小瑜，你还要反抗吗？"灰袍青年问道。

"哥哥……"墨阳瑜瞪大眼睛，身体微微发颤。

第 3 章

分离

东伯雪鹰抱着弟弟在一旁既紧张又吃惊，这个灰袍青年是母亲的哥哥吗？

"哥哥，这么多年了。"墨阳瑜露出笑容，"能够再看到你，我真的很开心。你已经跨入星辰境界了，是银月级法师了？"

"嗯。"灰袍青年点点头。

法师的星辰境界同样是流星、银月、称号这三个级别。

这位灰袍青年是银月级法师。

在家族内，他的地位颇高。

"哥哥，你凭一己之力成为银月级法师，在家族年轻一代中排在前三了吧。"墨阳瑜羡慕道，"等哥哥你成为称号级大法师，那就了不起了。"

"家族中至今都没有称号级大法师，想要跨入称号级何其难。"灰袍青年感叹道。

称号级大法师，意味着在龙山帝国拥有一个特有的称号！这是值得尊敬的可怕存在，达到了凡人的极致，再进一步便是超凡强者了。

银月级法师看似厉害，能轻易毁掉一支军队，可在称号级大法师面前恐怕连法术都施展不出来。

"你违背了族规，你要知道，我们家族传承一千余年靠的就是族规！"灰袍青年说道，"没有规矩，再兴盛的家族最终都会败落。我们家族曾经衰败，可如今再度兴盛，靠的就是族规，而你违背族规，就必须接受惩罚。"

"告诉我你的选择吧。"灰袍青年说道。

气氛顿时变了，旁边的东伯烈、狮人壮汉铜三、抱着弟弟的东伯雪鹰，个个都紧张无比。

"我是贵族，我受帝国法律庇护！你不能违背帝国法律抓我们！你虽然强大，可违背了帝国法律，你也只有死。"墨阳瑜盯着自己的哥哥。

"贵族？"灰袍青年摇头，"不到最后一刻，你真的不死心啊！不要顽抗了，我这次带了谕令过来。"

墨阳瑜、东伯烈、铜三都脸色大变。

灰袍青年伸出右手，右手上凭空出现了一个金色卷轴。他展开金色卷轴，一股神秘的力量弥漫开来。

东伯雪鹰也感受到了这股力量，感觉超然、神秘，不禁心生敬畏。

"帝国法令，墨阳族谕令，家族子弟墨阳瑜，判罚关禁闭百年！男爵东伯烈，判罚服苦役百年！执行人，墨阳琛！"灰袍青年的声音响彻城堡。

东伯烈和墨阳瑜相视一眼，眼中有一丝解脱。

"关禁闭百年？服苦役百年？太久了，这太久了。"一旁的铜三急了，"正常人的寿命也就百年左右，就算跨入星辰级，寿命也就一百多年，他们年纪已经这么大了，再关禁闭百年、服苦役百年，岂不是会关禁闭、服苦役到死？"

"不！舅舅，你是执行人，你救救我父母，救救他们！"东伯雪鹰连忙喊道。

一声"舅舅"让灰袍青年身体一震。

"救不了他们，谁都救不了他们。我墨阳家族族规森严，谁来说情都没用。"灰袍青年摇头。

"呜呜……"东伯雪鹰怀里的东伯青石在哭泣，东伯青石还小，还不太懂事，可他能够感觉到周围气氛沉闷。

东伯雪鹰也想哭，可他更焦急，他已经八岁了，懂事了，父母要关禁闭、服苦役百年，那简直是被惩罚到死的那一天啊！那可是他的父母，他最重要的亲人啊！

"救救我父母，救救我父母。"东伯雪鹰眼中含泪，"舅舅，你一定有办法的，有办法的。"

"雪鹰别哭，石头你也别哭。"墨阳瑜走过来抱住了两个儿子，她转头看向灰袍青年，"给我和我丈夫一点时间，好吗？"

"好。"灰袍青年点头。

雪鹰领的一座无名高山上有一个木屋。

咚咚咚……

山路震动。

铜三骑着一匹飞霜马驹，正焦急地赶路。

飞霜马驹速度极快，铜三这次出来没有披甲，从雪石城堡赶到这座高山的山头仅仅耗费一盏茶的时间。

"宗凌，宗凌！"铜三隔得老远就急切地大喊起来。

木屋的门打开了。

一名银色长发男子走了出来，他身着一袭黑袍，黑袍包裹着身躯，却露出了一条常人大腿粗、近两米长的青色蛇尾，那无法隐藏的蛇尾说明了他的身份——兽人族的蛇人！而且他的面孔和人类一样，显然是蛇人中血脉最尊贵的王族——六臂蛇魔！因为有六条手臂，所以平常他都裹着黑袍，不想让人总是盯着他的六条手臂。

"铜三，何事？"宗凌问道。

"主人的家族追来了，还带来了谕令。"铜三都快急哭了，"我们几个当中数你最聪明，你快想想办法吧。"

宗凌身体一颤，轻轻摇头："墨阳家族动用了谕令，谁都救不了他们，除非成为传说中的超凡强者，才能让墨阳家族放了他们。"

"那……那……那真的没办法了？"铜三伤心。

他忘不了，在他最无助、最痛苦的日子里，是主人不嫌弃他带他玩耍。有一年，主人最终逃离墨阳家族，他毫不犹豫地忠诚追随她。一次次冒险，经历无数生死时刻，在他心中，主人甚至比他的命还重要！

"没办法。是阿瑜让你过来找我的？"宗凌问道。

"嗯，主人让我找你过去。"铜三说道。

"走吧，总要再见他们一面。"宗凌那掩藏在黑袍下的拳头握得很紧，锋利的指甲刺入掌心。不管是东伯烈，还是阿瑜，都是和他经历了一次次生死的同伴啊，他此刻怎能不急不悲愤？可他也没有办法救他们，加上他本性不喜将情绪表露出来，他几乎永远都那么冷静。

"走。"木屋旁也有一匹飞霜马驹，宗凌和铜三立即骑马迅速赶往雪石城堡。

雪石城堡内。

东伯烈夫妇二人正在向东伯雪鹰交代事情。

"雪鹰，这个吊坠是一件储物宝物，内有储物空间，极为珍贵，它的价值抵得上整个雪鹰领。"墨阳瑜将自己脖子上的吊坠取下，"从今天起，它就是你的了。你千万保密，除了你铜三叔叔、宗叔外，别告诉第三个人！就连你弟弟都别说，你弟弟毕竟还是个孩子，口无遮拦，说不定会泄露出去。"

领地在那儿，没法夺。可储物宝物一旦暴露，是很容易遭到抢夺的。

"母亲，你戴着。"东伯雪鹰连忙说道。

"我和你父亲被带走，身上的宝物也会被搜走。"

墨阳瑜手指轻轻地在东伯雪鹰的手指上一点，取出一滴鲜血。她默念咒语，那滴鲜血很快就形成了法术图形并烙印在吊坠上。

东伯雪鹰立即感觉到自己的精神能联系到吊坠内部，吊坠内部有一些材料以及金币，还有卷轴。

"城堡内最重要的宝物都放进去了，对了，你父亲那儿还有一件宝物。"墨阳瑜看向一旁的丈夫。

东伯烈当即从怀中取出了一本金色的书。整本书完全由金箔构成，金子能够保存漫长岁月而不损，只有极为珍贵的书才会用金子来做。

"这是超凡强者留下的枪法秘籍。"东伯烈笑道，"我之前教你的，是这枪法秘籍里的基础枪法！那些古老的大贵族都有三四本超凡强者留下的秘籍，而我们家族就这一本，还只是关于枪法的，所以我教你从小练习枪法。你以后也要好好学，切记不可泄露，除了告诉你铜三叔叔、宗叔，不能告诉第三人……哈哈，当初我获取这本秘籍时他们也在场。"

"嗯。"东伯雪鹰接过金色的书，立即感觉一股奇异的波动弥漫在书上，随即心念一动就将其收入了吊坠中。

"走吧，我们出去，等你铜三叔叔和宗叔来。"

东伯烈夫妇二人带着两个儿子在厅内等着，很快两道身影冲了进来。

正是铜三、宗凌。

"阿烈、阿瑜。"宗凌想说什么，却又说不出口。

"在走之前，得麻烦你们俩了。"墨阳瑜微笑道，"铜三性子粗，整个领地他管理不好，所以领地要靠宗凌你管理了，教导雪鹰和青石这两个孩子也要靠你了。"

"放心吧。"宗凌点头，"交给我。"

"雪鹰，记住，整个领地交给你宗叔管理，待得你十八岁才能正式接管。"墨阳瑜看着两个儿子，她担心没人辅助，这两个孩子会被一些外人欺负。

"嗯。"东伯雪鹰抱着弟弟。

东伯青石缩在哥哥怀里，他已经不伤心了，却有些畏惧，他畏惧宗凌和铜三。他毕竟年纪还小，对于长着狮子脑袋的铜三和有蛇尾的宗凌是有些害怕的。

"母亲，你告诉我，墨阳家族到底在哪里，我到底怎么才能救你们？"东伯雪鹰忍不住急切地问道。

"救？"

墨阳瑜、东伯烈相视一眼。

"别想这些了，好好过日子，知道吗？只要你们兄弟俩过得好，我和你父亲就很开心了。"墨阳瑜说道。

救他们？

墨阳家族的族规何等森严，要让墨阳家族违背族规放了他们，恐怕得是超凡强者才能做到吧！

自己儿子成为超凡强者？他们想都不敢想。

"告诉我，怎么才能做到。一定有办法的。"东伯雪鹰焦急道。

"等你得到龙山楼的黑铁令，我就告诉你这件事的详细情况，到时候你自然知道该怎么救。"旁边的宗凌说道。

墨阳瑜、东伯烈一愣，看向宗凌。

"还是给这孩子一点希望吧。"宗凌说道。

东伯烈听了，点点头。雪鹰已经八岁了，而且从小聪慧，这次的事情他不可能忘掉，给他一个目标或许更好点。

东伯烈当即说道："对，等你得到龙山楼的黑铁令，你宗叔会告诉你一切！"

"龙山楼的黑铁令？"东伯雪鹰默默地记住了。

深夜。

雪石城堡的吊桥放下。

城堡外，银甲男子和灰袍青年站在那儿，东伯烈夫妇二人在和儿子们告别。

"雪鹰，带好你弟弟，知道吗？"墨阳瑜嘱咐道。

"嗯。"东伯雪鹰点头，眼睛都红了，眼泪流了下来。

"哇……"东伯雪鹰紧紧地牵着弟弟的手，可弟弟忽然大哭起来。

墨阳瑜忍不住蹲下来抱住两个儿子，亲着两个儿子的小脸。

东伯烈默默地站在一旁，眼睛湿润了。

"我们走。"墨阳瑜一咬牙，和丈夫朝灰袍青年走去。

边走，他们还忍不住回头。

"哇——不要走，不要走，不要走！"东伯青石哭着喊着。

东伯雪鹰牵着弟弟的手，也流着泪，高声喊道："父亲、母亲，我发誓，一定会救你们回来！我们一家人一定会团圆，一定会！我一定会救出你们！谁都阻拦不了！"

东伯雪鹰的喊声在寂静的夜空回响。

墨阳瑜捂着嘴忍不住哭着，东伯烈身体颤抖着，他们坐上了四翼秃鹫的背。

"走了。"灰袍青年轻轻摇头。

怎么救？他这个当哥哥的也想救，可族规无情，谁来说情都没用，得超凡强者才能救吧？

不只他这样想，就连东伯烈夫妇都没想过他们的儿子能救回他们。不是瞧不起自己的儿子，而是要救他们得是超凡强者，而超凡强者根本就是传说中的人物啊。

呼！四翼秃鹫一振翅，立即冲天而起。

四翼秃鹫背上的东伯烈、墨阳瑜都转头看着下方，城堡门口的那一大一小两个孩子是那么瘦弱。

东伯烈夫妇二人的心都揪起来了，他们怎么舍得离开自己的孩子？

"好好活下去，好好活下去。"墨阳瑜默默念着，她往后都将为自己的两个孩子祈福，希望他们平安。

东伯雪鹰牵着弟弟的手，抬头看着。只见四翼秃鹫迅速朝远处飞去，渐渐消失在夜空中。

“不要走，不要走。”东伯青石在哭。

东伯雪鹰抱起了弟弟：“石头别哭，别哭，父亲他们只是出去一趟，很快就回来了，哥哥向你保证。”

第 4 章
兄弟

第二天上午。

仪水城，龙山楼。

这个世界的每一座城池中都有龙山楼！仪水城内的这座龙山楼，是一座古老的五层石楼。

龙山楼门口有强大的骑士看守，方圆十米内，平民、贵族都不敢靠近。一旦靠近，即便是贵族都可能被强行击杀！

一名白袍白发老者跑进龙山楼内。

"游图大人。"门口的两名青甲骑士恭敬地道。

"楼主可在？"白发老者问道。

"在，一大早楼主的脸色就不太好看。"其中一名高个儿青甲骑士说道。

白发老者当即大步往里走，来到了三楼。

咚咚！

"进来。"里面有声音传出。

白发老者推门而入，而后随手关上门。里面有一张光滑的暗黄色长桌，上面摆放着一摞摞书，长桌后面坐着一名黑发中年人，他正翻看着一份卷宗。

此人便是仪水城龙山楼楼主——司安大人。

"游图，怎么样？"司安大人抬头问道。

"消息确定，昨夜雪鹰领的东伯男爵夫妇被抓走了。"白发老者说道，"雪石城堡的护卫队抵抗过，可很快就在墨阳家族的雷电攻击下失去了反抗之力。"

"哼，墨阳家族真是霸道啊！"司安大人皱眉，"昨天我才得到郡城那边传来的消息，夜里他们就把人抓走了。"

龙山楼内部等级森严。

帝国有十九个行省，每一个行省的省城中都有一座龙山楼总楼，执掌着隐秘强大的力量。省城、郡城、县城三个级别，层层管理，整个天下都在龙山楼监视之下。

"谁让人家是墨阳家族呢，墨阳家族在东域行省是排在前十的大家族。"白发老者说道。

"哼！"司安大人嗤笑道，"在东域行省的十大家族中，墨阳家族排最后！而且，墨阳家族还是靠着老祖宗的余荫，否则进不了前十。"

"即便如此，墨阳家族也是稍微展露力量就能击败我们的大势力。"白发老者摇头叹息道，"可怜啊，那东伯家族只剩下两个孩子了。我查探消息时听说，东伯烈夫妇的小儿子一直哭闹不停，雪石城堡内的许多士兵和仆人都为之伤心呢。"

"东伯烈夫妇对领地子民的确很好，很受爱戴。"司安大人点头道。

雪鹰领，最高的雪石山之巅，雄伟的雪石城堡内。

一些仆人暗地里悄然议论，不过因为有狮人铜三以及六臂蛇魔宗凌震慑，整个城堡一如既往地运行着。

现在已经是白天，东伯青石的情绪刚稳定下来。父母被抓走后，他就一直哭，谁哄都没用。过去都是墨阳瑜亲自带他，墨阳瑜是法师，声音中轻易就能带些催眠之效，哄小孩睡觉是非常简单的。可现在受到刺激的东伯青石，让所有人都头疼。

铜三、宗凌很照顾东伯青石，可之前东伯青石就很怕他们，而那些女仆从来没带东伯青石睡过觉，所以还得东伯雪鹰亲自上。

虽然心情悲痛，可东伯雪鹰还是得忍着哄弟弟。终于白天了，弟弟也精疲力竭，似乎忘记了父母被抓走的事，毕竟年纪还很小，估计长大后就想不起昨夜发生的事了。

"乖，石头乖乖睡觉。"

"我要跟哥哥睡。"

"好，我不是在陪你睡吗？"

"哥哥，我要听你唱歌。"

渐渐地，疲累的东伯青石终于趴在东伯雪鹰的胸口上睡着了。东伯雪鹰不敢动，生怕惊醒弟弟。

到了傍晚时分。

宗凌、铜三来到屋外。

"我看看。"宗凌轻轻推门，透过门缝朝里面看去，只见肉乎乎的小青石张开四肢趴在哥哥胸口，口水流在哥哥胸口。而东伯雪鹰此刻也睡着了，衣服有些凌乱，被子只盖了半个身子。

铜三也透过门缝看去，看着这小兄弟俩依偎在一起，也很心疼。

"石头过去都是阿瑜在带，从来没让那些女仆带过，他看到我们俩就怕……以后怎么办啊，难道他每天睡觉都要雪鹰哄？"宗凌有些担心。

"宗叔、铜叔。"东伯雪鹰已经悄悄挪开弟弟起床了。

"你多睡会儿。"宗凌连忙说道，他知道雪鹰肯定没睡多久。

事实上，东伯雪鹰的确没怎么睡，他心情激荡，又一直哄着弟弟，实在太困才打瞌睡，睡得很浅，宗凌他们一来就把他惊醒了。幸好他体质非同一般，能扛得住。

"没事。宗叔、铜叔，石头过去是母亲带的，从来没让别人带过。"东伯雪鹰说道，"我父母被抓走了，这个消息是瞒不住的，现在我更不可能让那些仆人带弟弟！弟弟他又怕你们俩，所以只能我带，反正只是带他睡觉而已，白天只要安排人稍微看着他即可。"

"白天就在城堡内，很多人都可以看着他，没事。"铜三说道。

"那就靠你了，等你弟弟大点，估计就好了。"宗凌说道。

"嗯。"东伯雪鹰没说太多。这毕竟是自己弟弟，父母被抓走，自己就这么一个弟弟，当然得照顾好。

"对了，之前宗叔说我得到龙山楼的黑铁令就能知道一切，那我到底该怎么得到龙山楼的黑铁令呢？"东伯雪鹰问道。

宗凌和铜三内心无奈。

看来这个孩子一直记着要救父母啊。

"只要你的实力够强，龙山楼自然会送来黑铁令。"宗凌说道。

"实力够强，多强？"东伯雪鹰问道。

"我和你父亲，还有你铜叔，都没有黑铁令。"宗凌说道，"等你足够强大的那一天，龙山楼认可了你，肯定会送来黑铁令。"

东伯雪鹰顿时明白了。

想要得到所谓的黑铁令，首先得比宗叔他们强啊！

"我知道了。"东伯雪鹰没有多问。

"石头睡了多久？"宗凌问道。

"快三个时辰吧。"东伯雪鹰回道。

"那就把他叫醒吧！现在已经傍晚了，他折腾了那么久也没吃什么，让他起来吃晚饭！再让那些女仆陪他玩玩，这样他夜里才能睡得着，否则大半夜他又要闹腾了。"宗凌说道。

天已黑。

餐厅内，方形餐桌旁，东伯雪鹰坐在主位，他弟弟东伯青石则坐在旁边，有仆人端着食物送上。

东伯雪鹰的食物是一些果汁和调制出的精美的魔兽肉，东伯青石的食物则是一些兽奶和谷物。

东伯青石吃得很开心。

东伯雪鹰微笑着看着弟弟，心中却很难受，过去餐桌旁还有父亲和母亲，现在只剩下自己和弟弟了。

"吃饱了吗？"东伯雪鹰问道。

"嗯，吃饱了，饱饱的。"东伯青石摸着小肚子，好奇地问道，"母亲呢，父亲呢，怎么都不在，他们还在睡觉吗？"

"他们出去了。石头，去后花园玩，好不好？"东伯雪鹰道。

"后花园，去后花园！"东伯青石立即被转移了注意力。

后花园内有许多玩耍的地方，是墨阳瑜专门为兄弟俩建造的。东伯雪鹰很小的时候也很喜欢在那里玩，那里甚至有一些魔法器物。

"带青石少爷去后花园，看好他。"东伯雪鹰看向旁边站着的三个女仆。

"是！"

三个女仆恭敬地应道。

她们都知道，从今天开始，这个少年就是雪鹰领的主人了。

目送女仆带着弟弟下楼，东伯雪鹰扶着栏杆看着后花园。后花园中有二十多盏火晶灯，照亮了每一处。在后花园内，还有十余个仆人在陪弟弟玩，这些人是他精心挑选出来的，都是足够忠诚的。

随即，东伯雪鹰来到自己的书房。

书房很大，高有六米，长有十五米，宽有十米。对于占地两亩的雪石城堡而言，这样的书房很普通。书房内有一张桌子，书架上摆放着大量的书，很多都是传记类的故事书。东伯雪鹰很喜欢看故事，母亲给他弄来了很多故事书。

东伯雪鹰坐在书桌前，一翻手，手中出现了金箔书。

"超凡骑士的枪法秘籍！"东伯雪鹰立即翻开，阅读起来。

第 5 章
枪法

"吾，夏族玄冰骑士谷元寒，留枪法于此。"

金箔书页上画着密密麻麻的图案，是一个小人在演练枪法。

嗡——

一股神秘浩荡的力量让书房内的空气都在震动。

"嗯？"东伯雪鹰大吃一惊，抬头看着，只见翻开的金箔书正上方有蒙蒙的银白光芒出现。

光芒化作一名仿佛乞丐的老者。这光影乞丐老者是一个微型人影，大概有一本书高，手持一杆长枪。

扑面而来的冰冷气息，让东伯雪鹰不禁打了个寒战。

哗！光影乞丐老者手持长枪，一招一式演练起来，长枪如龙，或是怒刺，或是抽打，或是格挡……

太熟悉了！这正是东伯雪鹰从六岁开始就一直在练的枪法，一套在整个龙山帝国都非常普通的枪法，此枪法秘籍名叫《心意枪法》。

心意枪法传遍天下，是最简单、最基础的枪法，号称一切枪法的源头。它没有特别厉害的杀招，全部都是基础招式，许多高手在刚接触枪法时都是从心意枪法开始练习的。

"我练心意枪法快三年了，怎么没发现这枪法这么厉害？"东伯雪鹰瞪大眼睛，看着眼前的光影乞丐老者演练枪法。

光影乞丐老者简单的一个刺枪，枪身犹如游蛇般旋转刺出，威力极大，让东伯雪鹰都忍不住心悸。长枪收回时，枪身同样反向旋转收回。

"父亲传我的枪法很标准啊，他是按照这套枪法一招招教我的，可为什么我感觉自己的枪法和这老者的不同？"东伯雪鹰仔细看着。

同样是基础枪法，可大师演练和新手演练就是不一样。

"每一枪都有一股劲，仿佛全身力道都完美地施展在长枪上。"东伯雪鹰隐隐有所判断。

书是打开的，光影乞丐老者一直在演练心意枪法。

过了半个时辰，看了不知道多少遍了，东伯雪鹰这才翻开下一页。这一页上是密密麻麻的文字。

枪法重根基，我所授的第一套枪法便是万法源头——心意枪法，当你练到真正的圆满之境时，才有望将我的枪法修炼入门。

下面附有一套斗气运转法门。

我的枪法以快著称，这套斗气运转法门能够让你出枪更快。

其他密密麻麻的文字则是斗气运转的口诀。

这位超凡骑士说得很随意，可实际上这套法门乃无价之宝！同样层次的两名骑士，一名才出两三招，对手凭借特殊的斗气运转法门却出了四五招，恐怕双方交手没几下就会分出胜负了。

我之枪法为玄冰枪法，分三层境界：

第一层为飘雪，学会这一招，便算是入门了，也算是一名枪法大师了。

第二层为血雨，学会这一招，称号级骑士足以纵横天下，有望踏入超凡之境！

第三层为玄冰，每一位超凡骑士都有自己的路，这一招代表我的超凡之路，所以我为玄冰骑士！我的路并不一定适合你，你若是能走到这一步，或许可以借鉴一些斗气运转技巧。

东伯雪鹰越看越激动。

不愧是超凡骑士留下的枪法，一直通往超凡之路啊！

他继续往后翻，后面一页是密密麻麻的玄冰枪法的文字注释，还有一些特殊的斗气运转技巧。这些文字注释足足有二十多页，都很简单直白，他能明白这位前辈说的是什么，可终究自己境界太低，根本没法学会这套枪法。

他翻到最后一页。上面是一些密密麻麻的图案，图案上方立即光芒闪烁，光影乞丐老者出现，开始演练玄冰枪法。

光影乞丐老者先是正常演练了一遍玄冰枪法之飘雪，速度极快，一出手仿佛出了数百枪乃至数千枪，好似无数雪花飘飘……至少东伯雪鹰肉眼根本看不清。而后，光影乞丐老者又慢吞吞地演练，仿佛慢动作，东伯雪鹰都能看得清清楚楚。接着，光影乞丐老者又演练了玄冰枪法之血雨，最后演练了玄冰枪法之玄冰。

这套枪法的秘诀就是一个字——快！

追求快到极致的速度。

当然，东伯雪鹰还得从基础的心意枪法练起，等哪一天达到圆满境界了，才能学会玄冰枪法最简单的招数——飘雪。

晚上，东伯雪鹰又得哄弟弟睡觉。他弟弟是真的很黏人，在床上闹腾了大半个时辰才睡着。

第二天清晨，吃完早饭后。

练武场。

"这个练武场……"东伯雪鹰扫视了一眼，过去父亲天天在这儿练。

"开始吧。"

东伯雪鹰负重，开始沿着整个内城堡奔跑。内城堡占地一亩，绕一圈就几里地了。这是每天训练前的热身，东伯雪鹰早就习惯了。

跑完后，他回到练武场卸下重物，一身汗，却舒服得很。而后他走到短矛区，那里放着大量短矛，每一根短矛大概五斤重，是父亲专门给他定制的。

他拿起短矛，随手一甩，便射在八十米外的厚厚标靶上，这块标靶上面早就有无数洞眼了。

"去，去，去。"

东伯雪鹰奔跑起来，同时甩出短矛。

折返跑时甩射短矛！

在移动中用短矛射中目标……

"给我扔！"东伯雪鹰喊道。

"是，主人。"在一旁听命的仆人们拿起一些小标靶抛向空中。

东伯雪鹰在近八十米外奔跑，同时甩出短矛，有时候射中，有时候差一点，显然他在奔跑时用短矛射移动目标的准头还差些。

用他父亲的话说——短矛只是辅助，每天练习两百次奔跑时甩射移动目标，热热身，保持感觉即可。

……

一千次短矛练习结束，东伯雪鹰感觉双臂很酸，全身大汗淋漓。

而后他开始练习拳法。这是锻炼全身筋骨的，是一门中品斗气法门，名叫火焰三段法。父亲花了不少钱才弄到这一斗气法门，当初父亲在军队中学到的斗气法门只是下品。

斗气法门在修炼者身体疲累时修炼效果最好！

拳法刚柔并济，配合呼吸，练起来全身舒坦，隐隐有神秘力量钻入东伯雪鹰体内，他感觉每一处都麻麻的，体力在迅速恢复。

他练了两遍火焰三段法，双臂就恢复正常了。

"好，开始练枪法。"

东伯雪鹰拿起旁边的一杆长枪，长枪有一米八长，约十斤重。

他当即练起了心意枪法。这套枪法他练了近三年，已经很熟练了，不过今天感觉完全不一样。

"对，这样发力才舒服。"东伯雪鹰昨天看了超凡骑士演练枪法，自己演练枪法时不禁模仿起来，顿时很有收获。

"刺！"

他左手虚握住长枪，右手抓着枪尾，陡然发力。他右腕一旋，长枪仿佛一条大蛇，自身就产生了旋转力道，陡然刺出！

如果是敌人，就会发现长枪明明指着自己的脸，可旋转着刺过来时，枪尖却刺入了喉咙！长枪这一旋转，一有变向迷惑敌人之效，二有增强旋转穿透力之效，乃这一招的关键。

噗！

枪尖刺在前方固定在地面上的一个炼金假人身上。

这炼金假人内部乃金属铸就，表面有一层炼金材料，非常坚韧且具有自动恢复能力。星辰级以下强者根本伤不了炼金假人。整个练武场只放置了五个炼金假人，因为每一个都价值五百金币！

在墨阳瑜的法术实验室里，有一个更珍贵的炼金假人，是她实验用的。

"刺，刺，刺！"东伯雪鹰一次次发力。

中平刺，低刺，高刺。

刺左边，刺右边。

一招简单的刺却是枪法最主要的招数。每一次刺出，东伯雪鹰都在回忆自己看到超凡骑士演练枪法时的感觉。

当全力刺了一千次后，东伯雪鹰的右手非常酸痛，全身都是汗水。他过去训练一般只是刺五百次，可现在他更加严格要求自己。

噗！再一次全力刺向炼金假人的时候，反弹力让他的手一麻。哐当，长枪跌落在地。

东伯雪鹰跪坐在地上，喘息着，看着地上的那杆长枪。虽然他很有决心，可当身体无比疲倦时还是想要放弃啊。

东伯雪鹰抬起头看向旁边，过去父亲都会站在旁边训斥他。

"这就累了？这才刺了三百次！以你的身体，刺五百次才算正常，刺一千次会疲倦，刺一千五百次才算到极限！就算到了极限，就算伤了身体，你晚上可以泡药浴！就算你的身体被划出伤口，就算你骨折，泡了药浴，第二天就能生龙活虎。你的修炼条件多好，比我当初好得多，可你连刺五百次都做不到！给我起来！

"给我起来！

"刺五百次，你这个贵族少爷都做不到？

"给我起来，我东伯烈的儿子不能如此窝囊！

"起来！"

父亲的吼声依稀在他耳边响起。

"起来，给我起来！"

东伯雪鹰抓住长枪，站了起来。

"刺！"

东伯雪鹰再次全力刺出。

"父亲啊，我真的很想再听你骂我，你骂我什么我都开心。"东伯雪鹰红着眼，疯狂地一次次刺出。

只有失去时，才会意识到那一切是多么珍贵。

第 6 章

修炼

终于刺了一千五百次，东伯雪鹰全身满是汗水，右臂都快不是自己的了，右手五指完全麻木了。

"水。"东伯雪鹰沙哑道。

"主人，水。"旁边的仆人早就看呆了，连忙送上水。

东伯雪鹰伸出左手拿起大水杯，一口气全部喝干净。

随即他又开始练习火焰三段法。

在修炼斗气法门时，他全身筋骨发痒，这一次最明显的是右臂、右手，显然天地间的神秘力量钻进了他的右臂和右手。越疲累，修炼斗气的效果就越好！当然，身体不能练崩溃，像东伯雪鹰这么拼命练习，一般人恐怕十天时间手就废了，可他每天都会泡药浴。一年下来，消耗的珍贵药物不少，换作一般贵族恐怕会破产！

东伯雪鹰练习了足足三遍，对天地间力量的吸收已经很微弱了，才停了下来。这时候，他的左手和左臂一点都不累了，右手还有些酸。

"开始练习左手持枪。来！"东伯雪鹰盯着前方的炼金假人，右手虚握枪杆，左手抓住枪尾，猛然刺出。

"铜三，你看到雪鹰了吗？"

"没看到。"

宗凌、铜三有些疑惑，这都快吃午饭了，怎么都没看到东伯雪鹰？东伯烈夫妇被抓走后，他们很不放心东伯雪鹰。

"领主呢？"宗凌、铜三询问一个女仆。

女仆连忙回道："主人从早晨到现在一直在练武场。"

"还在练武场？这都快中午了。"铜三有些惊诧，"平常雪鹰早上最多也就练两个时辰。今天从早晨到现在，他练了快三个时辰了吧。"

宗凌却没说话，迅速朝练武场赶去。随着靠近练武场，他能听到里面传出砰砰砰的声音，声音低沉有力。

宗凌和铜三相视一眼，便推开练武场的院门。

"这……"宗凌、铜三都惊住了。

只见少年双手持着一杆长枪，不断地发力，抽打在炼金假人身上。

他腰部发力，长枪怒抽！

一次、两次、三次……他连续不断地施展同样的招式，长枪划过长空蓄力，抽打在炼金假人身上的刹那，速度达到最快，威力最猛。

少年全身皮肤泛红，身体表面都在冒烟，那是热气蒸腾的缘故。

"全身气血涌动到这等程度?！"宗凌大惊。

"雪鹰，你快休息，快休息会儿，你疯了？"铜三却焦急起来，他过去哪里见过东伯雪鹰如此勤奋，而且练枪练到近乎达到身体极限了。

"再练一会儿，还没结束。"东伯雪鹰说道。

"别急，雪鹰每天都会泡药浴，身体垮不了，让他发泄发泄吧。"

宗凌倒是不怕东伯雪鹰如此修炼会弄伤身体，毕竟每天泡药浴能够修复身体，他怕的是东伯雪鹰从此心境大变。他是看着东伯雪鹰长大的，不希望东伯雪鹰性格变得古怪。

东伯雪鹰转头朝两位叔叔看了眼，笑道："宗叔、铜叔，放心，我没事的。"

他并不是发泄，而是看了超凡骑士留下的枪法秘籍后给自己定了修炼计划。没有足够的勤奋，仅仅凭借一本枪法秘籍又如何能成为超凡强者？

又过了一盏茶的时间，东伯雪鹰又练习了两遍火焰三段法，上午的修炼才算结束！

午饭过后，东伯雪鹰陪了一会儿弟弟后，就又拿起长枪练了起来。

他双手同时发力，长枪刺出，全身力气透过双臂完全灌注到长枪中，威力明显大得多！长枪一次次刺在炼金假人身上，而且非常精准地连续刺在炼金假人的脸部、喉咙、胸口等标红点的位置。

这正是东伯雪鹰枪法修炼计划的第四环——双手刺枪！

他练习双手刺枪两千次后，开始练斗气法门。

"射箭！"东伯雪鹰喝道。

"是，主人。"

十米外站着十个仆人，个个拿着弓箭，箭矢则都拔掉了箭头，只剩下箭杆。他们彼此相视，有些犹豫。

过去东伯雪鹰练习格挡时都是其父亲陪练，可现在他要直接用箭矢来练。如果他抵挡不住，被箭矢射中，虽然没有箭头，可依旧会很疼，皮肤甚至会破裂出血。

这些仆人都有些担心。

"快，按照我之前的命令来。"东伯雪鹰喝令，仆人们只能乖乖听令。

嗖！

先是一根箭矢射来，东伯雪鹰手持长枪立即格挡，往前一出枪，击飞了箭矢。

一次射出一根箭矢，尽管距离仅仅十米，可这些仆人没练出斗气，就算箭矢速度较快，东伯雪鹰还是来得及拦截，他将枪法招式中的"拦""拿""崩"等招式使用得极为纯熟。

而后，两根箭矢同时射过来，东伯雪鹰明显吃力了，十次有三四次中招。他的皮肤开始青一块紫一块，偶尔还会有几处皮肤破损，可这点小损伤他根本不在意。

……

心意枪法是万法之源，是整个夏族中最基础的枪法。如果一遍遍练套路，只会是花架子，必须将枪法的招数分解，一次次不断地练，才能让平凡的招数发挥惊人的威力。

枪法修炼共六环，分别是左手刺枪、右手刺枪、扫抽劈、双手刺枪、格挡、自由攻击。中间配合斗气法门来缓解身体疲劳，否则高强度的修炼是无法持续的……

东伯雪鹰一天修炼六个时辰！修炼完后，就去泡药浴，药浴能让他的身体不断恢复，变得强大！特别是他的手臂和手掌的力量都在不断变强。晚上则是休息时间，他会和弟弟一起吃晚饭，陪弟弟玩耍，再看看书，而后睡觉。

看似很累，可实际上就像一些平民工作劳累一天一样，习惯了之后，他也就觉得正常了。他能感觉到自己的枪法一直在进步，身体不断变强，不仅不疲累，甚至越来越享受。练枪法时，他还带着微笑，偶尔会停下来皱眉苦思，显然沉浸在枪法的奥妙中……

这让东伯雪鹰的枪法以惊人的速度在提升。

两年后的冬天。

大雪纷飞。

一名英武少年持着一杆黑色长枪，正在练刺枪。

此刻，一个仆人手持盾牌，盾牌上包着厚厚的兽皮、棉布等物，虽然显得很臃肿，可如果没兽皮和棉布包住卸力，仆人根本没法扛住。

仆人一直左右闪躲，东伯雪鹰却陡然出枪，长枪如游龙，旋转着刺出时带着一丝尖啸声，瞬间就刺在盾牌上。仆人感觉盾牌传递过来的力道，全身一震。这刺枪还好，抽劈时，威力更猛。

"主人，我怎么都躲不开啊。"那壮实的男仆苦着脸说道。

"只要躲开一次，就能得到一枚银币。你们都好好练吧。"东伯雪鹰说道。

旁边的其他仆人个个眼馋，一枚银币抵得上他们一个月的收入了，早先时候偶尔还有仆人能成功避开，前前后后东伯雪鹰发放了数百枚银币，可后来仆人们想得到一枚银币就很难了。

"我的枪法已经有好些天没进步了，刚猛发力就已经到瓶颈了。"东伯雪鹰嘀咕，"按照玄冰骑士前辈秘籍中的记载，我是不是应该开始练'收'了？"

劲力要能放能收！

忽然——

"主人，主人，不好了，不好了。"从练武场外冲进来一个女仆，她慌慌张张的。

东伯雪鹰不由得心中一颤，当即问道："发生什么事了？"

"宗凌大人，宗凌大人受了重伤。"女仆连忙回道，"都是血。"

"宗叔！"东伯雪鹰大惊，这两年领地内大大小小的事都是宗叔在操劳，他才能不受干扰地完全沉浸在枪法修炼中，"宗叔现在在哪儿？"

"在宗凌大人自己的住处，铜统领也在那儿。"女仆连忙说道。

东伯雪鹰放下长枪，立即朝宗凌的住处飞奔过去。

第 7 章

长风骑士

屋内。

宗凌半躺在床上，铜三坐在旁边的凳子上，两人看向跑进来的东伯雪鹰。

"宗叔，你没事吧？"东伯雪鹰仔细看着，宗凌已经换了一身白净的衣袍，看起来似乎没什么伤势，只是脸色苍白。

宗凌微笑道："弯刀盟首领果真厉害，这次如果不是有炼金内甲护身，我恐怕就丢掉小……喀，喀，喀……"

说着，他便咳嗽起来，连忙拿起旁边的手帕捂住了嘴，白色的手帕迅速变红。

东伯雪鹰看得心一颤。

吐血？是内伤？

"宗叔。"东伯雪鹰连忙坐到床边。

"没事，死不了。"宗凌将手帕扔到一边的盆内，笑道，"这点伤算什么！当年我和你父母还有你铜叔在外冒险的时候，比这严重得多的都有好多次。"

"雪鹰，你就放心吧！这种程度的伤势，以六臂蛇魔的体质，一两个月就恢复了。"铜三也非常淡定，他们当年常走在生死边缘，早就习惯了，"对了，宗凌，你怎么伤得这么重？你可是足足带了一个营的士兵出去的，难道弯刀盟首领真这么厉害？"

"他是很厉害，比我预料的厉害，不愧是仪水县内最强的盗匪。"宗凌说道。

"弯刀盟首领是谁？什么来历？"东伯雪鹰一头雾水。

"也该和你说说这些事了。"宗凌说道，"以后雪鹰领的事情毕竟还是要交给你。"

宗凌看着东伯雪鹰："作为一名领主，拥有对领地的掌控权，可也要保护自己的领地，保护领地内的所有子民！一些盗匪侵入你的领地，杀戮掠夺，你就必须铲除他们！"

东伯雪鹰点头。

"你父母在时，你母亲是天阶法师，有她这名强大的法师配合，军队能发挥更强的实力，而且我们雪鹰领配备了大量的破星弩，没有盗匪胆敢进犯仪水县。"宗凌说道，"而你父母被抓走后，那些盗匪恐怕一直在观望，他们还是很忌惮破星弩的。"

东伯雪鹰也很清楚自家的破星弩的厉害，父亲当初配备了五百把破星弩！单单购买这些破星弩就花了五万金币，足以买下整个雪鹰领了。所以，在仪水县内，雪鹰领东伯家族还是很有名气的。

"雪鹰领的赋税低，子民很爱戴领主！这些年来，子民的日子过得不错，惹得不少盗匪眼红。"宗凌道，"你父母被抓走后，他们蠢蠢欲动，仪水县内最强大的盗匪帮——弯刀盟，进入了我们领地内，肆无忌惮地掠夺起来。我得到消息后，带领三百名士兵，骑着马，带着破星弩赶过去，却发现已经有五百多名平民被杀，家里被掠夺一空。"

东伯雪鹰听了，眼睛都红了。

死了五百多名平民？

这些该死的盗匪！那些平民哪里招惹他们了？

"我赶过去追查盗匪的踪迹，谁承想弯刀盟的盟主，也就是那位邪恶的弯刀盟首领盖斌，竟然独自一人隐藏在被屠戮的村子内，突然向我发动了袭击。"宗凌无奈地道，"当时我们措手不及，三百名士兵都有些慌乱，我只能先抵挡他。"

"盖斌是一名流星级骑士！我过去和流星级骑士交过手，一般能抵挡片刻。"宗凌感叹道，"可盖斌的刀法太快，比普通的流星级骑士都快得多……我猜他应该有一些特殊的斗气法门。"

东伯雪鹰点点头。

论实力，父亲、铜叔、宗叔三人中，宗叔是最强的。宗叔虽然也只是天阶骑士，却是蛇人族王族的！身为六臂蛇魔，宗叔的力量很强，而且战斗时他可以六条手臂同时发出攻击，并且蛇尾能让他的身法更矫捷，所以即便越阶和流星级骑士厮杀，他也能支撑些许时间。

"我的刀法快，可他的刀法更快，我没能抵挡住他，被他先后劈了三刀！幸亏有炼金内甲护身，我只受了内伤。那三百名士兵反应过来后立马用破星弩攻击，逼得他只能逃掉，他还因此受了轻伤。"宗凌感叹道，"他的刀法快，身法也快，难怪有那般凶名。"

东伯雪鹰一阵后怕。

宗叔被劈了三刀，若是运气差点，或者战斗时间再长点，恐怕就丢掉小命了。

"雪鹰，你尽管放心。"旁边的铜三声音雄浑，"整个仪水县也就四名流星级骑士和一名流星级大法师，盗匪中更是仅有盖斌是流星级骑士，这次盖斌受了伤，见识了破星弩的厉害，估计不会再来冒险了。因为下一次我们会准备得更充分！弯刀盟不敢再次来袭，其他盗匪更加不敢来袭。"

"嗯。"东伯雪鹰松了口气。

"盖斌身为流星级骑士，干什么不好，非要去当盗匪？"东伯雪鹰道。

"哼！"铜三低哼一声，"雪鹰，在这世间，就算是一些厉害的高手，也喜欢不劳而获，喜欢抢夺！这盖斌据说是因为贪婪，为了夺宝杀了一名贵族，最后暴露，被通缉了，这才干脆当了盗匪。"

宗凌也说道："过去他名声就不好，只是一直没被别人抓住把柄。做的恶事多了，总有暴露的一天。他虽然被通缉，可他实力强，又躲在毁灭山脉内，还带领着一大群亡命之徒，所以才能嚣张至今。算了，这不是我们要烦恼的事，我们想管也管不了。"

东伯雪鹰点头。

他们是管不了。

盖斌躲在毁灭山脉，帝国的一些城卫军都不愿意去攻打。须知毁灭山脉连绵十万余里，连接了四个行省，是龙山帝国的第一大山脉，里面生活着无数可怕的魔兽。许多亡命之徒就躲在毁灭山脉，当然是躲在毁灭山脉的最外围区域，毕竟毁灭山脉的深处太危险了。

"现在不管他们，等我的实力足够强，定要除掉这毒瘤。"东伯雪鹰暗暗道。

"对了，雪鹰，加入长风学院的事，你想好了吗？"宗凌忽然问道。

"雪鹰，"旁边的铜三急切地说道，"长风学院可是整个安阳行省中的第一大学院，也是最强大的势力，比你母亲的娘家墨阳家族强多了！长风学院的院长'长风骑士'池丘白更是整个安阳行省中的最强者……以你的实力，完全有把握进入这家学院，现在已经冬天了，你再不报名可就晚了。"

"十岁是最后的机会，超过十岁，长风学院就不收了。"宗凌也看着东伯雪鹰。

东伯雪鹰沉默了。

他思索过很久。长风学院对外招收不超过十岁的少年，因为这个年龄充满可培养性，身体发育期是骑士修炼的最关键时刻，有些发育早的少年十岁就猛长个子了，所以长风学院定下十岁这个年龄界限不是没有道理的。

长风学院是安阳行省中的最强势力，院长是安阳行省中最强大的存在！那里培养出来的弟子，进去前只是普通少年，毕业后出来最差也是天阶骑士，有不少跨入了流星级。可是入院考核很严格，当然以东伯雪鹰的身体条件和枪法，他进入长风学院是非常轻松的。

"我想了很久，已经有了决定。"东伯雪鹰说道。

第 8 章

决定

"嗯？"宗凌、铜三都看着东伯雪鹰，等待着他的决定。

从感情角度而言，他们其实不想和东伯雪鹰分开，毕竟长风学院距离雪鹰领有三千多里，一旦东伯雪鹰进入长风学院，就得一直住在学院。在学院内，一般人得待六年多的时间，有些人甚至待了十几年才毕业。要分开这么长时间，他们哪里舍得？

这两人都没孩子，而且他们和东伯烈夫妇感情都很深。在铜三心中，墨阳瑜是他最重要的主人。宗凌则一直对墨阳瑜有一丝情愫，只是他乃六臂蛇魔，显然墨阳瑜是接受不了他的，当初一起冒险时，墨阳瑜最终选择和东伯烈在一起。

后来，墨阳瑜怀孕，这两人也开心得很，跟着一起来了雪鹰领。雪鹰出生后，他们看着雪鹰长大。其实在心底，他们将雪鹰当成了自己的孩子。若要长时间分开，他们真的不舍得。

可长风学院是安阳行省中最好的学院，进入这个学院对雪鹰的成长有很大帮助。

"我决定不去。"东伯雪鹰道。

"为什么？"宗凌急忙问道。

"为什么不去？你想要成为一名强大的骑士，长风学院是最好的学习之所，我们想去还去不了。等过年后你就十一岁了，再也没法进去了。"铜三也急切地说道。

弱者是没有前途的。

这是个强者至上的世界！豪门贵族都是有强大武力的。

"你舍不得石头？"宗凌忽然道。

东伯雪鹰点头道："我的确舍不得石头，他还小，和你们又不亲热，他最黏的就是我，甚至到现在每天都是和我睡的。石头现在对父母没什么印象了，他只要我这个哥哥，他的童年没了父母，我不想他连哥哥都没有！"

宗凌、铜三沉默了，他们感受得到东伯雪鹰对弟弟的爱护。

"我好歹九岁前还有父母，可弟弟这么小就没有了父母，若再没有哥哥……我不能这么做。"东伯雪鹰道。

"而且，我想要救父母，去长风学院就有用吗？"东伯雪鹰道，"我看不一定！"

"嗯？"宗凌、铜三疑惑。

"长风学院的确不错，培养出了大批天阶骑士，甚至有些成为流星级骑士了。可是，我就算成了流星级骑士，就能救我的父母了？哼，我舅舅可是银月级大法师，对于墨阳家族的族规他都没有任何办法。"东伯雪鹰道，"要救父母，我恐怕得比舅舅更强。我要成为称号级骑士，甚至成为超凡骑士！"

宗凌和铜三相视一眼，有些吃惊。

他们没详细说过墨阳家族的虚实，东伯雪鹰却推断出自己得是称号级骑士甚至是超凡骑士，才有把握救出父母。这孩子的确聪明，因为这个推断是正确的。

"称号级骑士极少，超凡骑士更是传说中的人物，我搜集了很多关于超凡骑士的传记故事，有些故事情节是虚构的，可他们的成长轨迹却是真实的。"东伯雪鹰道，"我整理过这些超凡骑士的成长轨迹。"

"历史上的一百二十五名超凡骑士里，靠自己摸索修炼，经过诸多生死磨炼成为超凡骑士的有一百零九名，至于学院派的，只有十六名。"东伯雪鹰看向宗凌和铜三，"这说明什么？这说明想要成为超凡骑士，学院派出身反而是处于弱势的！"

宗凌和铜三都震惊了。

他们从来没有想到过这一点，他们只知道，超凡骑士开创的学院绝对是圣地啊！多好啊，那些学院培养出了大批天阶骑士，甚至流星级骑士……可从远古流传下来甚至被记载下来传颂的超凡骑士，绝大多数竟然都没有进入过学院，都是一个人在摸索修炼。

"怎么会这样？"铜三愣愣的，不敢相信。

"书就在我的书房中，我还刻意命人去仪水城搜集过记载超凡骑士的书。"东伯雪鹰道，"事实就是这样，虽然天资好的人很多加入了学院，可终究难成超凡骑士！"

"我仔细研究过为什么会这样。根据父亲留给我的那本超凡骑士的枪法秘籍，我有了一个推断。"东伯雪鹰道，"成为超凡骑士，需要走出自己的路！而那些学院派的骑士在老师的引导下早期修炼的确更容易，能不断地突破、提升，可当需要走出一条自己的路时，突然没有了老师的指引，他们宛若成了瞎子，不知道该怎么前进。而非学院派的，没有老师系统的指引，需要一个人摸索，每遇到一个难关，都要靠自己琢磨、攻克，每一步都很艰难。可在这条路上，他们有了自己的领悟。这条路是他们自己走出来的、悟出来的，甚至他们同样会摸索着踏入超凡境界！"

东伯雪鹰眼睛很亮："非常详细且系统的指引，对于培养大批量骑士是有好处的。可要培养出一名超凡骑士，反而会成为桎梏，想要突破桎梏很难。"

铜三愣愣地看着东伯雪鹰，傻傻地说道："雪鹰不愧是主人的儿子，说起话来一套一套的。"

宗凌则笑了："没想到，那些传记故事竟然还隐含着这样的道理。我觉得你的推断很有道理。"

"我的推断或许是错的，可数据不会错！一百二十五名能在历史上留名的超凡骑士，有一百零九名没有进入过学院，所以我也不会进入学院。"东伯雪鹰道。

"哈哈，那是因为你追求高。对许多孩子而言，能成为天阶骑士就不错了，成为流星级骑士就了不得了。有几个敢将目标定成'超凡骑士'那么高？"宗凌笑道，"从培养超凡以下的骑士这方面来看，学院派还是有很明显的帮助的，至少大批骑士都是学院派的。"

"嗯。"东伯雪鹰点头。

他赞同这一点。

可他的目标更高！

"你看了那些传记故事后会总结数据，不愧是阿瑜的儿子。如果你去当法师，估计也有前途。"宗凌夸赞道。

法师就是需要剖析、研究天地奥妙，思维很重要，每一个真正强大的法师都是非常有智慧的。

"可惜我的精神力不够，"东伯雪鹰笑道，"我不是当法师的料。"

法师和骑士不同。骑士只要苦练，有决心，每个人都能去搏一把。而法师对天资的要求太高了，首先对精神力的要求就很高。精神力不够，根本连尝试的资格都没有。

"过完年石头就七岁了，现在可以测一下他的精神力了。"东伯雪鹰说道，"说不定现在就已经达到要求了。"

精神力越早达到要求，说明天赋越高。一般而言，十岁前达不到要求就没希望了。而他母亲在更小的时候精神力就达到要求了。

第 9 章
脱胎换骨

晚饭后。

东伯雪鹰和弟弟青石，还有宗凌他们聚在一起，东伯雪鹰从一旁的包裹中取出了一个西瓜大的晶球，这也是他母亲留下的。

"哥哥，这是什么啊？好漂亮。"

东伯青石长得漂亮可爱。如果说东伯雪鹰的相貌更偏向于父亲，那么东伯青石的相貌更偏向于母亲，一看就知道未来会是一个帅小伙。而东伯雪鹰是赶不上弟弟的帅气的。

"来，石头，把手放在上面。"东伯雪鹰说道。

"哦。"东伯青石乖乖地将小手放在上面。

他的手掌和晶球碰触，体内蕴含的精神波动自然引起晶球内部产生反应。只见晶球立即发出蒙蒙的赤红色光芒，光芒弥漫在整个屋子内。

东伯雪鹰他们个个露出喜色。

"哥哥，怎么会有光？"东伯青石好奇地道。

"大法师，来，亲一下。"东伯雪鹰抱着弟弟开心地亲了一口。

法师和骑士不一样。骑士需要从小就开始修炼，像长风学院定的入院年龄最大是十岁。法师则相反，小时候是不能修炼的，家族条件好的一般十岁才开始修炼，有些甚至十六七岁乃至超过二十岁才开始修炼。

长风学院招收法师的年龄要求最大是三十岁。也就是说，三十岁前都能进入长风学院学习法术。因为法师对思维要求很高，特别是修炼时牵涉到灵魂，如果年龄太小乱来的话，甚至有可能伤及灵魂。而年龄大，经历也多，有岁月的积淀，最终有大成就乃至踏入超凡境界的都是有的。

　　时间一天天过去。

　　转眼好几年过去了。

　　呼呼呼——

　　鹅毛般的大雪在飘荡着。

　　一名穿着黑色单衣的少年正站在栏杆前看着漫天的雪花，他的面部线条犹如刀刻。常年的修炼让他有一股让人心悸的气势，这是一名枪法高手拥有的气势。

　　"哥哥！"一名穿得厚厚的男孩在远处高声喊道。

　　"青石。"东伯雪鹰一笑，从高处一跃而下，落到了覆盖着厚厚积雪的空地上。

　　如今东伯青石也大了，东伯雪鹰对他的称呼变了，直接喊他的名字"青石"，而不是喊他小时候的昵称"石头"。

　　"哥哥，我们去仪水城玩玩吧，仪水城里好玩的地方多着呢，在家闷得慌，多无聊。"东伯青石兴奋地说道。

　　"你让宗叔陪你去吧。"东伯雪鹰笑道。

　　"你总是待在雪鹰领，一年都难得进一趟城，不闷吗？"东伯青石嘀咕着。

　　东伯雪鹰笑笑，没说什么。弟弟已经对父母没什么印象了，更不记得那一夜父母被抓走的事，过得无忧无虑。

　　"我再练会儿拳法。"东伯雪鹰说道，同时脱掉了上衣。他穿着衣服时还看不出来，一脱下来顿时显出强壮的身体。显然，多年的苦修让他的身体强壮得惊人。

　　东伯雪鹰踏着积雪，练起了火焰三段法。这是斗气法门，也是一套拳法。

　　雪花落在东伯雪鹰身上，他演练一招一式，对周围天地的感应更加清晰。

　　"你慢慢练吧，我玩去了。"东伯青石飞奔而去。

　　东伯雪鹰则在漫天大雪中不断练着拳法，一招一式，看似缓慢，身体力量仿佛流水一样流动传递。

　　十三岁那年，他的枪法技巧就达到了人枪合一的地步。可这还不够，还需要全身力量圆满如一，对每一丝力量都能控制得非常精准，才有资格称得上枪法大师，才能将玄冰枪法第一层练成。

他这两年经常练拳，感悟自身，在宁静中寻找那一点灵光，想让身体力量圆满如一。

"快了。"

东伯雪鹰已经隐隐感觉到全身力量圆满如一的门槛。

从六岁那年，到如今十五岁，他练枪近十年，效果恐怕比常人修炼二三十年还要了得。

"枪法上无须担心，可我为什么到如今都没产生斗气？"东伯雪鹰拿起旁边的一杆长枪，随意地施展起了枪法。

只见长枪和东伯雪鹰几乎化为一体，长枪如龙，奔腾浩荡。长枪刺出，无数枪影笼罩。长枪横扫，更是势不可当。

按照当初预估，他十岁左右应该能产生斗气，十五岁应该就能成为地阶骑士了。可事实上，他一直没能产生斗气，成为地阶骑士。

东伯雪鹰、宗凌、铜三都没有失望，反而觉得诡异。因为斗气法门的原理就是吸收天地间的力量滋养身体，让身体达到极限后，再也无法吸收了，这些力量就会在体内形成斗气。

东伯雪鹰在十岁那年，身体力量就已经超过了普通人的极限。随后的五年时间，他的身体不断变强，一直在吸收天地间的力量，所以一直产生不了斗气。

"到底是什么原因？我如今的身体比正常人强得多，竟然还在吸收天地间的力量。"东伯雪鹰纳闷。

这种情况极为怪异，即便宗凌他们见多识广，也根本不明白原因。

砰！

长枪陡然劈在积雪下方的石板上，而后顺势反弹，陡然往前一刺，带着恐怖的尖啸声。

正施展枪法的东伯雪鹰忽然感觉到身体各处隐隐发痒。

"嗯？"东伯雪鹰连忙收起长枪，他全身都在发痒，以他的忍耐力都觉得难受。接着，他身上一片炽热，似乎在被灼烧，骨头似乎都被焚化了，皮肤变得通红、坚韧，皮肤下方生出了一层筋膜。

东伯雪鹰的上半身隐约有赤红色气流升腾，模模糊糊的，似乎形成了一个巨人的模样。他恍惚间"看"到一个穿着兽皮裙、赤着脚的巨人正在荒凉的大地上仰头咆哮。而后赤红色气流消散，可他身体内部的变化更加剧烈了。

"啊！"

东伯雪鹰再也无法忍受痛苦，跪在了地上，双手撑着地面，身上散发的炽热气息让周围的积雪开始融化。

第 10 章
狼吞虎咽

一个身材娇小的女仆捧着一大木盆的衣服快步行走在大雪中，她忽然有些疑惑地看向远处，只见远处隐约跪趴着一人，周围似乎没有积雪。

"怎么回事？"女仆疑惑地朝那儿走了过去。

"是主人！"随着靠近，她认出跪趴在那儿的正是雪鹰领的领主大人。领主大人赤裸的背部隐隐泛红，散发着炽热的气息，周围还有雾气在升腾，方圆十米内没有丝毫积雪，皆融化了。

如果一些强大的骑士和法师看到这一幕会震惊的。可这女仆只是一个普通人，她哪里会明白仅仅身体散发的热气就融化方圆十米内的积雪意味着什么？

"周围的积雪怎么都融化了？难道这就是斗气吗？"女仆暗想，同时忍不住开口喊道，"主人，主人，你没事吧？"

她有些担忧。因为东伯雪鹰过去练枪法，也是练得全身大汗淋漓、热气蒸腾，甚至精疲力竭地跌坐在地上，所以她以为自家主人这一次又是练枪法练入魔了。

"没事。"东伯雪鹰发出沙哑的声音，缓缓站了起来。

"我很好。"东伯雪鹰转头看了女仆一眼，"非常好！"

女仆不敢吭声。

"传我命令，让厨房的人弄一整只魔兽烤熟，送到餐厅去。"东伯雪鹰吩咐道。

"一整只？"女仆瞪大了眼睛。

要知道，一般的马匹之类的都有七八百斤乃至上千斤重，飞霜马驹有两千斤重。至于一些奇特的魔兽，更为粗壮，一般都有数千斤甚至上万斤重。

东伯雪鹰每天的主食就是魔兽肉。魔兽肉蕴含的能量更多，骑士们也吃魔兽肉。所以，平常城堡厨房的冷藏库内会放一两只魔兽，可那是供应整个城堡的，一般都要供应好些日子。

"对，一整只。我记得上次去看的时候，有一只三阶魔兽和一只二阶魔兽，让厨房的人将三阶魔兽烤熟并送到餐厅。"东伯雪鹰吩咐。

"是。"女仆乖乖去传令。

东伯雪鹰看着女仆抱着大木盆迅速飞奔离去，笑了笑，便走到一旁拿起衣服穿上，他依旧是那个英武的少年……可除了他自己，谁都不知道，此刻他这少年的躯体已经变得何等可怕！

"看能跳多高。"东伯雪鹰看着眼前自己居住的城堡主楼。城堡很雄伟，二楼栏杆离地面有七八米高，自己过去不能一跃而上，只能勉强抓住二楼栏杆再翻过去。

呼！他双脚一用力，犹如幻影，猛然一飞冲天，直接冲到城堡主楼的楼顶才落下，连他自己都吓了一大跳。

此刻，大雪纷飞，倒也没谁注意到这短暂的一幕。

"我现在竟然能跳这么高了！城堡主楼的高度超过二十米，我记得仪水城城墙虽然很高，可也就十八米高。我现在轻轻松松一跃就能跃过仪水城城墙？"东伯雪鹰有些震撼，从自己一跃的高度，他已经隐约知晓自身的实力层次了。

东伯雪鹰从楼顶上迅速下来，来到餐厅内，等着吃烤肉。因为他真的很饿很饿！从小到大，他从来没有这么饿过。虽然对自身实力的提升感到兴奋，可修炼后身体产生的那种饥饿感让他有些抓狂。

东伯雪鹰拿起餐桌上果盘内的糕点，两三口就吞入腹中。他那发生了变化的身体瞬间就将糕点消化吸收了，这点糕点实在少得可怜。

"主人，主人！"一个大胡子男仆飞奔过来，大声问道，"主人想要一整只魔兽烤肉，还要那只三阶魔兽的？"

"是！"东伯雪鹰看了他一眼，"以最快速度弄熟，赶紧送来。"

"明白，明白！"大胡子男仆吓了一跳，赶紧去做。

平常领主如果派谁下达一个命令，他这个大厨子是不敢多嘴问一句的，可这次领主的命令有些匪夷所思。一整只三阶魔兽，那可是足足一万两千斤的魔兽肉啊，价值不菲。并且，来传令的不是领主的贴身仆人，而是一个负责洗衣服的女仆，所以他才来确认一下。否则，一只三阶魔兽的价值极高，如果浪费了，他这个大厨子恐怕会被重罚。

"领主大人要烤一整只三阶魔兽，这也太浪费了。"大胡子男仆暗暗想着，却不敢多问。领主大人的命令，哪里是他能质疑的？他要做的就是遵从命令。

东伯雪鹰强忍着让他全身都在战栗的饥饿感等着。

他终于闻到了烤肉香味。

嗖！他瞬间就冲出了餐厅，站在栏杆前看着下方。只见一辆马车正在缓缓前行，一群男仆在旁边跟随，车厢内便是完全烤熟并且被分成了两截的三阶魔兽。一万两千斤，是掏出了脏腑、弄掉血水之后的魔兽肉的纯重量，这些普通的仆人可弄不动。这次为了烤魔兽肉，一群仆人耗费了大力气，运送过来都很麻烦。

"等会儿要把魔兽肉送到主人的餐厅，大家都得花大力气，齐心协力一起弄上去。"男仆们商量着，要将上万斤魔兽肉送到二楼可不容易。

忽然地面一震，只见一名黑衣少年出现在马车前。

"主人。"这些壮硕的男仆先是一愣，而后个个恭敬地喊道。

"好了，这魔兽肉交给我，你们去忙吧。"说着，东伯雪鹰进入马车，捧起了车厢内的巨大餐盘，迅速往餐厅走去。

这群男仆都呆滞了。

老天！

领主大人就这么捧走了？

那可是一万两千斤魔兽肉啊，就算烤的时候将一些油烤掉了，那也还有上万斤啊！一大群壮硕男仆齐心协力也得拖拉着才可能勉强上二楼。领主大人就这么捧走了，这得多大的力气啊！

"别在外面嚼舌根。"东伯雪鹰瞥了男仆们一眼，嘱咐了一句。

"是！"男仆们个个应命。

可东伯雪鹰也明白，自己一次性吃下一整只魔兽，此事恐怕还是会传出去的。其实传出去也没什么，自己的实力终究要展现的。

"主人竟然捧得动上万斤魔兽肉，他应该是天阶骑士吧！"

"可能吧！十五岁的天阶骑士，过完年他才十六岁，真是了不得啊！"

"哼，你们只看到主人现在这么厉害，却不知道主人每天都疯狂地修炼。听练武场的仆人们说，他们看到都觉得可怕呢！"

……

这些男仆嘀咕着。

喤当！巨大的餐盘被放在特制的餐桌上，餐桌都震了下。

东伯雪鹰立即关上了餐厅的门。

仆人们都以为自家主人只是奢侈，只是铺张浪费，可实际上，东伯雪鹰是真的想要吃啊！

"开吃吧！"东伯雪鹰拿起旁边的餐刀，唰唰唰，就切开了一块十几斤的肉，大口大口吃了起来。咔嚓咔嚓，他连骨头都嚼碎并吞入了腹中，很快就完全消化掉了。他无比饥饿，欠缺能量的身体不断地消化、吸收。

东伯雪鹰吃得飞快，泛着金黄油光的魔兽肉不断地变少。小骨头都被他吃干净了，只剩下一些很粗大的骨头。

"雪鹰，雪鹰，你怎么这么奢侈浪费了？"铜三那雄浑的声音传来，带着一丝怒气。整个城堡也就铜三和宗凌胆敢说东伯雪鹰几句。

哗——

铜三恼怒地推开了餐厅门，紧接着他就目瞪口呆了。

那巨大的餐盘上只剩下魔兽骨架，一些小骨头都没了，剩下的是最基本的大骨架，魔兽肉全部消失了。

东伯雪鹰早就吃干抹净坐在一旁，微笑道："铜叔，我可没浪费。"

第 11 章

强大

"你……"铜三难以置信地看着那剩下的魔兽大骨头架子，"雪鹰，你是不是把魔兽肉都切下来藏起来了？藏到哪里去了？"

说完，铜三朝餐厅各处看去，甚至跪在地上查看餐桌、柜子下面等地方。

"铜叔，我真的都吃掉了。"东伯雪鹰无奈地说道。

"你都吃掉了？上万斤的魔兽肉，而你就这么一点大的人，你都吃掉了？"铜三瞪大眼睛，"你让我怎么相信？别说是你，就是称号级骑士，一顿也吃不了上万斤魔兽肉吧。"

东伯雪鹰无奈。他是这一次生命层次跃迁，每一个细胞都无比饥饿，这才需要吃这么多，以后再让自己吃，自己也吃不下的。

"铜叔，你看。"东伯雪鹰拿起旁边的一个银盘，双手猛然一压，将银盘压得迅速缩了下去。而后他双手用力团了两下，一个银质的金属球出现在掌心中。

"这……"铜三瞠目结舌。

东伯雪鹰右手抓着金属球，再一用力，只见银色的液体金属从手指缝隙缓缓流了出来。紧接着，他双手合拢，搓弄了几下，手中的液体金属又变成了一根银色的金属棍！

"你怎么做到的？"铜三不敢相信。

他和宗凌都做不到，他若用力，倒是能够一把捏碎银盘，也能将金属球捏得变形。可是，要像东伯雪鹰这样把金属球捏成液体金属从指缝流出来，甚至双手搓一搓就搓成一根金属棍就太难了。

"我说了，那魔兽肉的确被我吃了。"东伯雪鹰无奈地说道，"这下铜叔你相信了吧？"

"相信相信，你现在说什么我都信。到底怎么回事？你怎么一下子变得这么强？这……这根本……我想不通啊。"铜三一头雾水。

实力是得一步步提升的，从人阶骑士到地阶骑士，从地阶骑士到天阶骑士，从天阶骑士到流星级骑士……

"你连斗气都没练出，连人阶骑士都不是，怎么就……"铜三不解。

"现在已经是了！"东伯雪鹰起身，"铜叔，你再等我一会儿。"

说完，在宽敞的餐厅内，东伯雪鹰练起了拳法，一招一式，如行云流水，力量在全身鼓荡，天地间的力量也不断涌入他体内，身体的一处处肌肉中产生一股神奇的力量，这便是斗气！

其实他之前吃掉所有魔兽肉后，体内已经产生了一些斗气。

哗哗哗——

随着东伯雪鹰练火焰三段法，体内的斗气越来越多，筋骨中都出现了斗气，皮膜和筋膜中都有斗气。天地间的神秘力量不断灌入，不断被转化为斗气……他的身体就像无底洞，不断吸收着天地间的力量。

他一遍又一遍地练习斗气法门。

铜三刚开始还感到震惊、不安、疑惑，过了一个时辰后，他渐渐冷静下来，可过了两个时辰后，他有些无奈了。

"怎么还在练？这到底要练到什么时候？"铜三纳闷地看着东伯雪鹰。

要知道，斗气法门不是练得越多就越好，在成为骑士之前，一般一次性练习两三遍，身体就无法再吸收天地间的力量了。而成为骑士之后，斗气的提升也是很慢的，每天的吸收都是有极限的，所以练习次数也很有限。像东伯雪鹰一练就超过了两个时辰，这很不正常。

轰隆隆——

东伯雪鹰感觉到全身的斗气都在涌动，终于再也无法吸收天地间的力量了。

"没想到，我不突破则已，一突破就是地阶骑士了。"东伯雪鹰暗暗道，"当然，我的斗气是地阶骑士级别的，我的实力却远远超越了地阶骑士。"

按照正常修炼过程来看，体内产生第一缕斗气，便算是人阶骑士了。

随后斗气滋养筋骨，让这些被滋养的地方也逐渐产生斗气。产生斗气的地方越来越多，当斗气遍布全身筋骨时，就是地阶骑士！

全身布满斗气，斗气凝聚，最终在腹部开辟出斗气源泉——丹田气海！这就是天阶骑士！

当丹田气海内的斗气凝聚成液态后，便是流星级骑士了！液态的斗气将发生质变，不再像过去那般刚猛，而是可刚可柔。刚柔相济的斗气甚至能够在身体表面形成一层坚韧的斗气保护层，这也是流星级骑士们可以无视无数箭矢攻击的缘故。斗气保护层的防御性极强，同时，液态的斗气可以更深层次地滋养身体、强化身体。

液态斗气再次凝聚成虚丹后，更为神奇，也更强大。甚至因为它极柔，所以能够渗透柔嫩的脏腑器官，对身体进行更深层次的改变。此时，这便是银月级骑士了！

而银月级骑士必须达到天人合一的境界，到时候借助天地间的力量才能跨入称号级！称号级骑士远远凌驾于银月级骑士之上，二者实力差距极为惊人，称号级骑士一招就能灭杀银月级骑士！代表凡人极限的称号级骑士，有些甚至可以和超凡骑士交手，离成为超凡骑士就差最后一步而已。

"我的身体很完美，所以无须慢慢滋养，可以立即提升到地阶骑士的境界。"东伯雪鹰暗暗道，"下一步就是开辟斗气源泉，这需要慢慢积累足够多的斗气。"

"雪鹰，雪鹰。"看到东伯雪鹰停下，铜三连忙开口喊道。

"哈哈，铜叔，跟我来。"东伯雪鹰开心地笑道，而后出了餐厅，直接跃下了主楼。

铜三连忙跟着一跃而下。

两人很快就来到了练武场，练武场内此刻没有任何仆人。

"雪鹰，来练武场干吗？"铜三有些纳闷。

"别急啊，铜叔。"东伯雪鹰说着走到一旁，拿起了一杆自己常用的长枪，足有五十斤重，算是整个雪石城堡最好的一杆长枪了。

东伯雪鹰手持长枪，盯着眼前的炼金假人。

一旁的铜三屏息看着，他明白雪鹰是想要展露实力。他想要看看，以雪鹰如今的实力，施展枪法能达到何等程度。

唰！长枪动了，化作了幻影。

枪影落在炼金假人身上，炼金假人连续发出了噗噗噗的声音。

一刹那，东伯雪鹰便收枪了。

"好快！雪鹰，你的枪法快得我都没法抵挡。"铜三为东伯雪鹰枪法的速度而感到震撼。

随即他看向那炼金假人，更是瞪大了眼睛，只见炼金假人身上出现了密密麻麻的窟窿，大量的窟窿组成了三个字——厉害吧！

"你能在它身上刺出这么多窟窿？"铜三惊呆了。

这炼金假人也很厉害，星辰级以下的修炼者根本无法伤其分毫。

"再给你看看更厉害的！"东伯雪鹰忽然激发了体内潜藏的力量，他的身体周围甚至隐隐有赤红色气流出现，一股狂猛的气息冲天而起，让铜三都感觉到惊惧。

只见东伯雪鹰挥动手中的长枪，长枪抽打在炼金假人身上，枪杆弯曲出了夸张的弧度。

砰！第一声巨响响起，炼金假人震颤，身上出现了裂痕。

砰！随着第二声巨响，炼金假人的身体开始破碎。

砰！长枪抽在炼金假人的身上，发出第三声巨响。

啪！长枪整个断裂了，炼金假人的身体也支离破碎。

东伯雪鹰看着手中只剩下半截的长枪愣了愣，这杆长枪他用了好久，没想到此刻竟然承受不住力道断掉了。

"哥哥，我回来啦！"东伯青石清脆的声音老远就传来了。

东伯雪鹰抬头看看天，天色暗了。

"铜叔，青石和宗叔回来了，我们先去吃晚饭吧！吃完晚饭，我会把一切都告诉你和宗叔。"东伯雪鹰笑道。

如果是别人遇到这种事，恐怕还一头雾水，幸好东伯雪鹰看的书够多，刚好其中一本书中有简略的记载。

"好吧。"铜三只能忍住好奇，反正吃完晚饭就知道了，这点耐心他还是有的。

"哥哥，我回来啦！"

东伯青石和宗凌骑着一匹飞霜马驹，带着一群骑兵回来了。

仪水城毕竟是整个帝国规格最低的县级城，在整个仪水城内，雪鹰领东伯家族是排在前十的家族，所以东伯青石每次去仪水城玩还是颇有排面的。

弟弟每一天能过得开心，也是东伯雪鹰乐意看到的。

……

吃完晚饭，玩了一天的东伯青石累了，很快就去睡觉了。东伯雪鹰、宗凌、铜三都来到了书房内。

"来雪鹰的书房做什么？铜三，你怎么一副激动难耐的表情？到底发生什么事情了？"宗凌一头雾水。

东伯雪鹰则笑眯眯地走到书架旁，寻找自己当初看过的那本书。

"我来跟你说！"铜三深吸一口气，"雪鹰他今天命人将那头有上万斤重的三阶魔兽给烤熟了，然后他一个人将它全部吃光了！"

宗凌瞪大了眼睛。

一个人吃了上万斤的烤魔兽肉？这还是人类吗？这是巨龙吧！

"他现在的实力极强，恐怕一招就能击败你我了。"铜三继续说道，"等会儿你可以去看看，练武场的炼金假人被雪鹰的长枪砸了三下就支离破碎了，连雪鹰那杆长枪都承受不住力道崩断了。"

"什么！"宗凌震惊。

那杆长枪重五十斤，也是炼金大师炼制的，虽然是不入阶的兵器，可给一名天阶骑士用也绰绰有余了，而且枪杆本身就可以蓄力，要让这杆长枪崩断，这得多大的力气啊！

"到底是怎么回事？"宗凌问道。

"我也想知道，不过雪鹰说了，要一起告诉你我两个人。"铜三看向东伯雪鹰，宗凌也看过去。

东伯雪鹰翻看书架上的书，很快就找到了自己看过的那本，迅速翻开，找出当初自己看过的那一页，用手指在其中几段话上画出痕迹，而后笑着将这书递给宗凌："宗叔、铜叔，就是这本书，你们将这几段话仔细看看，估计就明白了。"

"哦？"宗凌好奇地接过，铜三也伸头看着。

宗凌先看了下书的封面，这本书的名字是《砍柴骑士》。

"是他，砍柴骑士？"宗凌、铜三都微微一怔。

他们虽然不怎么看书，可在冒险时听过不少传说，其中砍柴骑士的故事流传甚广。砍柴骑士是五千多年前的一位骑士，之所以名气大，是因为他的实力非常强。

他曾经只是一个山村樵夫，后来踏上骑士之路，在称号级时，就一斧头击毙过超凡强者。达到超凡强者层次时，他在超凡强者中更是无敌手！

他的称号是"砍柴骑士"，这是他自己取的。他被尊称为那个时代的最强超凡强者！其他超凡强者都抵挡不住他几斧头！

"你们先看那几段话。"东伯雪鹰笑道。

在童年时期，他崇拜过砍柴骑士很久，因为对方实在是太霸气了，一生喜欢砍柴，面对敌人丝毫不惧，什么巨龙恶魔，他照样砍！

"嗯。"宗凌回头再看那几段话，铜三也盯着看。

对，砍柴骑士就是在这一刻觉醒了身体内潜藏着的巨斧血脉。笔者在这儿需要解释一下，所有的人类，包括你我，体内其实都潜藏着血脉。

在诞生时期，整个龙山帝国的位面世界里是没有任何生命的，那时候，位面世界的环境极为恶劣。

渐渐地，位面世界经过漫长岁月的孕育，终于诞生了一群强大的生命，他们就是太古时代最早期的生命！他们每一个都拥有能移山填海的可怕实力，扛着一座大山四处奔跑，和巨龙厮杀……巨龙在他们面前都很弱小，连外面的神灵们也不敢降临他们所在的位面世界。

这些强大的生命不断繁衍，繁衍出了人类！所以，我们每一个人体内都有这些太古时代生命的血脉。并且，在往后的漫长岁月中，神灵也降临过，在人类中留下后裔。

人类不断繁衍，往上追溯万年，恐怕随便一个人在血统上都能追溯到同一脉。

每一个人都有这些太古生命以及神灵的血脉。当然，血脉都是极为稀薄的。

直系后裔的血脉更为强大。像我们龙山帝国的开国大帝龙山大帝在成为神灵后所生的一个儿子，也就是传说中的十二皇子，生来就是超凡强者！就是因为他父亲是一个极为强大的神灵，他体内的血脉让他生来就是超凡强者。

太古时代、远古时代、上古时代……到如今，我们都只是凡人，因为我们传承的那些强大生命的血脉太稀薄。不过，偶尔还是有人会觉醒太古血脉，有的是巨斧血脉，有的是神箭手血脉，有的是擅长奔跑的血脉……有的能够瞬移，有的能够操纵闪电，有的据说能够千变万化，有的近乎不死之身……

不过，据笔者统计，觉醒太古血脉者初时一鸣惊人，之后却泯然众人，几乎都难以跨入超凡境界。我之所以推崇砍柴骑士，就是因为他平静地看待自身血脉，最终成为那个时代最厉害的超凡强者！

砍柴骑士觉醒了太古血脉之巨斧血脉后，便遇到了他生命中最重要的一个女人，后来如何，且听笔者细细说来……

这本厚厚的传记类故事书中关于太古血脉的仅仅这么几段，接下来描写的就是砍柴骑士的传奇人生了。

"太古血脉？"宗凌、铜三都看向东伯雪鹰。

"嗯，我应该是觉醒了太古血脉。"东伯雪鹰道。

"什么？"宗凌大惊。

"你会不会瞬移？"铜三更是激动不已，连忙说道，"你操纵闪电看看，来个火焰瞧瞧。"

"不会。"东伯雪鹰无奈地道。

太古血脉分很多种类，毕竟位面世界早期孕育的太古生命有一群，而靠自己觉醒太古血脉的则是相对比较普通的。

"这书中说拥有太古血脉者都有自己擅长的技能。"宗凌道。

"其实特殊手段施展起来都是很苛刻的。"东伯雪鹰说道，"我的特殊手段只有一个——爆发的力量翻倍！"

"翻倍？"宗凌、铜三都心动了。

他们也想拥有这个特殊手段啊！哪个骑士不想力量翻倍？虽然没有瞬移、千变万化之类特殊，可力量翻倍还是很实用的。

"不过，一旦引动爆发力量，我的体力也会加速消耗。"东伯雪鹰道，"平常我鏖战一个时辰都不累，可一旦拼命，怕是一会儿就会精疲力竭了，所以我搏命的时间很有限。"

"现在实力怎样？"宗凌好奇。

"正常战斗时，我估摸着有流星级骑士的实力。"东伯雪鹰说道。

"那力量翻倍后，你岂不就相当于银月级骑士了？"

宗凌、铜三都很兴奋。

"只是力量变大，速度方面比银月级骑士还差一点。而且，持续时间短。"东伯雪鹰笑道。

"就算这样，你也是如今整个仪水城中实力最强的了。"宗凌笑道，"哈哈，我就说嘛，你这么勤奋，修炼枪法到如今有近十年了，都没有产生斗气，明显不正常。果真不鸣则已，一鸣惊人啊！"

东伯雪鹰笑了笑。

其实这次觉醒太古血脉，东伯雪鹰有自己的想法。每一个人的体内都潜藏着太古血脉，一代代繁衍了不知多久后，大家体内的太古血脉都很稀薄了，为何有些人却能觉醒太古血脉？

东伯雪鹰没有太多例子可以参照，但是从砍柴骑士的故事中可以看出一点，这是一个很喜欢砍柴的家伙，一直砍柴，最后觉醒了巨斧血脉！而自己修炼枪法时对手臂和手指力量的训练都到了极限，必须泡药浴才能恢复。自己每天这么拼命修炼，或许是力量血脉觉醒的诱因吧！

东伯雪鹰不知道自己觉醒血脉时隐约看到的咆哮巨人到底是谁，所以将自己体内的太古血脉简单地称为力量血脉。

"现在只是开始。"东伯雪鹰说道，"就像一个普通人的身体在斗气的滋养下不断成长，我能感觉到我的身体在斗气的滋养下也在不断地强大。"

"哈哈哈……"宗凌和铜三都笑了起来。

他们今天太开心了。原本他们都认为当初那个年幼的孩童喊出的誓言只是一个孩子内心的渴望罢了，当时在场的人都不相信东伯雪鹰能救他的父母，因为那实在是太难了。可今天，他们看到了希望。

"对了，从今天开始，我不需要泡药浴了。"东伯雪鹰笑道，"我的身体虽然称不上不死之身，可如今自身的恢复力比泡药浴后要强得多。"

说完，东伯雪鹰拿起书桌上的一把刻纸刀，在掌心划出了一道伤口。如果泡药浴的话，他第二天就能完全恢复。可此刻他掌心的伤口迅速愈合，仅仅一息时间，伤口完全消失了。

其实，越强大的身体，恢复力就越惊人。像银月级骑士的脏腑器官会在斗气的滋养下蜕变，身体恢复力很是惊人。

称号级骑士的身体可以得到天地之力的冲刷，更是近乎不死之身。虽然都说称号级骑士可以用数量多的凡人来对付，可那仅仅是理论上可以，毕竟代价太大了。如果真的派出大军，称号级骑士早就溜掉了，根本不会给对方包围自己的机会。想要杀称号级骑士，一般需要同等实力的称号级骑士或者是超凡强者出手。

"哦，还有一件重要的事，过两天，我准备去一趟仪水城。"东伯雪鹰忽然说道。

第 13 章

进城

"去仪水城？"宗凌、铜三还处于激动中，听到东伯雪鹰这话不由得一愣，因为过去东伯雪鹰修炼很刻苦，一年都难得去一次仪水城。

"雪鹰，你准备去买兵器？"宗凌突然问道。

东伯雪鹰微微一怔，随即笑道："宗叔，你不说这个我都快忘了，我的确该买一杆长枪了。我这次去仪水城，是因为快过年了，过完年青石就十二岁了，他不能总这么贪玩下去。我早就和他说过，在他十二岁时给他找一个好的法师老师，让他正式开始学习。"

"嗯，找一个好的法师当老师非常重要。"

宗凌、铜三都很赞同。

法师是博学的、智慧的，而若没有一个好的法师老师教导，纯粹靠自己去悟，很难成为一名博学、智慧的法师。更何况，法师的进阶修炼都牵涉到灵魂，自己一个人乱修炼若伤了灵魂，后悔都晚了。

"整个仪水城的星辰级法师只有一位——白源之。"东伯雪鹰说道，"白源之大法师居住在城内，我准备去拜访他，希望他能收我弟弟为亲传弟子。"

"亲传弟子？"宗凌担忧道，"这恐怕比较难。"

法师的教导，是知识、思维等多方面的教导。法师和亲传弟子关系之近，堪比父母和子女，所以厉害的法师宁愿收一些记名弟子，随便讲讲，弟子有多少成就全看自己。至于亲传弟子这种需要细心教导的，一名厉害的法师终生也不会收几个，因为法师们需要耗费时间去修炼，亲传弟子收多了会耽搁自己修炼。

"不试试怎么知道呢？"东伯雪鹰笑道。

两天后。

毕竟是近乎达到枪法大师境界的高手，力量大增后，仅仅适应了两天，东伯雪鹰就已经完全熟悉了。

他带着弟弟、宗凌以及一支百人骑兵队伍，前往仪水城。

"好久没和哥哥一起进城了。"东伯青石兴奋得很。

东伯雪鹰骑着飞霜马驹，东伯青石就坐在他怀里。

作为二阶魔兽马驹，飞霜马驹飞奔起来极为平稳，而且现在的速度仅仅算是其散步的速度，毕竟得让后面的骑兵队伍跟得上。如果飞霜马驹撒开蹄子疯狂地跑起来，恐怕眨眼间就会跑没影。

仅仅小半个时辰，一座巍峨的城池就出现在众人眼前。

雪石城堡离仪水城仅仅上百里。当初东伯雪鹰的父母选择领地的时候，特意选择了一块离城近的领地。

"是雪鹰领的骑兵。"仪水城懒散的守城士兵们看到远处的一支轰隆隆飞奔而来的骑兵队伍，立即屏息以待。从骑兵们身上铠甲上的标志——一只展翅的雪鹰，他们认出了来者的身份。而且每个骑兵都背着一把大破星弩，这也是雪鹰领特有的！

"最前面的是雪鹰领的少年领主，他怀里的是他弟弟青石少爷。"

"没想到这位少年领主竟然进城了。"

"他可难得进城。"

"他弟弟倒是经常进城，最近一个月我都看到过青石少爷好几次了。"

守城士兵们站在两旁，彼此聊着，任由骑兵队伍进入城内。

龙山帝国从建国至今已有九千多年，像这种最低级别的城卫军早就腐朽了，也就能恐吓恐吓一些小盗匪。大贵族和一些极厉害的盗匪，他们是不敢去招惹的。

……

"是雪鹰领的少年领主。"

"都让让。"

"让开点。"

城内的人都好奇地看着，一个个老远就让开了。

东伯家族可是仪水城内排名前十的大家族，而且此次是少年领主带队出行，算是大场面了。

"旭明杂货铺！"

一家占地面积极大的店面的招牌非常醒目。

"就这儿。吁吁吁——"东伯雪鹰勒马停下，当即下令，"都在外面等我。"

"是，领主大人。"骑兵们恭敬应命。

"宗叔，我们进去。"东伯雪鹰将马交给了一名手下，便牵着弟弟的手，和宗凌一同进入了旭明杂货铺。

说是杂货铺，可铺面就有近百米宽，里面店员有数十名，客人颇多。

这是整个仪水城内最大最好的卖兵器的地方了。

"仪水城终究只是县级城，太好的炼金兵器根本没几个买得起。"宗凌笑道，"一件二阶的炼金兵器都要好几万金币，抵得上整个雪鹰领领地的价格了。仪水城内的贵族有多少买得起？就算要买，恐怕也要去郡城，甚至专门去省城买。所以，这里大多是不入阶的兵器，一般一阶的炼金兵器就算顶尖的，或许有二阶的炼金兵器当镇店之宝吧。"

东伯雪鹰微微点头。之前自己用坏的长枪，就是不入阶的。

"这位就是传说中雪鹰领的领主东伯雪鹰吧！哈哈，我早就听说过老弟你的大名，今天却是第一次见啊。"一名紫袍中年人笑着走了出来。

"雪鹰，这就是店铺主人——权旭明伯爵。"宗凌介绍道。

"见过权伯爵。"东伯雪鹰微笑道。

仪水城中厉害的人物屈指可数，权旭明就是其中之一。此人曾经是一个大商人，在外面生意做得很大，后来不愿再在外奔波了，便回到家乡买了领地，在城内开了一家杂货铺。说是杂货铺，店里的各种奇珍异宝、兵器等却是整个仪水城中最好的。从诸多宝物的数量就能看出此人颇有能耐。

"我年纪稍长，就喊你一声雪鹰老弟吧。"紫袍中年人笑道，"雪鹰老弟来我这儿，不知道要买什么？"

"一杆长枪。"东伯雪鹰道。

"权伯爵，把你们店里最好的长枪拿出来吧。"宗凌也说道。

"对，最好的，最好的都拿出来。"旁边的东伯青石兴奋地喊道。

"哈哈……好气魄！不过，我这店终究只是小店，店里算得上好的长枪也就三杆。"紫袍中年人听了后，心中微微一动。

一般实力弱些的，没必要使用入阶的炼金兵器，看来这少年领主颇有实力啊，或许已经成为天阶骑士了。

他当即转头吩咐店员道："去，将三杆最好的长枪拿出来给雪鹰老弟挑选。雪鹰老弟，我们先到里面，坐下慢慢谈。"

这铺面里已经有不少客人注意到东伯雪鹰了，都在悄然议论呢。毕竟东伯雪鹰虽然很少进城，可他的大名早就传遍了仪水城。他八岁就成为一个领地的领主，据说每天都在练枪，几乎入魔了。传言他的父母被抓走了，也有人说他的父母早就被杀了……种种传言闹得满城风雨，有一些传言很假。

雅间内。

店员奉上茶水、糕点，紫袍中年人和东伯雪鹰简单闲聊了两句。

此时进来六名店员，两两抬着兵器盒，三个古朴的兵器盒被抬了进来。

"都打开，让雪鹰老弟瞧瞧。"紫袍中年人吩咐道。

三个兵器盒都被打开了。东伯雪鹰立即眼睛一亮，仔细看了过去。

第14章

飞雪枪

紫袍中年人看到东伯雪鹰的表情，暗暗点头。

仪水城的人给东伯雪鹰起了个外号，叫"枪魔"，意思是他练枪都快入魔了。这其实算不上恶意，却也算不上什么好话。可紫袍中年人经历极多，他明白，在外面广阔的世界中，真正的主宰是那些强者，那些强大得匪夷所思的称号级存在，乃至超凡强者。

而只有这些真正修炼很刻苦的，才有望成为那等存在。所以，他对这些极勤奋的人都不愿意得罪。

"好枪！"东伯雪鹰目光一扫，单单从这些长枪散发的淡淡的气息，他就能感觉到这些长枪的灵性，这是和长枪朝夕相处后自然拥有的一种共鸣。

三杆长枪都被分成了两截。毕竟枪身太长了，分成两截可以放在兵器箱内携带。整杆长枪最短也有两米多，如果背着那就太累赘了。

"雪鹰老弟，我给你介绍下，这三杆长枪都是我亲自去收购的。"紫袍中年人道。

"麻烦权伯爵了。"东伯雪鹰微微点头。

对于人情世故，他一般懒得理会，他的心思更多放在修炼上，当然他也不会太过失礼。

"这杆黑色长枪，"紫袍中年人指着左手边第一个兵器盒内的长枪，"名叫'黑云枪'，三米二长，算是销量极好的一款长枪，许多贵族愿意购买。至于它的好处，雪鹰老弟你自己试试就知道了。"

"哦。"东伯雪鹰眉头微微一皱。

这黑云枪太长了，他有点不喜欢。但他还是走上前，双手拿起长枪的两截迅速旋转，卡在一起。

呼！他单手一甩，足有上百斤重的长枪被甩得笔直，枪尖直刺前方，那刺破空气的撕裂声让旁边的两名店员都吓得脸色发白。

紫袍中年人为之暗惊：好大的力气！好厉害的枪法！

"软，太软。"东伯雪鹰摇头，"这黑云枪太长，枪颈细，因此一枪刺过去，枪头会舞动。实际上，真正的高手虽然也希望枪头舞动，可枪头的舞动是要完全在控制范围内的，而不是枪软导致它舞动。"

"当然，对于枪法不精的人而言，拿着三米多的长枪，猛然刺出，枪头舞动，一般人眼睛都看花了，一下子就可能被刺出个窟窿。对那些不花心思练枪的贵族而言，倒也算一件好兵器。"东伯雪鹰评价道。

十三岁就达到人枪合一的境界，如今更是接触到了枪法大师境界的东伯雪鹰，随手试了一下，就知道兵器的优缺点。

对于枪法弱的，这黑云枪是好兵器，能让其实力大增。

可是，那些枪法厉害的人就看不上它了。

"厉害，厉害！哈哈，我遇到过好些在外闯荡的真正的高手，他们也瞧不上这杆深受纨绔子弟喜欢的黑云枪。"紫袍中年人指向旁边的暗紫色长枪，"这杆长枪叫'紫血枪'，这就是真正的高手用的了。枪长两米五，枪杆粗，需一手才能握住，枪尖极为锋利，都说它枪杆的暗紫色是鲜血沉淀的颜色。"

"吹得挺玄乎。"东伯雪鹰笑着拿起了紫血枪。

这一拿，东伯雪鹰心中微微一喜，而后随意挥动长枪。

呼！

长枪扫出，宽阔的雅间内陡然生出一阵呼啸的狂风。紧接着长枪一转，竟然瞬间化为怒刺。

东伯雪鹰举手投足间的那种随意绝非一般枪法高手所能拥有，这让紫袍中年人对他的评价越来越高。

"力道转化很轻松。"东伯雪鹰微微点头，"枪杆没什么缺点，枪头在炼金法阵的辅助下的确够锋利。"

这是一杆好枪，适合自己用。

"我来介绍最后一杆枪。"紫袍中年人指向了最后一杆长枪。

东伯雪鹰看过去，这是他初见时最喜欢的，整个枪杆是银灰色的，枪杆上还有无数雪花般的点，让他能够隐隐感知它的锋芒。

"其他两杆长枪都是一阶炼金兵器，而这杆长枪是我意外得到的，据鉴定，乃二阶炼金兵器。"紫袍中年人说道。

"二阶？"东伯雪鹰、宗凌都一怔。

在仪水城，他们竟然看到了二阶炼金兵器！

"它通体冰凉，其炼制者称呼它'飞雪枪'。"紫袍中年人说道，"它的优点是施展枪法时，长枪周围会出现雪花飘舞的景象，可以迷惑敌人。"

"我试试。"东伯雪鹰拿起两截长枪，先组合，而后试了起来。

紫袍中年人则有些紧张。

炼金兵器一般都有一些优点，比如速度更快，比如更锋利，比如带着火焰……

而这杆飞雪枪仅仅是产生一些雪花来迷惑敌人。可对真正的高手而言，那些雪花是迷惑不了他们的，他们能轻易辨别出枪尖。所以，这件二阶炼金兵器才会放在这里。

至于这兵器的来历……

紫袍中年人在外经商时遇到一个老乞丐，他觉得老乞丐颇为不凡，吃喝都供着老乞丐。过了三年，老乞丐走之前开炉炼制兵器，炼制出了一杆长枪，说："这是飞雪枪，足够偿还你的这些酒水和食物了。"说完便走人了。

他当时以为飞雪枪是多么了不起的神兵利器，而后经过测试，的确算是二阶炼金兵器，却没有任何增幅效果。当然，这也远超他的酒水和食物的价值了。

呼——嘶——

东伯雪鹰手持银灰色长枪，连续试了十几招才停下，表情平静，心中却激动起来。

好枪！

这才是真正的好枪！

即便是人枪合一的高手，恐怕都难以体会这杆长枪真正的珍贵之处。而东伯雪鹰这几年一直练拳，欲使力量圆满如一，如今已经接触到这一层境界，所以，他才能发现其中的奥妙。

可东伯雪鹰不能说，因为他得还价啊！他还真没钱买一件二阶炼金兵器！

"枪不错，不愧是二阶炼金兵器。"东伯雪鹰看向紫袍中年人，"可是，我感觉它除了雪花迷惑之效，就没有其他特殊效果了。炼金兵器一般都有些特殊效果，或是带一些法术力量，或是更锋利等，这杆长枪怎么什么都没有？至于迷惑敌人，难道真正的高手连雪花和枪尖都分不出吗？"

"它之所以被认定为二阶炼金兵器，估计是因为能承受称号级强者的战斗。"东伯雪鹰接着说道，"对我们这些实力弱的人而言，它还不如一阶炼金兵器。"

一阶炼金兵器，称号级以下者战斗时用起来没事，可称号级强者厮杀时，威力惊天动地，一般的一阶炼金兵器很可能会断掉、毁掉。东伯雪鹰现在力量爆发后能瞬间达到银月级，要不了多久就会达到称号级，拥有极大的威力，如果是一阶的长枪，恐怕用不了多久。这也是他希望拿下这杆飞雪枪的原因。当然，更主要的原因是这杆飞雪枪内含奥妙。

"可它终究是二阶炼金兵器，而且我能看得出来你很喜欢。"紫袍中年人说道。

"出个价吧。"东伯雪鹰说道。

"三万金币！"紫袍中年人说道。

东伯雪鹰笑了。其实他内心很无奈，因为整个东伯家族到如今所拥有的金币只剩下一万五千多了，而且还是在宗叔贴补的情况下。早在两年前，东伯家族的账上就没钱了。因为他很小就开始泡药浴，泡了近十年，把家族的金币消耗得差不多了。

泡药浴一年下来，要五千金币，近十年，就要将近五万金币。当初东伯烈夫妇以为大儿子十岁左右就能成为骑士，到时斗气就能滋养身体、恢复身体，无须泡药浴了。谁承想东伯雪鹰快十六岁才突破！

"那购买紫血枪需要多少金币？"东伯雪鹰立即转头看向紫血枪。

"只需五千金币。"紫袍中年人连忙说道，"它比不了飞雪枪，飞雪枪是二阶炼金兵器，虽然没有辅助之效，可好歹是二阶的。"

"战斗时，看的是兵器的实际作用。"东伯雪鹰说道，"我最多给一万金币。"

……

双方讨价还价。

"一万八千金币！低了不能卖。"紫袍中年人无奈地说道。

他之所以卖这么低的价，一是这杆长枪的确平平无奇；二是这是老乞丐送的，他付出的仅仅是一些酒水和食物；三是看过这杆长枪的枪法高手有好几十位了，可没人愿意出高价。曾经有人出一万八千金币他没卖，回到仪水城后，现在想卖到一万八千金币都难了。

"可以。"东伯雪鹰不愿再讨价还价，因为他明白这杆长枪真正的珍贵之处，"不过，我只能预付八千金币，还有一万金币……先赊着，三个月内付清！"

他实在没金币了！

"赊账？"紫袍中年人一愣。

"我今天没带这么多金币，我没想到你这里有二阶炼金兵器。"东伯雪鹰淡然道。

如今他实力非凡，赚一两万金币不是难事，若有了这杆长枪，更是如虎添翼！

"好，成交！哈哈，我相信东伯家族的实力，你就先写一个欠条吧。"紫袍中年人说道。

"要抵押吗？"东伯雪鹰问道。

"无须。"紫袍中年人豪气得很，他还是很愿意和东伯雪鹰交好的。

"宗叔。"东伯雪鹰唤道。

宗凌从头到尾都没说什么，一切都由东伯雪鹰决断。此刻，宗凌从怀里取出了一大沓金票，递给了紫袍中年人。

而后，东伯雪鹰又写下一万金币的欠条。

随后，飞雪枪到手！

"你是没遇到枪法大师啊，否则哪会落到我的手里？"东伯雪鹰拿起兵器箱时心里很兴奋。

他却不知，整个青河郡都没有一个枪法大师。练兵器的高手虽然多，可练枪法的就那么些人，能达到人枪合一境界就很了不起了。

成为枪法大师太难了！

第15章
大法师的要求

东伯雪鹰迅速背起兵器箱，右手按下兵器箱边上的机关按钮。唰！唰！兵器箱顶端就冒出了两截长枪，随后他迅速将背后上方的两截长枪拔了出来，跟着往后一插，轻易就插入兵器箱，咔的一声，完全锁死。

"哥哥帅！"东伯青石双眼发亮。

"以后你当了法师更帅。"东伯雪鹰笑着看向弟弟。

"哈哈，这兵器箱还是我另外配的。"紫袍中年人看到积压多年的货卖出去了，心情颇好，"兵器箱边上还有好几处机关，你在外闯荡时，绳索等物品也可以放在兵器箱内。"

兵器箱很轻，又可存放许多物品，还可以极快速度地存取重兵器、长兵器。

"另外配的兵器箱？"东伯雪鹰笑着问道，"这飞雪枪的炼制者没有专门配兵器箱？这不太对吧？"

炼金法师炼制好一件兵器后，一般会弄好配件，包装都很精美。

可这杆长枪的兵器箱竟然是另外配的?!

对这杆长枪的来历，东伯雪鹰很好奇。因为那位炼制者肯定很清楚这杆长枪的珍贵之处，按理说，定价怕会是一个天价。而权伯爵仅仅一万八千金币就卖给自己了，这让东伯雪鹰更好奇长枪的来历了。

"放心，既然买了，我不会后悔。"东伯雪鹰又说道。

"哈哈……"紫袍中年人犹豫了下便道，"雪鹰老弟，我也不瞒你了。我在外经商时遇到一个老乞丐，他在我的地盘吃喝却不给钱，我感觉他不是一般人，便任其吃喝。三年后，他就开炉炼制出了这杆长枪，说是抵酒水和食物的钱，而后就走了。我当时很激动啊，以为自己遇到厉害的大人物了，赶紧把长枪送去鉴定，鉴定过数次，发现这杆长枪也就有雪花迷惑之效，却没有什么特殊的辅助作用，幸好能够承受足够强的力量，被定为二阶炼金兵器。"

东伯雪鹰微微点头。

买完兵器，东伯雪鹰他们便去拜访白源之大法师了。

"大法师的住处就在这条巷子尽头。"宗凌指着前面一条颇为狭窄的巷子道。

"下马，其他人在这儿等着！宗叔、石头，我们进去吧。"东伯雪鹰说道。

东伯雪鹰牵着弟弟的手，沿着这古旧的巷子往前走。

"没想到，白源之大法师没住在贵族的区域，反而住在这等偏僻之地。"东伯雪鹰说道。

"贵族区域太过喧闹，这里安静，更适合安心钻研。"宗凌说道。

他们走到巷子尽头，便看到了一座占地面积极大的府邸。大门紧闭，东伯雪鹰亲自上前敲门。

哗！门打开了。

一名短发少年疑惑地问道："你们找谁？"

"雪鹰领东伯雪鹰，前来拜访大法师。"东伯雪鹰说道。

"你就是那个枪魔？"短发少年惊呼，随即连忙捂住嘴巴。

"师弟，谁啊？"府邸内传出其他少年的声音。

"老师正在闭门研究，谁都不敢去打扰，东伯男爵你恐怕得等半个时辰。"少年连忙解释道，"等老师出来，我会立即传话，我现在不敢放你进来。"

"好，不急。"东伯雪鹰说道。

东伯雪鹰很有耐心。

半个时辰后。

白源之穿着宽松的白袍露面了。他皮肤有些褶皱，黑色长胡子都垂到肚子上了，他今年已经九十出头了。

他看着眼前坐着的背着兵器箱的黑衣少年，暗暗有些吃惊。他能够感觉到这少年身上那股凌厉的气息，这少年绝对不是一般的枪法高手。

"大法师。"东伯雪鹰态度颇为谦逊。

"有何事？请说吧，我事情还很多。"白源之直接说道。

"大法师很直爽，那我也就直言了。"东伯雪鹰说道，"我弟弟过年后便十二岁了，他有法师天赋，我希望他能够拜在大法师的门下。"

"我收个记名弟子不难，只需你们满足我的一些条件。"白源之随意地道。

"不。"东伯雪鹰轻轻摇头，"我希望我弟弟能够成为大法师的亲传弟子！"

"亲传弟子？"白源之皱眉，"虽然我已经年过九十，可在星辰级法师中算不上老，我还想在法师境界上走得更远，所以是不会轻易浪费太多精力教导弟子的，至今我也才收过一名亲传弟子。你让我收你弟弟为亲传弟子倒也不是不行，但我有两个要求，只要你能满足其中一个，我就收你弟弟为亲传弟子。"

东伯雪鹰道："大法师请说。"

"我急需一件魔兽材料——银月之心！"说起这个，白源之双眸放光，"就是四阶魔兽银月狼王的心脏！而且必须是新鲜的，保存时间不能超过三天。"

"另外一个要求呢？"东伯雪鹰问道。

银月狼王的心脏，还要新鲜的？这要求太高了。

"作为法师，我很需要钱。"白源之感叹道，"各种研究都需要花钱，而赚钱又不容易。你若给我五万金币，我可以收你弟弟为亲传弟子！"

整个仪水城的贵族，即便卖领地筹钱，能拿出五万金币的就那么几个。可领地是贵族根基，不卖领地能拿出五万金币的人更是少得可怜。

"好，我明白了。"东伯雪鹰起身。

白源之叹息。

他知道自己的要求太高了。

"一个月内，我会带着银月之心或者五万金币来找大法师。"东伯雪鹰说道。

白源之一愣。

他竟然答应了?!

白源之不由得兴奋。

"那我就等着领主你来。"白源之也站起来，客气得多了。

他收的第一个亲传弟子是他好友的遗孤。若没有足够的条件，他真的懒得浪费精力教导弟子，而他提出的要求如此高，仪水城中至今没有贵族答应过他，可东伯雪鹰答应了。

"告辞，大法师不必送。"东伯雪鹰往外走去。

白源之站在窗户前看着下方院子内，东伯雪鹰牵着弟弟的手走出了府门，满头银发的六臂蛇魔宗凌则一直跟在一旁。

"看来这个少年领主不一般啊！"白源之露出一丝微笑。

……

"哥哥，怎么样？"东伯青石期盼地问道。

"等过年后才能有结果。"东伯雪鹰笑道，"放心吧，青石，大法师应该会收你为亲传弟子。再等等，等到过年后吧。"

东伯雪鹰却在暗暗盘算。

一个月的时间，他要弄到银月之心或者五万金币……

他定的时间很宽松了，应该不成问题。不过，还是等完成了后再告诉弟弟，现在可不能和弟弟吹牛。

第 16 章
毁灭山脉

夜。

雪鹰领，雪石城堡，书房中。

东伯雪鹰坐在书桌后，而宗凌、铜三都随意坐下。

"雪鹰，你找我们来有何事？"铜三有些疑惑。

"今天我去找大法师，大法师答应收青石为亲传弟子，可他提了两个要求，给他五万金币或者银月狼王的心脏。只要满足他的其中一个要求，青石拜师就没问题了。"东伯雪鹰说道。

"五万金币？"铜三瞪大眼睛，"真够黑啊！我和你宗叔、主人他们当年冒了多少生死危险，也没攒到太多宝贝。还是主人怀孕后，我们有了一个意外的大收获，否则你父亲他们哪能买下贵族爵位、买下雪鹰领？他一张口就要五万金币?! "

这个数额很夸张，一般流星级骑士倾尽全部身家都很难拿得出来。

父母他们当年在外冒险，是极少数的好运者，并且冒险者本来就是去一些很危险的地方，死亡率极高，父母他们是侥幸活下来的，才能买爵位、买领地。而敢去做冒险者的个个不畏惧死亡，极为凶狠，这也是仪水城的贵族们明明知道雪鹰领很富有，却没人敢动心思的原因。

"要获得银月狼王的心脏更难。"旁边的宗凌皱眉，"如果只是四阶魔兽银月狼王，以雪鹰如今的实力，加上我们的配合，还是有把握击杀它的。可是，银月狼王麾下有一个狼群，狼群围攻比一头狼王还要可怕。"

银月狼王本身不可怕，可怕的是狼群！所以，银月狼王明明只是一只四阶魔兽，可它的尸体价值可以媲美五阶魔兽。

"我准备进入毁灭山脉。"东伯雪鹰说道。

"不可——"

"太冒险了！"

铜三、宗凌都大惊。

毁灭山脉是什么地方？那可是整个世界最庞大的一座山脉，连接了四个行省。它内部生活着无数的魔兽，甚至有超凡生命。

一代代传承下来，整个龙山帝国都没能完全消灭这巨大的威胁，甚至军队最主要的布防就在毁灭山脉的周围。军队经常在毁灭山脉外围进行一些大规模灭杀，所以大批低阶的魔兽肉才能在外面购买到。

所以，一阶、二阶、三阶的魔兽肉都比较便宜。从四阶开始，价格却大涨。因为四阶魔兽不是一般的军队能猎杀到的，必须是精英中的精英。

"就算是军队，也是大规模出动，扫荡的还是毁灭山脉最外围的区域。"宗凌也连忙说道，"连银月级骑士、称号级骑士也不愿进入毁灭山脉，一旦进入更深处，随时可能会遇到一些可怕的魔兽！"

"对啊，雪鹰。"铜三也连忙说道，"我和主人他们当年冒险时也没想过往毁灭山脉里面钻。你想要猎杀一只四阶魔兽，却不可能这么巧就碰到四阶魔兽，或许会碰到五阶乃至六阶的魔兽，那你就没命了！"

他们都很急。

毁灭山脉可是人类的大敌魔兽的终极大巢穴啊！一旦进去，那就是拿命在赌。

"你们没听我说完。"东伯雪鹰笑道，"我是准备进入毁灭山脉，但是我只进入最外围的区域，并且猎杀魔兽只是其次，最重要的是我打算消灭弯刀盟！"

"消灭弯刀盟？"

宗凌、铜三眼睛都一亮。

因为外围区域经常被军队扫荡，强的魔兽早就退出去了，一般都是些低阶魔兽聚集在这里。

每次扫荡，其实也就是军队和低阶魔兽的大规模拼杀。低阶魔兽是源源不断的，每次被扫荡了一群，总有更多的低阶魔兽从毁灭山脉深处跑出来。

外围区域倒下了太多人类士兵，可也让军队磨炼出了许多强者。

"弯刀盟的盗匪隐藏在毁灭山脉，他们不敢太深入，只是在最外围的区域。"宗凌轻轻点头，"弯刀盟首领盖斌是一名流星级骑士，他极为贪婪，经常掠夺宝物，宝物定是不少。整个盗匪老巢中的宝物恐怕更多，可要攻打也不容易啊。"

"敌明我暗，宗叔，你觉得我的实力和盖斌相比如何？"东伯雪鹰问道。

"你比他厉害得多。我和他交手还能支撑一会儿，和你交手，你若出全力，我一会儿都撑不住。"宗凌苦笑道。

平常，东伯雪鹰就达到了流星级骑士的巅峰状态。

爆发时，他的力量更是攀升到了银月级骑士的境界。

他的枪法几乎可与枪法大师媲美，斗气运转技巧还是玄冰骑士谷元寒所传。

"你唯一的弱点就是经历太少。"宗凌说道，"虽然我们领地内的一些重犯都是由你处决的，可你经历过的生死搏杀还是太少。你和我们也只是切磋而已。"

"我明白，所以这次去毁灭山脉，我在寻找弯刀盟老巢的过程中肯定会遇到很多魔兽，可以多磨炼磨炼。"东伯雪鹰说道。

"找弯刀盟的老巢不容易。"宗凌有些担心，"在这个过程中，我们会一次次遇到魔兽，甚至有可能碰到一些强大的魔兽。"

虽然外围区域内很强的超凡层次的魔兽，如六阶层次的魔兽，不太可能出现，可五阶、四阶的魔兽偶尔还是有的。一旦军队扫荡，它们见势不妙就会早早退走。可对于像东伯雪鹰这种独自去冒险的，厉害的魔兽可能潜伏在暗处，伺机袭杀。

"我的运气应该不会那么差。"东伯雪鹰说道，"而且我的枪法颇为擅长防御，还是有把握保命的。而且不去毁灭山脉的话，我怎么赚五万金币？"

想要不冒风险，很难。

流星级骑士去给大家族当护卫，很安全，可一年薪水也就三五千金币。想赚到数万金币，都是要冒大风险的。

"好吧。"宗凌道，"我跟你去，至少外围区域我去过数次。"

"宗叔，你去过？"东伯雪鹰吃惊。

"嗯，你父母买下雪鹰领后，我独自一人修炼，去毁灭山脉的外围区域磨炼过。"

宗凌作为蛇人族王族的一员，有自己的骄傲，他一直想要突破天阶，踏入流星级，把自己逼得也挺狠的。

"你想要去毁灭山脉，可以多听听你宗叔的，别大意。"铜三嘱咐道。

经过准备，五天后的清晨，东伯雪鹰、宗凌带着一支百人骑兵队伍出发了。

城堡的吊桥早就放下了。

"哥哥，早点回来！"东伯青石跑到山顶边缘高声喊道。

铜三站在他的身旁。

"青石，放心吧，你在家乖乖听铜叔的话。"已经到了远处的东伯雪鹰回应道。

"知道啦。"东伯青石重重点头，心中却很不舍。

从小到大，他还没有和哥哥分开过太久呢。这一次哥哥出去办事，据说要十天甚至半个月。

他却不知道，哥哥这次出去是为了给他挣"学费"。

东伯雪鹰他们带着骑兵队伍一路轻松赶路，傍晚时分就来到了九百多里外的毁灭山脉边缘。

骑兵队伍开始扎营、搭灶煮饭。

宗凌、东伯雪鹰正和一名满脸胡须的大汉在一起。

这名大汉叫杨程，是一名地阶骑士，效忠于东伯家族，也是这支百人骑兵队伍的队长。

"老杨，"宗凌说道，"明天一早，我和领主就会进入毁灭山脉，这里就交给你了。"

"宗凌大人、领主大人，你们尽管放心，这点小事我一定做得妥妥帖帖。领主大人，你可要小心。"杨程担忧道，"当年我在军队的时候，虽然也闯荡过毁灭山脉的外围区域，可那是跟着大军出动，从未单独去过。并且，毁灭山脉中铺天盖地的魔兽悍不畏死地冲杀，和我一起参军的兄弟们最后安然退役的极少，十个中也就三四个，其他几乎都死在毁灭山脉了。"

东伯雪鹰点头。

毁灭山脉的确是险地，敢进入外围区域的，是军队和一些亡命盗匪。至于更深处，敢进去的人就更少了。

第二天一大早，天刚蒙蒙亮。

背着兵器箱的东伯雪鹰和宗凌悄然徒步进入毁灭山脉。在毁灭山脉中，可没法骑马，因为马驹稍微闹出动静，就会引出可怕的魔兽。

"领主大人，你可要小心啊！"

杨程和其他士兵都担忧地看着那黑衣少年和银发蛇人离去，直至他们消失在远处的毁灭山脉的山林中，再也看不见。

第17章

进入毁灭山脉的日子

深山老林，一片寂静，阳光都难以照进来，阴暗潮湿，许多地方还有积雪。

银发蛇人和黑衣少年都持着兵器，无比小心。

"宗叔，我们进来都快半个时辰了，一只魔兽都没碰到呢。"东伯雪鹰压低声音说道。

他心里有一丝紧张，却也跃跃欲试，毕竟实力大增后还没能好好练手呢！

"你啊！"宗凌摇头，有些无奈。

东伯雪鹰看似成熟，可还是有些少年心性。

宗凌低声说道："我们刚进山，这里属于外围中的外围，魔兽自然很少。我们越往里走，就越容易碰到魔兽，到时候就看你的实力了。"

"嗯。"东伯雪鹰轻轻点头。

沙沙——

很轻微的声音响起。

东伯雪鹰耳朵动了动，立即伸手阻挡住了旁边的宗凌。

宗凌立即心一紧，他虽然没听到声音，可他知道觉醒太古血脉后的东伯雪鹰听觉和视觉都极为敏锐。

"在那儿！"东伯雪鹰盯着左侧前方。

宗凌也盯着那里。

远处的荆棘丛中渐渐传来清晰可闻的沙沙声，并且一个个黑瘦的身影缓缓走了出来。它们的模样近似于狼，可体型要小一些，通体覆有密密麻麻的黑色鳞片，一双双暗红色的眸子中带着冰冷。它们只是平静地看着这两人。

"黑鳞豹？"东伯雪鹰、宗凌都心中一紧，他们刚进入毁灭山脉遇到的魔兽就很不好惹。

黑鳞豹是三阶魔兽，非常冷静且凶狠，擅长配合，而且利爪、牙齿上都有剧毒。

何为三阶？这代表着它们的个体实力堪比天阶骑士。它们都是组成一个个小群体生存。从远处荆棘丛中走出来的一大群黑鳞豹，足足有三十五头。若是单独的一只四阶魔兽和它们起冲突，恐怕会被它们撕成碎片。

"麻烦了。"宗凌有些紧张，"雪鹰，我们要小心了。"

"嗯，宗叔，你保护好自己，它们交给我对付。"

东伯雪鹰深吸一口气，呼吸更平缓有力，他盯着眼前这一大群黑鳞豹。

黑鳞豹开始分散，呈扇形围着东伯雪鹰他们俩。被这么多黑鳞豹的暗红色眼睛同时盯着，东伯雪鹰也有些紧张。他的意志是很了不得，枪法也很高超，可这么厉害的对手他还是第一次遇到。

"嗷——"低沉难听的声音从最后面的一头黑鳞豹口中发出。

嗖嗖嗖！

所有黑鳞豹瞬间从四周同时围攻过来。

被这么多黑鳞豹围攻，流星级骑士也扛不住啊！

"死！"东伯雪鹰手中的长枪动了。

嗖！

长枪快如闪电。在长枪刺出的刹那，还有无数的雪花出现，场景无比美丽。

那头遭到攻击的黑鳞豹立即挥动利爪抵挡这一击。

枪头被挡住的一刹那，长枪陡然旋转，一股力道崩开了那利爪。枪尖瞬间刺入了这黑鳞豹的下颚。

这黑鳞豹身体抽搐几下就没反应了。

刺死它的一刹那，东伯雪鹰迅速抽回枪，闪电般地再次一刺。

一收一刺，仿佛毒蛇吐芯。

又一头黑鳞豹当场毙命。

这些黑鳞豹都是厮杀的好手，可东伯雪鹰近十年来磨炼出的枪法实在太厉害。

"嗷——"低沉的吼声接连响起，黑鳞豺没有丝毫减速地围攻而来。

东伯雪鹰在极短时间内仅仅杀了三头黑鳞豺，然后便遭到八头黑鳞豺的围攻。

"滚！"

长枪如影，迅速抽打。

就像过去的漫长日子里疯狂抽打炼金假人一样，东伯雪鹰的一记抽打就抽飞了旁边的四头黑鳞豺，再一个反向横扫又扫飞另外四头黑鳞豺。

单纯论力量，东伯雪鹰是占绝对优势的。不过，所谓双拳难敌四手，这群黑鳞豺的恐怖之处就在于它们悍不畏死地围攻。

"雪鹰，快逃，挡不住就逃啊！"在旁边一棵大树高处枝杈上的宗凌，尾巴缠绕着树干。他的速度和灵活度是他之前数次进入毁灭山脉能保命的依仗。

"我知道。"东伯雪鹰注意力高度集中。

他的枪法境界是高，可在生死关头，还是会受到影响。而且，这些黑鳞豺的筋骨和鳞片非常坚硬，长枪刺入再拔出是需要消耗时间的，他的攻击速度因此变慢。

"我得动起来，不能任由它们围攻。"东伯雪鹰渐渐将平常在城堡内修炼的经验用了起来。

在城堡时，他经常让一大群士兵围攻自己，自己则仗着枪法和身法高超闪转腾挪。当然切磋时，大家都不能用兵刃。

他逐渐施展了简单的移动，让自己面对的黑鳞豺变少，也让黑鳞豺的围攻失去目标，自己每次最多只需要面对三头黑鳞豺。

雪花飘飘，一头头黑鳞豺倒下。

东伯雪鹰越来越自然畅快，强大的力量贯穿整杆长枪，猛然抽打在一头黑鳞豺身上，那黑鳞豺当即倒在地上没了气息。

在大树高处枝杈上的宗凌俯瞰着，脸上露出了喜色。

"雪鹰适应得挺快，比我预料得都快。在这种生死搏杀下，他的实力都能发挥出来了。"宗凌微微点头，"再过两三天，他估计就能完全适应了。"

"嗷！"一道短促惊惧的吼声从黑鳞豺群中传来，残余的一些黑鳞豺立即转头分散逃窜。

东伯雪鹰追着连杀了两头黑鳞豺便停下了。

他这才松了一口气，呼吸都粗重些许，全身血液流转速度快了许多。

"怎么样？"宗凌从高处跳下来。

"的确不同。"东伯雪鹰轻轻点头，"三年前，我和领地里的囚犯生死搏杀时也有这种紧张感。可那是一对一，这种围攻让我对枪法的使用又多了些想法。"

枪法境界高，只是代表枪法技艺达到了极高的境界。可战斗的时候，招式如何结合，步伐如何配合，这都得靠实战经验。

"而且在生死搏杀时，我全身血液沸腾，力量涌动，对全身力量的控制更精细！"东伯雪鹰说道。

"这就是在死亡威胁下的生命的本能！"宗凌说道。

"我的枪法或许会更快地突破。"东伯雪鹰心里暗道。

他苦练十年，磨炼出了惊人的技艺，毁灭山脉不正是他施展实力最好的地方？

"赶紧走，这地方血腥味太重，很快会引来更多的魔兽。"宗凌催促道。

"嗯。"东伯雪鹰点头。

他们都不在乎三阶魔兽的尸体，三阶魔兽虽然有点价值，可他们两个人能扛走几头啊？这样做不值得。至于用储物宝物装，东伯雪鹰的储物宝物内的空间很小，恐怕也就勉强能装一头黑鳞豺而已。

……

来到毁灭山脉，东伯雪鹰就仿佛龙入大海，他的实战经验不断得到积累，枪法技艺也得到磨炼。

每天晚上，他们俩都要立即返回外面的营地。一个是觉醒太古血脉者，一个是蛇人族王族，他们步行的速度非常快，在毁灭山脉中穿行都能轻松维持一个时辰两百里的速度。他们探索时速度慢，按照原路返回时却都很快。之所以赶回营地过夜，是因为他们需要好好地歇息，在毁灭山脉内过夜太危险、太累了。

时间一天天过去。

东伯雪鹰的进步让宗凌咋舌。他看到东伯雪鹰变得越来越老练，每次战斗后，东伯雪鹰都会思考，汲取教训，让自己下次表现得更好。

"雪鹰从小就懂得总结，战斗后也能及时总结。难怪他的枪法这么厉害！"宗凌暗暗嘀咕，他一直觉得东伯雪鹰的智慧很高。

　　他自问很聪明，也懂得汲取过去的教训，其实这个道理很多人都懂。可东伯雪鹰的思维更独特，效率明显更高。年幼时，一般孩子看那些传记小说，只会记得许多超凡骑士的精彩故事，东伯雪鹰却发现了那些超凡骑士的成长规律——

　　比如，近九成超凡骑士都没进入过学院。

　　比如，传记小说中的只言片语揭示，他们都极重视基础，所以东伯雪鹰对枪法基础的修炼很重视。

第 18 章

偷袭

毁灭山脉内的一座高山山巅，东伯雪鹰和宗凌都在俯瞰远处。

"宗叔，"东伯雪鹰问道，"我们进入毁灭山脉有十二天了，也搜索了十二天，一直都没找到弯刀盟的踪迹啊。"

"弯刀盟每次逃进毁灭山脉都是藏在这一带，据多年来从各地搜集来的消息，我们圈定的范围应该没错。"宗凌说道。

他们这次来毁灭山脉，主要是猎杀弯刀盟的人！弯刀盟祸乱仪水县太久了，他们一次次出来作恶，一次次逃窜，经常被人们看到。所以，将那些消息归纳起来，就能够知道弯刀盟藏身的大概地理位置。

外面驻扎的营地也是有讲究的。以外面驻扎的营地为起点，深入毁灭山脉方圆五百里，这就是东伯雪鹰他们圈定的范围。

他们认定弯刀盟九成九的人就藏在这个范围内。

"弯刀盟的那些亡命之徒经常进出毁灭山脉，自然有一条较为安全的老路。可这里毕竟是毁灭山脉，随时可能出现魔兽，所以他们不可能深入毁灭山脉，否则每次进出都要花费七八个时辰。他们步行的速度可赶不上我们，他们中有许多人连骑士都不是。"宗凌说道，"慢慢找，一定能找到。"

"嗯。"

深入毁灭山脉方圆五百里看似不难，可两个人慢慢找还是很艰难的。毕竟弯刀盟选的老巢肯定藏在非常隐蔽的地方。

他们俩小心地寻找着，虽然偶尔会碰到魔兽，可东伯雪鹰爆发后的实力能短暂维持在银月级骑士的层次，枪法又如此厉害，所以都能够抵挡。而且，在毁灭山脉的外围，一般很少有超过三阶的魔兽。

阴暗的山林内，积雪万年不化，寒气弥漫。

东伯雪鹰、宗凌悄然行走，四处查探，寻找弯刀盟的踪迹。

"嗯？"东伯雪鹰耳朵动了动，连忙低声说道，"宗叔，我们去那边瞧瞧。"说着，他指向远处的一处高地。

"你发现什么了？"宗凌问道。

"看了就知道了。"

东伯雪鹰小心翼翼地爬上高地。

宗凌也爬上了高地。

二人冒了个头，朝远处看去。

远处有一片大的湖泊，如同巨大的翡翠，湖岸有大量的雪白的狼，密密麻麻的，三三两两，或低头饮水，或半躺在草地上。一眼看去，怕是有两三百头。

这些白狼的体型可比黑鳞豺大多了，每一头都可媲美飞霜马驹，毛雪白顺滑，颇为漂亮。

"银月狼！"宗凌咽了咽唾沫，脸色有些发白。

"还有狼王！"东伯雪鹰看着远处，只见一头半躺在岸边的体型最为庞大的银月狼王，十余头明显体型较大的银月狼围绕在它身边。

"没想到，还真让我碰到了银月狼王。"东伯雪鹰咧嘴露出一丝苦笑。

"走吧，没法打，一点希望都没有。"宗凌摇头。

东伯雪鹰盯着。

是啊，一点希望都没有！

从体型就能看出，银月狼作为三阶魔兽，比黑鳞豺大太多了。一头银月狼体重就有八千斤，飞奔起来冲击力极强。

东伯雪鹰能够轻松地用长枪横扫四五头黑鳞豺，可是对付银月狼就难了，恐怕只能扫得动一头。而且，它们有两三百头，即便是三五名流星级骑士都抵挡不住。更何况，对方还有最强的银月狼王。

"我借助身法闪躲，尽量让自己每次面对的银月狼只有数头。"东伯雪鹰暗暗盘算，"不过，那些银月狼有银月狼王统领指挥，事情不会像我想象的那么简单。一旦出现差错，陷入狼群中，我逃都逃不掉。"

"走！"东伯雪鹰选择放弃。

他在毁灭山脉也有些日子了，很清楚这些魔兽的可怕之处，他现在去和银月狼群搏杀，成功概率不足一成，死亡率却有七八成，不值得冒险。

转眼又过去了三天。

东伯雪鹰他们一直在辛苦寻找弯刀盟的老巢。

"这弯刀盟藏得真严实。"东伯雪鹰咬牙切齿地道。

这都半个月了，他们在毁灭山脉方圆五百里内都找了两遍了。

"那些盗匪也怕，怕老巢被发现。"宗凌却笑道，"雪鹰，你的耐心还不够啊！当年我和你铜叔、你父母寻找一处宝藏时，找了三个多月。"

"找到了吗？"东伯雪鹰问道。

"没找到。"宗凌回道。

"没找到？"东伯雪鹰一愣，他还以为宗叔提起这个是因为有大收获呢。

宗凌笑道："怎么，很奇怪吗？难道找宝藏就一定能找到？这世间的事情绝大多数时候都不会如人们心意的。"

东伯雪鹰轻轻点头，心中则有所触动。

世间之事，十有八九不如人意。虽然在许多方面，比如掌控领地的财政或者一些修炼技巧等，他自问比宗叔他们厉害得多，可人生经历还是欠缺得多。

二人继续寻找着。

就在这时——

一只瘦小的魔兽站在大树树干上俯瞰着东伯雪鹰和宗凌。

而他们俩竟然丝毫没有察觉。

喇！小魔兽轻巧地一跃，悄无声息地落在另外一棵大树上，继续盯着东伯雪鹰和宗凌。动静极小，即便东伯雪鹰六感敏锐，也没能察觉。

它有流线型的体形，大小和黑鳞豺相似。可是，它的毛皮如同缎子般光滑，并且还会让人产生幻觉，仿佛它的身体是虚影。

这便是恐怖的"猎杀者"——五阶魔兽阴影豹。

阴影豹极为恐怖，它行走在阴影中，悄无声息。当它露出獠牙的时候，一般就能确定将目标解决了，它是毁灭山脉中顶尖的猎杀者。

传说中的六阶魔兽阴影豹王，更是能够让身体完全融入阴影中，人们就算瞪大眼睛都看不见。

呼！呼！呼！

阴影豹悄无声息地逼近，它小心地盯着东伯雪鹰。

作为顶尖的猎杀者，它能够感觉到这名黑衣少年的威胁远超旁边的银发蛇人。只要一举解决这黑衣少年，那它就很轻松了。

嗖！阴影豹那灰暗的眸子中陡然显现杀机，同时它猛然蹿出。

一道灰色残影闪过！

太快了！

东伯雪鹰的极限速度也无法和阴影豹的速度相比，这是让银月级骑士们都头疼的可怕速度。

"嗯？"正和宗叔并肩走着的东伯雪鹰面色陡然大变，全身汗毛竖起，心脏猛然收缩。

"去死！"

东伯雪鹰没有回头，猛然往前蹿，来不及做出其他防御动作了，手中的长枪顺势往后一戳。枪尾这一戳同样力大无穷，若是寻常四阶魔兽恐怕就被阻挡住了，可这次袭来的是擅长袭杀的五阶魔兽阴影豹。

阴影豹的利爪猛地拍击在东伯雪鹰往后捣出的枪杆上，压下枪杆，并且借助反弹力顺势在东伯雪鹰的背部狠狠一抓。一股恐怖的冲击力传来，让东伯雪鹰不禁往前飞去。

嘭！它的利爪再次拍击在东伯雪鹰的长枪枪杆上。

与此同时，作为一名近乎枪法大师的高手，东伯雪鹰的长枪枪杆顺势借力，长枪猛然转动一百八十度，瞬间便抽打在半空闪躲不及的阴影豹的身上。东伯雪鹰虽然身体在往前飞，可依旧强行扭身发力，这杆长枪旋转抽劈时威力极大。

阴影豹跌落在地面上，可柔若无骨的身体瞬间卸力并且倒退闪躲。

而东伯雪鹰整个人跌落地面时立即一个翻滚，蹲在地上，手持长枪，怒视远处的阴影豹。他感觉背部疼痛，体内脏腑震动，一口鲜血涌到嘴里。

　　"噗！"他吐掉嘴里的鲜血，死死地盯着那头阴影豹。

第 19 章

生死一刹那

"是阴影豹！"宗凌震惊了。

一次次经历生死的经验让他迅速后退。

嗖嗖嗖！

他的蛇尾借力，弹跳力惊人，连续蹿动三次，就逃到了远处大树的高处。

可阴影豹只是冷冷地扫了一眼宗凌，便继续盯着东伯雪鹰。

它根本没将宗凌放在眼里。它可是以速度出名的五阶魔兽，要杀一名天阶骑士，一招就足够了。而且，以它的身体强度，就算站在那儿任凭天阶骑士劈砍刺杀，都不会有一丝一毫的损伤。

此时，它几乎把所有注意力都集中在东伯雪鹰身上。

这个黑衣少年才是大威胁！

在被它偷袭的情况下，黑衣少年竟然还能反攻它。

"宗叔，你躲远点，越远越好。"东伯雪鹰沉声说道。

"雪鹰，要小心，阴影豹的速度非常快。"宗凌知道自己帮不上忙，叮嘱了下便立即迅速后退。

东伯雪鹰死死地盯着阴影豹，咧嘴一笑："真没想到，我第一次来到毁灭山脉竟然碰到一只五阶魔兽。"

说着，他的左手将胸前的两条布带都扯开。

哐！他背着的兵器箱顿时掉落在地，整个兵器箱完全被抓烂了。他的外衣也被抓破，幸好他穿了护身内甲，否则会被抓成重伤。

阴影豹发出低沉的声音，缓缓地绕着东伯雪鹰移动，它的四蹄有肉垫，步伐非常轻。

东伯雪鹰一直盯着它。

一人，一魔兽，彼此盯着对方的眼睛，生死就在一线间。

唰！阴影豹陡然动了，它先是朝侧边一扑，可刚扑出，便又在地面上一踩，瞬间变向，直接杀向东伯雪鹰。

"给我死！"东伯雪鹰手中的长枪瞬间便到了阴影豹面前。

阴影豹灰暗的眸子一直盯着东伯雪鹰。它在冲出的同时，四蹄几乎贴着地面，如闪电般地一点，便再度变向，避开了锋利的枪尖。

一次次扑击，一次次变向，东伯雪鹰拼尽全力防御。

唰唰唰……阴影豹化作鬼魅般的幻影，围绕着东伯雪鹰。

东伯雪鹰周围有无数枪尖幻影，还有飞雪枪挥动时形成的雪花在飘舞。

"太快了，太快了！不够，还是不够！"东伯雪鹰感觉到了自身速度较慢。

虽然他的枪法融入了玄冰枪法的一些技巧，以快著称，可和阴影豹一比，差距很明显。阴影豹仿佛闲庭信步一般围绕着他，一次次寻觅机会。这种快如幻影的移动变向，对阴影豹而言还不是极限。

阴影豹一直很平静，一切都在它的掌控中。

嗖！阴影豹陡然加快速度，猛然冲出，杀向东伯雪鹰。

"就是这时候！"东伯雪鹰双眸泛红，身体周围隐隐有赤红色气流，显然这一刻他体内的太古血脉完全爆发了。

他全身的力量也爆发了！

轰！长枪旋转着，画出一道扭曲的弧线，刺向阴影豹。

阴影豹大惊。

这一枪的速度完全出乎它意料。如果在小心戒备的情况下遭到这一击，它能很轻松地闪躲开来。可是，此刻东伯雪鹰全力扑杀，长枪已经到了它近前，距离太近，它根本没法躲。

"嗷——"它发出了凶戾的吼声，一双前爪同时扑打在长枪上。

长枪旋转，仿佛一条游动的大蛇。

这一扑，长枪旋转下被卸去大半冲击力，却依旧刺向阴影豹的腹部。

阴影豹整个身体快速扭动，竭力避开这可怕的一击。

嗖！长枪枪尖擦着阴影豹的腹部而过，一道血痕显现。

阴影豹借着拍击长枪的力量立即一飞冲天，直接飞到了一棵大树高处的枝杈上，它的腹部出现了一道约莫两尺长的伤口。不过，伤口已经强行合拢，只有少许血滴落。它那灰暗的眸子中有凶戾、疯狂，死死地盯着下方的东伯雪鹰。

"竟然没能杀了你，你真是命大。"

东伯雪鹰盯着上方的阴影豹，心中有些不甘。自己在关键时刻力量爆发，出乎对方意料，袭击效果最好。可现在这阴影豹有了防备，要杀它可就麻烦了。

嗖嗖嗖！

阴影豹怒了，陡然往下冲，踏着大树枝杈往下飞蹿，连续三次飞蹿，便到了东伯雪鹰面前。

东伯雪鹰身体周围的赤红色气流腾起，他刺出长枪，被阴影豹小心地躲避开来。一枪刺空，他立即变刺为横扫。长枪横扫，威力惊人。

阴影豹面露惊讶，这一次如果被击中，它不死也得受重伤。它哪里知道，东伯雪鹰体内觉醒的太古血脉就是力量血脉。此刻，长枪横扫，力量贯穿枪杆，才算完全发挥了东伯雪鹰的优势。

阴影豹身体如水浪起伏，利爪轻轻地在枪杆上点了下，便借力避开。

轰——

长枪横扫而过，抽打在了旁边的一棵大树上。轰隆一声，大树猛然炸裂，倒了下来。

"给我死！"

东伯雪鹰飞速冲出，长枪或是刺，或是劈，或是扫。连绵不绝的攻击不断地笼罩着阴影豹。

阴影豹不断地后退闪躲。一时间，周围的山林遭殃了。

东伯雪鹰的长枪威力极强，连两三人才能合抱的巨石都能砸得粉碎。这些树木哪里经得住长枪的摧残？

一路厮杀。

东伯雪鹰发现自己早将宗叔甩得远远的，暗暗松了一口气，随即却开始焦急。因为力量爆发下，他疯狂地进攻，看似占了优势，可是当他后退时，阴影豹立即跟上，根本不让他逃走。阴影豹的速度太快了，它如果想要跟着，他根本甩不开它。

"怎么办，怎么办？我的体力在不断消耗，支撑不了多久了。"

东伯雪鹰感觉到自身的体力在急剧消耗着。若体力消耗殆尽，那他就没命了。

"嗷——"

阴影豹是极有经验的猎手，时刻在寻找机会。

终于——

东伯雪鹰体力的剧烈消耗让他的攻击出现了破绽。

阴影豹陡然闪电般冲出，眨眼的工夫便到了东伯雪鹰眼前。

"不好。"东伯雪鹰心中一颤，头皮发麻。

死亡危机来得如此突然！

"给我死！"东伯雪鹰眼睛都红了。

此时，不是阴影豹死就是他亡。

他竭力刺出手中的长枪。

这是最后的挣扎！

就像一些野兽在死前会疯狂地挣扎一样，面对突然降临的死亡危机，东伯雪鹰显然被激起了生命本能。

他全身力量都在涌动，时间仿佛变慢了，阴影豹的獠牙都清晰可见。

呼……战斗时产生的风吹在脸上是那么刺痛。

哗哗哗……体内血液流动好像河水奔腾，他能够清晰地感受到。

筋骨的力量也在传递……

"力量圆满，纯净如一。"

东伯雪鹰在死亡的威胁下，出于生命的本能，终于突破了那层隔膜，感受到血液的流动、筋骨的连接和力量的传递……一切是那么美妙。这一刹那，所有力量都在他的控制下，无比精细，没有一丝浪费。

呼！他全身力量如水传递，他对自己身体的掌控从来没有如此强过。

长枪旋转着刺向阴影豹，速度却陡然加快！

噗！枪尖瞬间刺入惊愕中的阴影豹的胸口。

东伯雪鹰紧紧地抓着长枪，看到阴影豹还在扭动挣扎，鲜血不断流出。

阴影豹也在盯着东伯雪鹰，只是此刻它那灰暗眸子中有的是恐慌、愤怒、焦急，强大的生命力支撑它足足挣扎了近半分钟，才没了气息。

东伯雪鹰全身一松，躺在了冰冷的雪地上。

"是你死，我活！"东伯雪鹰看着阴影豹的尸体，心里有劫后余生的庆幸。

第20章

玄冰枪法第一层

宗凌从高处落下，看着一片狼藉的山林，心中满是担忧。

"雪鹰，你一定要没事啊，一定要没事！"宗凌循着战斗的痕迹迅速追踪过去，他急得心脏都在抽搐，"该死，该死，为什么我到如今都没能成为流星级骑士？如果我突破了，那今天我就能帮到雪鹰，不会让雪鹰独自陷入绝境中。"

他的好友东伯烈、墨阳瑜被抓走前嘱咐过他，希望他照顾好两个孩子。

看着雪鹰从哇哇啼哭的婴孩长到这么大，宗凌对雪鹰的感情早就很深很深了。

看着眼前被毁坏的山林，宗凌越来越慌、越来越焦急。

"一定不要出事，不要出事！"

宗凌疾速前进，不断飞蹿。

呼！

一次飞蹿，蛇尾拍击在旁边的一棵大树树干上，一跃便是数十米，当宗凌在半空时，看到远处站着的黑衣少年。

他心中一松，长舒一口气。

"雪鹰。"宗凌赶过去。

"宗叔。"东伯雪鹰正将枪杆上的阴影豹尸体给弄下来。

"你杀了阴影豹？"宗凌看着那阴影豹尸体有些不敢相信，这可是以速度、灵活著称的可怕"猎杀者"。

东伯雪鹰笑道："运气，真是运气！差一点……死的就是我了。"

这是他最接近死亡的一次。

虽然他之前和魔兽厮杀过，那些魔兽的利爪、獠牙都擦着他的身体而过，也让他感觉到了死亡的气息，但那都是遭到群攻。在一对一方面，他一直处于绝对优势。这一次，阴影豹虽然就一头，却全方面压制了他。

唰！东伯雪鹰伸出左手，掌心顿时出现了一个矛囊，矛囊内足足有十二根短矛。这矛囊本来是放在储物吊坠内的。

"进！"他放下矛囊，拿起了阴影豹的尸体，还将它的尸体稍微弯曲了下。

呼！阴影豹的尸体消失无踪，而储物吊坠内的空间几乎被塞满了，只有边角的地方有一些空隙。

"宗叔，我们还是赶紧走吧，这血腥味恐怕会吸引魔兽过来。"东伯雪鹰背起了矛囊，抓着飞雪枪。

"你不必太担心，阴影豹的气息弥漫在周围，一般的魔兽根本不敢靠近。不过，经历了这一场大战，你是得好好歇息歇息了。"宗凌笑道。

两人当即踏上返程的道路。

东伯雪鹰心情很好，虽然经历了一场极为惊险的生死之战，可是一头阴影豹的价值超过十万金币。阴影豹那宛如缎子般的毛皮有隐藏之效，是珍贵的炼器材料。当然，阴影豹的毛皮更大可能是落到豪门贵族手里，这是他们的最爱。穿上一件用阴影豹毛皮制的皮衣，既漂亮又有面子，让多少人羡慕嫉妒。

而对东伯雪鹰而言，管那么多干吗，值钱就好！

毁灭山脉的营地内。

当东伯雪鹰他们俩走了近两个时辰赶回营地时，天已经黑了。吃了晚饭，宗凌就歇息了，而东伯雪鹰还没有。

营地的火堆一直在燃烧着，驱散着寒冷。

东伯雪鹰盘膝坐在火堆边，飞雪枪平放在他的膝盖上。他闭着眼睛，安静地坐着，火光照在他的脸上。

夜很静……

东伯雪鹰仔细地感受着自己的身体，感受着全身每一处筋骨，感受着心脏的膨胀收缩，血液如奔腾的河流有力地流动着……

之前命悬一线时，他已经达到力量圆满如一的境界，此刻仔细体会，巩固熟悉。

"起。"

东伯雪鹰忽然站起来，手持飞雪枪，开始演练枪法。

人枪合一，他仿佛化作了一条蛟龙。

枪影闪烁，雪花飘飘。

"好枪，好枪！"

东伯雪鹰停了下来，看着手中的飞雪枪，脸上满是喜色。

人的眼睛有视觉暂留，如果枪法够快，人的眼睛就会看到好多杆长枪同时攻击过来。

当然，不同的人的视觉暂留也不同。

人阶骑士、地阶骑士、天阶骑士，视觉暂留较为寻常。

星辰级骑士，视觉暂留就很长了。

超凡骑士，视觉暂留就更长了。

这次来到毁灭山脉，东伯雪鹰的枪法速度可以达到五枪境。以星辰级强者的肉眼视觉暂留，是能看到足足五杆长枪的。就算东伯雪鹰体内的力量血脉爆发，也就能勉强接近七枪境。

而现在东伯雪鹰力量圆满如一，对身体的每一丝力量都能完美控制。即便力量血脉不爆发，他都能轻松达到七枪境。

而飞雪枪作为一件神兵，在枪法大师手里才能真正发挥它的神奇之效。飞雪枪的枪杆内部就仿佛人体的脉络一样，长枪和敌人的兵器碰撞，又或者长枪陡然收回，都会产生相反的力道。一般的长枪内部的这些力道会自然消散，可飞雪枪内部会完美传递这种力量，短时间内不会散掉。

一般枪法高手对于枪杆的反作用力都不会在意，甚至会觉得碍事。

可作为一名枪法大师，东伯雪鹰却能够完美地利用这种力量，甚至顺着这种力量进行更快的攻击。

"力量圆满如一，我就达到了七枪境！飞雪枪能完美利用一切力量，让其威力更大，单单速度就能达到八枪境。一旦我让力量血脉爆发，那就能达到十枪境。"

东伯雪鹰有些兴奋。

阴影豹死得不冤!

当时东伯雪鹰最后拼命一击,枪法速度达到了十枪境的可怕层次,这是完全能压制银月级骑士的可怕的枪法速度。弱一些的银月级骑士恐怕抵挡不住几次,就会被一枪毙命。

"这还不是我的极限,我的枪法速度还可以更快。"东伯雪鹰开始修炼他父亲留给他的超凡生命枪术——玄冰枪法。

这是一名强大的超凡骑士留下的绝学,达到枪法大师的境界,才可以入门,学会第一层。

呼!

东伯雪鹰体内斗气运转,辅助身体力量的发挥,长枪旋转犹如大蟒蛇,刺出时的旋转弧度更加惊人。收回时,要逆向旋转方向收回。

这一刺一收,强大的旋转、逆旋转会让枪杆内部暗藏旋转力量。遇到如此强的力量,一般的枪法高手甚至会觉得手掌一麻,枪杆脱手而出。

可是,玄冰枪法就是要利用这样的力量。

"不对。发力不对。旋转力道不够纯。"

东伯雪鹰一次次演练枪法。

呼啦——

夜晚,那一阵阵仿佛风呼啸的声音让守夜的骑兵们都感到头皮发麻。他们看着在火堆旁演练枪法的少年领主,不由得越发敬畏。

"领主就是领主,了不起!"

"领主来到毁灭山脉了,夜里还这么勤奋练枪,难怪这么厉害啊!"

"领主八岁时就刻苦修炼了,我是吃不了这苦头。"

那些骑兵悄然议论着。

东伯雪鹰一次次练习玄冰枪法第一层的诸多技巧。虽然玄冰骑士谷元寒描述得非常详细,可东伯雪鹰学起来还是很难,幸亏他身为枪法大师,对力量的控制非常精细,才有希望学会。

夜很快过去,天已蒙蒙亮。

噬——

长枪一出，如同瞬间出动的旋转游动的大蟒蛇。声音很短，不是平常的呼呼声，而是急促的噬的一声。长枪收回时，整个枪杆旋转时产生了肉眼可见的弧度，而后极快地再度刺出。

东伯雪鹰露出喜色，他身体周围忽然隐约有赤红色气流出现，力量完全爆发，尽情施展着可怕的枪法。

枪杆周围的雪花在飘，而一朵朵枪尖形成的枪花仿佛雪花般停留在半空。

足足十二朵枪花停留在半空而后消散，东伯雪鹰达到了可怕的十二枪境！

玄冰枪法第一层飘雪，这招绝技对枪法速度显然有很大的提升。玄冰骑士谷元寒的枪法本就以快著称，后面的第二层、第三层更快，却也更难。

"十二枪境。"东伯雪鹰露出了笑容，"玄冰枪法第一层飘雪，我终于练成了。"

在成为枪法大师，入门玄冰枪法后，东伯雪鹰的实力也有了惊人的提升。

第21章
禀告首领

寒霜布满了地面,地面被冻得很硬很硬。安阳行省毕竟在整个大陆的最北方,冬天时就更加寒冷了。

"你今天不进毁灭山脉?"宗凌和东伯雪鹰悠闲地并肩走着,"是因为猎杀了阴影豹,准备回去了?"

阴影豹的尸体价值超过十万金币。

东伯雪鹰这次来毁灭山脉最根本的目的是给弟弟"赚学费",已经完成了!

"不是。"东伯雪鹰笑道,"和阴影豹的一战,使我的枪法有了些突破,昨晚我修炼了一夜未曾歇息。我准备练练枪法,今天晚上好好睡一觉,精力养足了,明天再进毁灭山脉,将那银月狼群给灭掉!"

"灭掉银月狼群?你有把握?"宗凌吓了一跳。

"有把握。"东伯雪鹰点头。

在突破前,自己消灭整个银月狼群成功的概率不足一成,死亡的可能性极大。

可现在,他的枪法进步极大,即便力量血脉不爆发,都能达到十枪境。而他之前仅仅达到五枪境,这是质的变化。

"有足够把握就好。"宗凌心中快慰,看到东伯雪鹰变强,他也很开心。

第二天中午时分。

毁灭山脉的一片阴暗山林中,各处的狼吼声此起彼伏,或是惊恐,或是愤怒。

一头头银月狼的尸体躺在各处。

而体型庞大的银月狼王站在一块巨石上，发出怒吼声，大批大批的银月狼奔向一名黑衣少年。

黑衣少年在前进。

雪花飘飘，枪影闪烁，每一次闪烁，都有一头银月狼倒下，皆是被刺穿喉咙等要害部位。

枪法太快了！无论这些银月狼如何疯狂围攻，都无法攻破东伯雪鹰的枪法圈，敢靠近的一律是死！

这群银月狼乃周围一带的霸主，其他魔兽都不敢招惹它们。即便是人类军队扫荡时碰到银月狼群，也会死伤极大。因为银月狼体型大，冲击力强，又悍不畏死，一群银月狼相当于两三百名天阶骑士，遇到它们的确算是噩梦。

可现在……

东伯雪鹰成了这些银月狼的噩梦。

东伯雪鹰解决这些银月狼时没有丝毫犹豫。

魔兽是整个人类的敌人，这也是人类军队来毁灭山脉一次次扫荡的缘故。魔兽一次次屠戮人类城池，在人类偏弱时，这种事可是经常发生的。

"嗷！"银月狼王终于冲出，冲向东伯雪鹰。

"来得好。"东伯雪鹰眼睛一亮。

"给我滚开。"东伯雪鹰手中的长枪仿佛一条灵活的蛟龙，抽打起来。两边的银月狼都被抽打得或是倒飞，或是跌倒在一旁。

作为一名枪法大师，东伯雪鹰对枪法力量的控制太精细了。

拨草寻蛇！

长枪抽打间，那群银月狼仿佛草一样朝两侧让开，东伯雪鹰则直接奔向银月狼王。

银月狼王大惊，它本来是要和那些银月狼一同围攻的。可面对这人类少年冲来的气势，它感到了惊慌，甚至想要掉头就逃，可是来不及了。

噗！长枪旋转着刺来。

银月狼王立即竭力跃起，躲开这一击。

长枪从银月狼王身体的下方刺了个空。

"起来吧！"

东伯雪鹰陡然发力。

长枪从怒刺变成奋力上挑，直接抽打在上方的银月狼王身上。

低沉的声音响起，银月狼王的腹部被狠狠抽中，它发出了凄厉的哀嚎声，口鼻都有鲜血渗出。它身体翻滚着，朝一旁跌落。

嗖！快如闪电的一枪，瞬间刺入了银月狼王的喉咙，将银月狼王完全扎在了地面上。

银月狼王的身躯在无力地挣扎着。

周围残余的百余头银月狼则惊慌地后退。

这个人类少年太可怕了。

"嗷呜！嗷呜！"

那些银月狼发出惊慌的叫声，迅速掉头，四散而逃。

"干得漂亮！雪鹰，没想到你面对整个银月狼群都能这么轻松。"宗凌现身了。

"我的枪法很适合应对围攻。"东伯雪鹰笑道。

"赶紧解剖银月狼王的尸体，采集材料。"宗凌连忙说道，"这里血腥味这么大，虽然周围都是银月狼群的领地，可时间久了，就会有其他魔兽来了。解剖的事情交给我，我可比你熟练。"

锵锵锵……

宗凌瞬间抽出了六柄刀，六条手臂挥舞了下，银月狼王的尸体迅速被解剖了。

"这是银月狼王的心脏。"东伯雪鹰立即用一个铁盒存放好，收进了储物吊坠内。储物吊坠因为存放了阴影豹的尸体，剩下的空间很小，可放零零碎碎的小东西还是足够的。

东伯雪鹰采集了一些珍贵材料后，又将银月狼王的毛皮剥了下来。

"可惜了，银月狼王的肉也能卖出很高的价，只能浪费了。"宗凌摇头说道。

银月狼王的肉有近两万斤，它体型这么大，怎么扛？他们就算扛得起，怎么走路？而且，血腥味肯定会引来更多的魔兽。

"走！"

宗凌将银月狼王的毛皮折叠了下，用布带捆绑起来，比人都要高。

"这毛皮恐怕就有近两千斤重。"宗凌惊叹道。

"我来背。"东伯雪鹰力气大，不在乎这近两千斤。

他背起折叠后的巨大的银月狼王毛皮。雪白的银月狼王毛皮的确很漂亮，色泽更亮丽，而且比寻常的银月狼的毛皮要大许多。这是许多贵族喜欢的服饰材料，用来铺在床上或者地面上都是很好的，挂在墙上也是很不错的艺术品。

不算其他材料，单单这银月狼王的毛皮就值大概五万金币，这自然得背回去。

"走，回家。"东伯雪鹰笑道。

"嗯，我们回家。"宗凌也很开心。

他们这次来毁灭山脉的收获是真的很大啊！

弯刀盟。

他们的老巢非常隐蔽，在一座大山的山腹内部，距离山外面其实就两百多里。

"一只耳，听说罗家这次不肯交钱。"两名悍匪正在老巢旁边一座山头的山巅，躲在野草丛内，一边警惕地察看动静，一边闲聊着。

"罗家说了，只肯交一半，否则就拼个鱼死网破。"旁边的独耳瘦削男子说道。

"那罗家是不是被压榨得狠了，快没钱了？"

"哼！首领说了，一个铜币都不能少。罗家敢不交，我们下次就去罗家的领地扫荡一番。只要灭掉几个村子，罗家的人就知道怕了。这些该死的贵族，不见棺材不掉泪。"独耳瘦削男子低声咒骂道。

"快看，有人！"

"咦，竟然真有人敢进入毁灭山脉！"

负责警戒的这两名悍匪都大吃一惊。

弯刀盟老巢周围负责警戒的有十几名悍匪，主要是担心魔兽过来。至于人类？已经很久很久没有人类敢到他们的老巢这里来了。至于人类军队扫荡？他们在军队内有一些朋友，一旦军队有大动静，他们早就出山，在山外面待着了。

"快看，那不是六臂蛇魔吗？雪鹰领的六臂蛇魔宗凌！"独耳瘦削男子很快就认出来了，这六臂蛇魔是和自家首领交过手的高手。

"旁边的少年背着的毛皮好漂亮啊，比我们见过的一般的银月狼毛皮要漂亮得多。而且，那毛皮那么大，应该是银月狼王的毛皮吧？"

两名悍匪相视一眼。

银月狼王的毛皮？那可是价值差不多五万金币啊！

"这么漂亮的狼皮，这么白，这么大，这么有光泽……一定是银月狼王的毛皮，一定是。"

"一只耳，快，你快去禀告首领！我在这儿盯着。"

两名悍匪都激动了。

这绝对是大生意啊！

不过，到底抢不抢这银月狼王的毛皮，还得由首领做决定。

第22章
地狱无门你自己闯进来

弯刀盟老巢内。

地面铺得很平整，盗匪按照地位高低有不同的住处。

"老爷，来，尝一个嘛。"

"老爷，吃我的，我这个好吃。"

五名妖娆女子正围着一名彪形大汉，拿着各种水果喂他吃。

这大汉便是弯刀盟的首领，也是仪水城内最强大的盗匪——"弯刀"盖斌！

这些被掳掠来的可怜女子都很怕盖斌，因为稍微惹得盖斌不高兴，盖斌就会将她们折磨至死，所以她们挖空心思讨好着盖斌。

"当年我每天大吃大喝，身边有各种美女，现在却只能龟缩在这大山里，旁边都是这些庸脂俗粉！"盖斌的三角眼里满是戾气。

自从被通缉，成了盗匪后，他心底就一直憋着怒气。

这日子太不爽了。

正常人谁愿意躲藏在危险的毁灭山脉内，连食物都要从外面运，说不定什么时候就会碰到魔兽。这些掳掠来的女子长相不佳，但他只能将就，哪里比得上过去作为流星级骑士在城内被各种奉承，无数美女任凭挑选的日子？

"我必须花钱，想办法让帝国撤销那份通缉令。"盖斌眼中闪烁凶光，"那司家胃口也太大了，最低得二十万金币才肯撤掉通缉令，该死。"

司家在青河郡几乎一手遮天，撤销一份通缉令，司家打点一下就做得到。

"再拼十年，我应该能凑齐二十万金币。到时候，老子又自由了！"盖斌太渴望自由了。他被通缉后，才明白自由的可贵。

"首领，首领，首领！"外面传来刺耳的声音。

"喊什么喊！"

盖斌大怒，猛地起身，旁边的妖娆女子个个被吓得闪开。

盖斌大步往外走。

"首领，喜事，是喜事啊！"外面叫声响起，显然外面的人也明白打扰首领的后果，所以声称有喜事。

"哦，喜事？"推门而出的盖斌冷冷地看着面前的手下，"什么喜事？"

平常凶悍的盗匪在流星级的盖斌面前就跟孙子一样，连忙赔笑道："一只耳发现了银月狼王的毛皮！二首领他们都在等你呢。"

"银月狼王的毛皮？"盖斌大吃一惊，连忙迅速往议事大厅赶去。

议事大厅。

盖斌坐在主位，旁边坐着其他首领，其他首领都是天阶高手。弯刀盟作为仪水城内最大的盗匪势力，自然吸引了一些强大的亡命之徒加盟。

"一只耳，你赶紧说，到底怎么回事？"坐在盖斌旁边的一名灰袍老者说道。

"我奉命在外警戒，谁承想看到了两个人！"那独耳盗匪连忙说道，"其中一个就是雪鹰领的六臂蛇魔宗凌，另一个则是持着长枪的黑衣少年，那黑衣少年看起来也就十六七岁吧，背着一张巨大的银月狼王的毛皮！"

"宗凌？"盖斌手指轻轻地敲击着扶手，声音冰冷，"整个仪水城，用长枪的厉害少年，还和宗凌有关系的，恐怕只有那练枪快入魔的雪鹰领少年领主了吧。"

"枪魔东伯雪鹰。"旁边的灰袍老者点点头，"我也听说过他的大名，可之前没将他当回事，毕竟练枪快入魔不代表真的厉害。可他竟然敢进入毁灭山脉，还弄到了银月狼王的毛皮，恐怕实力不可小觑。"

"大哥，抢不抢？"坐在旁边的一名壮硕的光头盗匪吼道。

"能弄到银月狼王的毛皮，难道宗凌已经突破到流星级了？"盖斌轻声道。

"很有可能。"灰袍老者点头，"宗凌很早就达到天阶了，如今踏入流星级非常有可能。他又是蛇人族王族六臂蛇魔，在他的六柄刀疯狂进攻下，银月狼群恐怕会被其碾压。他再配合一些专门准备的陷阱之类，一举捕捉并宰杀银月狼王，还是有可能做到的。"

东伯雪鹰擅长应对群攻，而有尾巴、有六条手臂的宗凌如果达到流星级，也非常擅长应对群攻。

"那雪鹰领的少年领主会不会也达到了流星级？"那傻乎乎的光头盗匪吼道。

"怎么可能？"

"他才多大啊？"

"他就算七八岁成为骑士，现在也就能成为天阶骑士吧。"

其他盗匪立即反驳。

光头盗匪摸摸脑袋，哈哈一笑："是我想岔了。"

盖斌冷冷地道："宗凌很可能成了流星级骑士。至于那个少年领主，应该是天阶骑士。即便他也成了流星级骑士，区区两名流星级骑士而已，我们这么多人，这里是我们的地盘，我们有希望灭掉他们。"

"依我之见，那少年不太可能是流星级骑士。"灰袍老者说道，"我们灭掉他们的把握很大。"

"好，那我们就杀了他们，抢了那银月狼王的毛皮！"盖斌咧嘴一笑，"那少年既然是领主，说不定身上还带着些值钱的宝贝。"

"抢！"

"抢了他们的宝贝。"

"杀了他们。"

议事大厅内响起各种兴奋的号叫声。

"一只耳，他们现在在哪儿？"盖斌立即问道。

"他们还在老远的地方呢，正在朝山外走，肯定要经过前面的峡谷。"独耳盗匪连忙说道。

"很好，就在前面的峡谷里设下埋伏。老二，怎么安排就交给你了。"盖斌看向旁边的灰袍老者。

这灰袍老者是一名天阶法师，在弯刀盟中的地位仅次于盖斌。灰袍老者是因为暗中抓了大量人类用来修炼被发现，而后被通缉了。

"交给我吧。"灰袍老者轻轻点头。

深山中。

东伯雪鹰背着银月狼王的毛皮，和宗凌并肩走着，他们时刻注意周围的动静。不过，以东伯雪鹰如今的实力，五阶魔兽都威胁不了他。

"嗯？"走进一个宽广的大峡谷中，东伯雪鹰眉头忽然一皱，"宗叔，停下。"

"怎么了？"宗凌一怔。

"气息不太对劲儿。"东伯雪鹰看着前方。

自从成为枪法大师后，他的枪法境界逐渐提升，他开始对天地自然有所感应。之前一路走来，周围都是自然的气息，可前方的峡谷让他感觉到有煞气隐藏在其中，和自然的气息很不协调。

"前方可能有埋伏，我们往回走。"东伯雪鹰说道，"看他们现不现身。"

当东伯雪鹰、宗凌转身返回时——

"六臂蛇魔宗凌，既然来了我这里，就别走了！"一道冰冷的声音在峡谷中回荡，"兄弟们，都现身吧，我们已经被发现了。"

"嗯？"东伯雪鹰和宗凌当即看到，峡谷两侧山壁上隐藏着一队又一队盗匪。一眼看去，密密麻麻的，怕是有近千名盗匪。

所有盗匪都盯着东伯雪鹰二人，仿佛看着待宰的小绵羊。

轰！

峡谷前方有一群人走了过来，为首的是一名腰间别着双刀的凶戾男子，旁边还有他的一众手下。

"盖斌！"宗凌眼中寒光一闪。

"哈哈哈，宗凌啊宗凌，真是地狱无门你自己闯进来！"盖斌狞笑道，"就算你突破成了流星级骑士，可来到我的地盘，你必死无疑。哈哈，你如果躲在雪鹰领，我还真没办法对付你，你竟然主动来到这里，不是自己找死吗？我会让你如愿的。哦，还有那细皮嫩肉的小领主，放心吧，我会让你死得很快，一点都不痛苦。"

第 23 章

灭盗匪

盖斌率领一群手下走来，而峡谷两侧山壁上大量的盗匪虎视眈眈。

"我们快走！"宗凌急切地道。

东伯雪鹰、宗凌毫不犹豫，转头就逃。

"给我追！"盖斌大喝道。

"该死，他们怎么就发现我们了？如果他们再往前面走一段路，刚好进入我们布置的陷阱。"其他盗匪又气又怒，他们没想到六臂蛇魔宗凌和那少年领主竟然老远就发现他们了。他们对于自身藏匿的本领还是很自信的，否则在毁灭山脉根本活不到今天。

"快追！"盖斌咬牙怒吼。

……

东伯雪鹰和宗凌故意逃跑，惹得盗匪们都在追。特别是两侧山壁上的盗匪，都拿出了一些奇异的大弩。

呼，呼，呼……

盗匪们射出的球体在半空爆开，化作一张张巨大的猎网，罩向东伯雪鹰他们。

嗡——

眨眼的工夫，十二张猎网朝东伯雪鹰他们飞来。

"躲开。"东伯雪鹰和宗凌都迅速奔跑闪躲。即便实力强大，一旦被猎网笼罩住，那麻烦就大了，这也是他们俩故意逃窜的缘故。

幸亏没进入对方的埋伏圈，彼此离得又远，以东伯雪鹰、宗凌的实力，他们轻易地躲开了一张张猎网。

"太灵活了。"

"没能拦住他们。"

十二张猎网都落了空，让后面追的盖斌等人气得牙痒痒。

"宗叔，我们逃了一里地，差不多可以了，应该没什么埋伏了。"东伯雪鹰停下，转身放下了身上背着的银月狼王毛皮。

"继续逃啊，逃啊，前面可是有魔兽群，我看你们能逃到什么时候！"后面追着的盖斌等大群悍匪正在逼近。

东伯雪鹰将手中的飞雪枪插在一旁的泥地上，朝这些追杀而来的盗匪咧嘴一笑，开口道："盖斌，几年前你杀入我雪鹰领，屠戮了五百多名平民。而整个仪水县内因为你们弯刀盟而死的人更是不知有多少，今天就是你们还债的时候了！"

东伯雪鹰说话的时候，盖斌等人还在迅速靠近。

"还债？"盖斌狞笑道，"想要杀我的人太多了，可最后几乎都死在我手里。"

盖斌身后的灰袍老者却有些戒备，他拿着一根法杖，轻声念起了咒语。

东伯雪鹰一直注意着这群盗匪，大半注意力都在那灰袍老者身上。他早就知道弯刀盟中有一名天阶法师，任凭一名天阶法师释放法术是很愚蠢的行为。

"对，还债，偿还无数人的血债。"东伯雪鹰双手瞬间从背上的矛囊中拔出了两根短矛。

"去，去。"

他身体周围出现淡淡的赤红色气流，右手接连甩出了两根短矛。右手是他练习短矛的常用手，为了确保成功，更是在一瞬间爆发了力量血脉。

嗖！嗖！

两根短矛一前一后，带着可怕的尖啸声，几乎瞬间就划过上百米的距离，到了灰袍老者面前。

太快了！短矛快得让所有盗匪都露出惊恐之色。

"小心！"盖斌大惊，瞬间出刀，弯刀挡在灰袍老者面前。

嘭的一声，盖斌感觉到一股可怕的力量传递过来，他的手臂一阵剧痛。

那稍微受到影响的短矛略微变向，射到了旁边的盗匪身上，接连贯穿了三名盗匪的躯体。

灰袍老者眼中满是惊恐。

虽然第一根短矛被盖斌帮忙挡开了，可第二根短矛又到了他面前，他身体表面立即浮现出一层黑色雾气。

可东伯雪鹰在力量爆发下实力可以媲美银月级骑士。在这可怕的短矛飞射下，那层黑色雾气根本阻拦不了，短矛瞬间就贯穿了灰袍老者的胸膛。

黑色雾气消散，灰袍老者瞪大眼睛，胸口出现一个足足碗口大的窟窿。

天阶法师毙命！

东伯雪鹰对这些双手沾满血腥的盗匪毫无怜悯，迅速取出矛囊内的短矛。在太古血脉爆发下，可怕的力量通过他的手臂灌注到短矛中。身为力量圆满如一的枪法大师，他可以完美地控制身体的力量，让短矛的威力发挥到最大。

嗖！嗖！

每一根短矛都以恐怖的速度袭向那些盗匪。

峡谷两侧都是山壁，这些盗匪想要躲都没地方躲。

噗！一名光头大汉持着盾牌竭力抵挡，可一声巨响后，整面盾牌碎裂。短矛贯穿了他的身体，还将他身后的一名盗匪的身体给穿透了。

嗖——

一根根短矛疾速射出。

这群盗匪瞬间就崩溃了。因为峡谷就这么宽，近千名盗匪追杀过来，层层叠叠地站在那里，现在短矛射过来，一射就是一大串啊。一旦身体被短矛穿透，就没命了，谁不怕？

"怎么这么强？"盖斌手持弯刀竭力抵挡连续射向他的两根短矛，他拼了老命才格挡开来，被挡开的短矛将旁边的其他盗匪射杀了不少。

"原来最可怕的不是六臂蛇魔宗凌，而是这个少年领主！"盖斌盯着那个接连射出短矛的黑衣少年。

盖斌仅仅遭到两根短矛攻击。

没能杀了他，东伯雪鹰就暂时放弃了。

其他盗匪则遭到了猛烈的攻击。有的短矛在飙射下，贯穿了六七名盗匪的身体，主要是因为他们站得太紧密了。

死亡的威胁，让时间显得很漫长。实际上，一共也就十二根短矛，以东伯雪鹰抛射出短矛的速度，很快就抛射完了。

短矛抛射结束了，盗匪们还有些惊魂未定，他们茫然地看着四周。

二首领死了，三首领死了，四首领也死了……

除了大首领盖斌外，其他厉害的盗匪快死光了，一名天阶盗匪都没有了，地阶盗匪死了大半。主要是这些精英都跟随在盖斌左右，在遭到短矛攻击时，这些精英是最先遭到攻击的，也是死得最多的。

"首领。"其他盗匪都看向盖斌。

盖斌咬着牙，嘴角有血渗了出来。他盯着远处的黑衣少年，惊诧不已。他没想到仅仅一轮短矛抛射，他弯刀盟的骨干几乎死了个干净。

"东伯雪鹰！"盖斌低吼一声。

"我来到毁灭山脉，就是要铲除你们弯刀盟！"远处的黑衣少年周围升腾的淡淡赤红色气流消散，力量血脉爆发还是很耗费体力的。随即他拿起了旁边插在地上的飞雪枪。

嗖！东伯雪鹰化作残影，飞奔而去。

"好快！"盗匪们个个感到惊讶。

"和我一起，杀了他！"盖斌发出咆哮声，身体表面出现了一层起伏不定的黑色护体斗气。

他双手各持着一柄弯刀，化作残影，杀了过去。

"一起上！"

"杀了他！"

那些盗匪跟随自家大首领，有的拿出弓箭，有的准备暗器，都迅速靠近。本就是刀口舔血的盗匪，他们之前只是被飞射而来的短矛给吓住了。如果近身战，他们近千人还会怕一人？而且，还有大首领盖斌冲在最前面呢。

盖斌早就达到了流星级巅峰，战斗经验何等丰富？

呼！他如鬼魅般步伐飘忽不定。逼近东伯雪鹰的瞬间，他便一跃，想要从侧面切近。

东伯雪鹰的飞雪枪是长兵器，一旦被近身，对手盖斌获胜的把握要大得多。

"哼！"东伯雪鹰冷哼一声，手中的飞雪枪陡然如箭矢般射出。

嗖——

快如闪电的枪影笼罩而来，雪花飘飘，正是玄冰枪法第一层——飘雪。

快且旋转幅度极大的枪法，让盖斌措手不及。盖斌速度快，可此刻东伯雪鹰的枪法更快。盖斌几乎是本能地挥动手中的双刀，接连挡住了五击，身体不禁后退。每一击都让他感觉到了死亡的威胁，似乎随时可能防不住。面对这样可怕的枪法，他甚至都来不及思考，完全是在凭本能防御。

连续施展五击后，东伯雪鹰腰腹发力，长枪瞬间横扫。

盖斌立即用双刀拦截在身前，挡在长枪枪杆上。

枪杆和双刀碰撞的一刹那，一股可怕的冲击力透过双刀传递到盖斌身上。盖斌不由得脸色大变，身体不受控制地倒飞起来，仿佛沙包一样撞击在了旁边的山壁上，一口鲜血从口中喷出。

他依旧双手拿着弯刀，可身体和山壁撞击时，他眼冒金星，只感觉一道寒光扑面而来。

噗！长枪闪电般地从盖斌的喉咙刺入，将他整个人钉在后面的山壁上。

盖斌瞪大眼睛，眼中满是难以置信。他看着眼前这名冷酷的黑衣少年，没想到自己纵横江湖多年，竟然会死在一个少年手上。

渐渐地，他的眼神完全黯淡了。

仪水城第一盗匪"弯刀"盖斌，就此殒命！

第 24 章
得宝物

那些追过来想要和大首领一起围杀东伯雪鹰的盗匪惊呆了，他们的大首领就这么死了?!

这才交手几招啊，大首领死得未免太快了。

东伯雪鹰瞬间拔出长枪，目光转向这些满手血腥的盗匪。

"快逃啊！"

"逃！"

所有盗匪都恐惧了，他们中连一名天阶骑士都没有，盖斌一人都能屠戮他们，更别说这个比盖斌更强的少年领主。

"还想逃？"东伯雪鹰瞬间冲向盗匪们。

雪花飘飘，就像盗匪们肆意屠戮那些手无寸铁的平民，现在这些盗匪在东伯雪鹰面前同样不堪一击……仅剩下的三名地阶骑士有两名几乎瞬间便被分别击毙。

"快逃，快逃！"

所有盗匪完全崩溃了。

双方实力差距太大了。那杆长枪力量雄浑，仅仅被长枪擦一下便会丢掉小命，没有一名盗匪能在东伯雪鹰面前撑得住一招。

对于弯刀盟的这些盗匪，东伯雪鹰没有丝毫留情，杀得盗匪们惊恐地四散而逃。东伯雪鹰知道，他一人无法剿灭所有盗匪。为了除掉这个仪水城的毒瘤，东伯雪鹰首先盯着那些实力强的，将那些骑士级的盗匪都除掉。

仅仅片刻，盗匪们四散逃走了，地面上留下了两百多具尸体。弯刀盟的首领、天阶高手、地阶高手，一个不留。

弯刀盟就此被灭！

那些喽啰实力较弱，恐怕一些山村的护卫队就能对付他们了。

"饶命，饶命。"还有五名盗匪被宗凌逼得躲在山壁角落不敢动。

"雪鹰，"宗凌哈哈笑道，"痛快啊痛快，弯刀盟这个大毒瘤就这么被除掉了。盖斌和一些厉害盗匪的尸体我都搜过了，搜到了不少宝物，特别是盖斌身上竟然有一件储物宝物。"

东伯雪鹰有些惊讶，盗匪头子竟然有储物宝物?!

"这个大盗果然身家不菲。"东伯雪鹰走了过去。

"喏。"宗凌递过一个包裹，包裹里有帝国银号发行的一些金票。作为盗匪，他们活一天算一天，宝物一般都是随身带的，其中还有一枚戒指。

东伯雪鹰拿到那枚戒指后，立即有所感应，斗气沿着手指直接渗透，将戒指内部冲刷了一遍，戒指顿时和他的精神生出了感应。

骑士和法师都可以用斗气、法力来炼化储物宝物。如果是普通人，则需要法师帮忙以鲜血炼化。

"好家伙。"一炼化戒指，东伯雪鹰就吃了一惊，里面放着不少零零碎碎的宝物，主要是金票、金币以及兵器等物。不过，这枚储物戒指的空间较小，比母亲留给自己的储物吊坠要小得多。

"这么多金票！"东伯雪鹰的精神能清晰地感应到储物戒指内的一切物品。

金票能兑换八万五千金币，还有一些零碎的宝物，一共约值九万金币。

其他厉害盗匪的财物全部加起来，值两万多金币。

"当盗匪，还真够富有的。"东伯雪鹰暗暗道。

"你们五个，"东伯雪鹰看向那五名恐惧的盗匪，"在前面带路，去你们的老巢。带对路了，饶你等性命；带错路了，都得死！"

"是是是。"

"领主大人放心，我们一定带对路。"

五名盗匪立即应命。

盗匪们在前面忐忑带路，东伯雪鹰、宗凌跟在后面。

"宗叔，给。"东伯雪鹰将储物戒指递给了宗凌。

"这怎么行？弯刀盟是你除掉的，这个应该归你。"宗凌连忙拒绝。

"哈哈，母亲早就将储物吊坠给我了，我无须这个。"东伯雪鹰说道。

"你可以留给青石啊，青石将来要成为法师的，一名法师还是需要储物宝物的。"宗凌道。

东伯雪鹰轻轻摇头："还早得很，青石跟随他的老师学习，要几年时间才会成为法师，到时候我会送给青石一个更好的储物宝物。宗叔，你可别忘了，这次我们的收获可是很大的。"

宗凌一怔，随即笑了。

是啊，这次有阴影豹的尸体，还有银月狼王的毛皮，就价值十几万金币了。再加上灭掉弯刀盟，得到了价值十几万金币的宝物，的确是大赚一笔。

"好吧。"宗凌不再多说，接过了储物戒指，轻易炼化了。

"嗯？"宗凌一愣，他发现储物戒指内有大量金票和一些金币，单单金票就能兑换五万金币。

"雪鹰领还有各种开销，这五万金币宗叔你先拿着用，等不够用了再说。"东伯雪鹰低声说道，"这次回去，我会找机会卖掉银月狼王的毛皮和阴影豹的尸体。"

阴影豹的尸体放在储物吊坠内。储物吊坠内没有空气，绝对真空，对保存物品是极为有利的。

"嗯。"宗凌思索片刻，微微点头。雪鹰的实力还会继续提升，雪鹰领的开支自然也会逐渐增加。

走了没多久。

"领主大人，前面就到了。"一名瘦小的盗匪恭敬地说道，"我们的老巢就在山腹内，平常别人就是走到山前面都看不出来，进入山腹的通道非常隐蔽。"

"前面带路。"东伯雪鹰手持飞雪枪，随时警惕着。

五名盗匪熟练地前进，东伯雪鹰却隐隐感觉到了威胁，仿佛有什么可怕的存在潜伏在前方的大山里。

自从达到枪法大师的境界，他对天地自然的感应越发神奇，比如一般能提前发现魔兽，连埋伏的盗匪也能提前发现。

"怎么回事？我没感觉到什么气息，可心里就是压抑不住地恐惧。"东伯雪鹰感到心悸，陡然停下，伸手拦住了宗凌。

他看着眼前这座大山，山壁上长着苔藓。

"雪鹰，怎么了？"宗凌疑惑。

"不太对劲，我感觉很不好。"东伯雪鹰低声道，"快走，赶紧走。"

宗凌面色一变，他没有丝毫犹豫。

嗖！嗖！

二人立即转身迅速离去。

"领主大人，进入山腹的通道很隐蔽，就藏在这乱石后面！领……咦，人呢？"

五名盗匪转头后发现，原本跟在后面的东伯雪鹰二人已经消失不见了。

"走了，那雪鹰领的少年领主已经走了？"

"哥几个，弯刀盟完了，我们赶紧找点宝贝逃命去吧。"

这些盗匪滑头得很，一个个迅速进入老巢。

呼……

山壁上忽然浮现出一张巨大的脸，有着岩石形成的眉毛、眼睛、嘴巴，双眸遥遥看着远处的东伯雪鹰和宗凌。

巨大的脸上出现了一丝疑惑的表情："嗯？他发现我了?!区区少年，竟然这么厉害，他背后或许有人类中的强者，看来我得换个地方监视人类了。"

巨大的脸很快消失，山壁恢复了原样。

轰！在地底深处，一个庞然大物悄然离开，转移到了其他地方。

第 25 章

情报

毁灭山脉外面。

东伯雪鹰和宗凌以最快速度跑出了毁灭山脉，赶回营地。

"终于出来了。"东伯雪鹰转头看了看后面，依旧有些心悸。

"雪鹰，你到底发现了什么？"宗凌虽然相信雪鹰，可依旧一头雾水。

"我也不知道。"东伯雪鹰摇头，"只是一种感觉，如果我们在那儿待下去，随时可能丢掉性命。"

"弯刀盟的老巢存在于那山腹那么多年，不也好好的吗？"宗凌疑惑。

"这我就不知道了。"东伯雪鹰笑了，"不管这些了。宗叔，现在我们已经大功告成，该回家了。"

"嗯，该回家了。"宗凌也开心地笑了。

二人并肩走向营地。

营地内驻扎着雪鹰领的一支有百人的骑兵队伍。

"领主大人。"

"领主大人。"

领地内，一些巡逻的士兵恭敬行礼。

很快，这支骑兵队伍的队长杨程出来迎接了。

杨程惊讶地道："领主大人、宗凌大人，今天怎么这么早就回来了？你们平时都要到天黑才会回来，现在离天黑可早得很。"

东伯雪鹰一笑。

他们今天一大早就进入毁灭山脉搜寻银月狼王，杀了银月狼王后就返程了，只是途中因为消灭弯刀盟耽搁了下，离天黑的确还有一两个时辰。

"杨程队长，"东伯雪鹰道，"我和宗叔准备现在就出发赶回雪鹰领。你们继续驻扎在这里，等到明天白天再赶回去。"

"可以回雪鹰领了？"杨程露出喜色。

他们天天在野外，天寒地冻的，哪里比得上待在雪石城堡内舒服？

"对。"宗凌说道，"我和领主先回去，你要把士兵们带好。"

"放心吧，宗凌大人。"杨程拍着胸膛保证。

很快，东伯雪鹰、宗凌分别骑着一匹飞霜马驹朝雪鹰领赶去。飞霜马驹奔跑时，可以负重，耐力非常好。虽然银月狼王的毛皮有近两千斤重，一路上，东伯雪鹰的飞霜马驹还是保持较快的速度前进。若胯下的马驹有些累了，东伯雪鹰就会和宗凌换一下马驹，让自己的马驹能够轻松一点。

天已经黑了。

在轧得很平、冻得很硬的马路上，两匹飞霜马驹疾速飞奔。

"前面就到了。"东伯雪鹰看到远处的一座高山，正是以自己和弟弟名字命名的雪石山。

"终于回来了。"宗凌露出了笑容。

"现在这个时候，青石应该吃过晚饭了。"东伯雪鹰心情愉悦，他这次去毁灭山脉的目的完全达到了，而且收获比预料的还要大。至少弟弟拜师的事情肯定没问题了。

两匹飞霜马驹沿着山道不断往上冲。

"领主大人。"山道的关卡上也有士兵守卫，守卫们一眼就认出两匹飞霜马驹背上的正是领主大人和管事宗凌大人，都恭敬得很。

一路无阻，两匹飞霜马驹一直飞奔到城门下。

"开门！"东伯雪鹰骑在马上，高声喊道。

"啊，是领主！"值守的士兵们很快认出，"快，快放吊桥，打开城堡大门。"

"青石少爷，青石少爷，领主回来啦，领主回来啦！"城堡内有仆人高声喊着迅速通报去了。

轰隆隆——

吊桥被缓缓放下，城门被士兵们用力推开。

城门打开后，坐在马背上的东伯雪鹰一眼看去，就看到从远处欢快地飞奔而来的一名穿得厚厚的男孩。

"哥哥。"东伯青石兴奋不已。

"哈哈！"东伯雪鹰下马，将马交给了旁边的士兵。

他笑看着青石飞奔而来，一把抱起了青石。虽然背着近两千斤重的银月狼王毛皮，可他毕竟是强大的骑士，抱起青石是何等轻松？

"哥哥，你说十天半月就回来，这都整整十八天了。"东伯青石说道。

算上赶路的时间，的确是十八天。

"耽搁了耽搁了，你吃过晚饭了吗？"东伯雪鹰问道。

"我正准备吃呢，就听说哥哥回来了。"东伯青石兴奋地说道，随即他眼睛一亮，"哥哥，你背的是什么毛皮呀？好漂亮，好白，好软啊。"他还伸出手摸了摸。

"这毛皮还没完全打理干净，等打理好了，给你玩玩。"东伯雪鹰说道，"走，吃晚饭去。"

东伯雪鹰抱着青石便朝城堡内走去。

此刻，城堡门口多了一人——狮人壮汉铜三。

铜三笑呵呵的，他是真开心啊！看到宗凌和东伯雪鹰回来，东伯雪鹰还背着巨大的毛皮，他就明白这一次他们出去肯定是大获成功。以他多年冒险锻炼出的眼力见儿，他一眼就认出那是银月狼王的毛皮，寻常的狼皮根本没这么大，也没这么漂亮。

"宗叔、铜叔，走，一起吃饭去。"东伯雪鹰道。

"走。"

铜三、宗凌都哈哈笑着。

"啊！哥哥回来喽，回来喽。"被东伯雪鹰抱着，东伯青石欢呼着。

而另一边——

弯刀盟的骨干皆被灭，其他盗匪死伤惨重，剩下的小喽啰们卷了老巢内的宝贝就四散而逃了。他们逃出去后，"弯刀盟被雪鹰领少年领主铲除"的消息仿佛一阵风迅速传播开去。

深夜。

仪水城，龙山楼。

"司安大人。"白发老者游图站在一个屋子门外，低声唤道。

屋内的黑发中年男子打了个哈欠，招呼他进去，而后半眯着眼，随意地说道："游图啊，这大半夜的，你把我叫醒，有何事啊？"

"司安大人，咱们仪水城中发生了一件大事。"白发老者低声说道。

"大事？什么大事？"司安大人疑惑地道。

"弯刀盟被灭了！"白发老者急切地说道。

司安大人一愣。

弯刀盟被灭了？

整个仪水城内，最庞大、最强大的一支盗匪队伍由流星级骑士"弯刀"盖斌统领。盖斌手下有一群天阶骑士，竟然被灭了。

"这个消息没错吧？"司安大人有些不敢相信，"盖斌统领的弯刀盟真的被灭了？弯刀盟的人狡猾得很，见机不妙就溜，怎么会被灭？"

"没错，就是盖斌统领的弯刀盟。"白发老者点头，"连盖斌都被杀了！而且是被一个人灭掉的。"

"谁？"司安大人问道。

"就是传说中练枪快入魔的那位少年领主。"白发老者低声道，"东伯雪鹰！"

司安大人一惊。

东伯雪鹰凭一己之力就灭掉了整个弯刀盟？他拥有何等实力，至少是流星级吧，甚至很可能是银月级。

"详细卷宗呢？"司安大人问道。

"在这儿。"白发老者立即奉上卷宗，"消息刚刚传来，我们龙山楼的人已经抓住弯刀盟的几名残余的普通盗匪，明天就能带来见楼主。"

司安大人翻看着卷宗，再也没有丝毫疲倦，整个人无比清醒。

龙山楼的情报网极为庞大。初步呈送的情报，几乎将当时的情况都记录下来了。

"如果情报是真的，那仪水城如今的第一高手恐怕就是这位少年领主了。"司安大人轻声说道，"真是不敢想象啊！他才多大啊？东伯烈夫妇生了一个了不起的儿子啊！"

第26章

龙山楼黑铁令

第二天清晨。

仪水城，白源之的住处。

窗户敞开着，北方冬天的刺骨寒风吹入这间空旷的静室。身穿一袭宽松白袍、赤着脚的白源之盘膝坐着，任凭寒风吹来，脸冻得都发红了。

"到底哪里不契合？那人怎么会身体崩溃？"

白源之不断思索着前一夜做实验时遇到的问题。

忽然——

"老师，老师，雪鹰领的领主来访！"外面传来一道有些胆怯的声音。

谁都知道，早晨白源之大法师静思时是最不喜欢被打扰的。当然，只是不喜欢，并非不可以。

而他做实验的时候，是绝对禁止打扰的，除非发生天大的事。

"那位少年领主又来了？"白源之微微一愣，有些疑惑。

自上次东伯雪鹰拜访到现在还没多久呢，难道他已经弄到银月狼王的心脏或者五万金币了？

"快快有请！"白源之立即起身出了静室，去客厅迎接。

白源之站在客厅门口迎接，只见身穿一袭黑衣、背着兵器箱的少年走了过来。白源之暗暗忌惮，这位少年领主身上的气息倒是越发收敛了，可自己精神力强大，感应敏锐，完全能感受到东伯雪鹰身上那看似收敛却更让人心惊的气息。

"大法师。"东伯雪鹰微笑道。

"领主，请。"白源之也颇为客气。

二人分别坐下。

"领主这次来我这儿……"白源之疑惑地看着东伯雪鹰。

"大法师请看。"东伯雪鹰一翻手，掌心出现了一个铁盒，铁盒内顿时散发出淡淡的血腥气。

东伯雪鹰将铁盒递了过去。

白源之立即猜到铁盒里装的是什么，激动得身体一颤，连忙伸手接过，轻轻打开，里面装的正是银月狼王的心脏，还非常新鲜。东伯雪鹰从昨天击杀银月狼王到现在，才一天时间。并且，一直存放在没有丝毫空气的储物吊坠内，这心脏的新鲜度极高。

"银月之心？采摘时间估计不到一个时辰。"白源之激动不已。

银月之心和五万金币，他更想得到银月之心。因为就算得到五万金币，最多购买些材料罢了，而银月之心可以让他迅速完成一直想要完成的一件作品。

只是，想要买到新鲜的银月之心是可遇不可求的，没那么巧刚好有人去毁灭山脉，且那么快杀了银月狼王。这个实验的其他各项工作他早就准备好了，银月之心他却等了足足八年，一直没弄到手。

如果专门请高手去毁灭山脉寻找银月狼王并斩杀，代价太大，不是他能承受的。

"大法师。"东伯雪鹰开口了。

白源之这才压抑住内心的狂喜，连忙抬头道："领主尽管放心，既然你将银月之心送来了，我愿意收你的弟弟为亲传弟子，一定会倾力教导你的弟弟。并且，只要他的精神力达到要求，我保证他一定能够成为一名法师！"

收了如此宝贝，他当然要把事情做好。

"那就麻烦大法师了。"东伯雪鹰微笑着说道，"不知道我弟弟什么时候能过来拜师？"

"随时可以。"白源之说道，随即他从怀里取出一块木牌，木牌上刻有"白"字，"这是信物，你的弟弟带着这个信物过来拜师即可。"

东伯雪鹰点头。

他倒不怕白源之要赖。

白源之也不可能拿了宝贝就翻脸，毕竟东伯雪鹰能在这么短时间内送来新鲜的银月之心，若想要暗中杀了他，恐怕也不是难事。毕竟，杀银月狼王的难度不亚于杀一名流星级大法师。

　　"等过完年，我会将他送来，到时候就麻烦大法师了。"东伯雪鹰收了信物，随即起身，"我先告辞了。"

　　白源之起身相送。

　　看着东伯雪鹰离去，白源之捧着铁盒，暗暗思索："这位少年领主当初说一个月内就会送来银月之心或者五万金币，现在这么快就送来了，银月之心还如此新鲜，显然有人才斩杀了一头银月狼王。到底是谁斩杀银月狼王的？雪鹰领似乎没有实力那么强的高手。"

　　宗凌和铜三早就有名气了，可都不是能够斩杀银月狼王的高手。

　　"是这个少年领主？"白源之暗暗猜测。

　　他之前见过宗凌，六臂蛇魔宗凌虽然是高手，可并没有对他构成威胁。也就这少年领主让他有些看不透。

　　东伯雪鹰去还了当初购买飞雪枪所欠的一万金币，便带着手下回了雪鹰领。

　　他沿着城堡正门而入，一路上，守卫们、仆从们都无比恭敬。

　　"哥哥，哥哥，你早上去仪水城竟然没带我去。"东伯青石在城堡主楼的三楼，扶着栏杆，看着下方的东伯雪鹰。

　　"我出发的时候，你还在睡觉呢。"东伯雪鹰一跃便到了三楼，拿出手中的信物递给东伯青石，"青石，你看看，这是什么？"

　　东伯青石疑惑地看着这块木牌："木牌子，上面还有一个'白'字，干吗的？"

　　"这是白源之大法师的信物，过年后，你就可以去拜见白源之大法师，成为他的亲传弟子了。"东伯雪鹰说道。

　　"啊，大法师愿意收我为亲传弟子了！啊，哈哈哈……"东伯青石兴奋地扭起了屁股，"太好了，太好了。"

　　"不过哥哥，那我以后岂不是看不到你了？"东伯青石有些不舍。

　　"哈哈哈，仪水城离我们这里不是很远，你随时可以回来看我，我也随时可以去看你。"东伯雪鹰笑道。

"嗯。"东伯青石重重点头，他早就看了母亲留下的许多法师类书，对法师生涯很期待。

当天下午。

天空洋洋洒洒飘着大雪。作为龙山帝国最北部的行省，这里下雪天气太常见了。

东伯雪鹰盘膝坐在屋内，看着屋外大雪飘飘。他的枪法达到大师境界后，虽然每天依旧会花费一个时辰修炼，但实际上修炼的作用更多的是刺激身体筋骨更快成长。想要让枪法提升，需要的是感悟天地自然。以天地自然为师，从中参悟。

"主人，主人，外面有一位自称龙山楼楼主的，想要来拜见主人。"一名仆人从外面跑过来，有些气喘。

"龙山楼？"东伯雪鹰眼中精光一闪。

他听过龙山楼的一些传闻。这是一个很神秘的组织，势力遍布整个帝国，仪水城龙山楼楼主的地位不亚于仪水城城主。

东伯雪鹰当即起身，立即赶往正门口，亲自去迎接。

"开门，让贵客进来。"东伯雪鹰来到了城堡正门处。

被拦在外面的一群人，为首的是一名气度不凡的黑发中年男子，他的身旁是一名白发老者，身后则是一群天阶骑士。

"哈哈，我早就听说了枪魔东伯雪鹰的大名，今日一见，果然不凡。"黑发中年男子微笑道，"在下仪水城龙山楼楼主司安！"

"见过司安大人。"东伯雪鹰也颇为客气，"司安大人，里面请。"

东伯雪鹰和司安大人并肩而走，其他人都跟在后面。

"司安大人冒雪前来，不知道所为何事？"东伯雪鹰边走边笑着问道。

"你以一己之力铲除了弯刀盟，这等大事难道还要隐瞒不成？领主大人，你昨日更是背着银月狼王的毛皮飞奔九百余里，看到的人可不少啊，你斩杀银月狼王的事难道也要隐瞒？"司安大人笑着反问。

东伯雪鹰暗暗吃惊。昨天自己干的事，今天这位司安大人就全部知道了，龙山楼果真厉害。

"领主大人，我今天来这儿，一是送上你解决了通缉要犯盖斌应得的赏金，二则是更重要的，送上我龙山楼的黑铁令。"司安大人说道。

　　"黑铁令？"东伯雪鹰心微微一颤。

　　自己等这一天已经等了太久了！

第 27 章
血刃榜和龙山榜

雪石城堡，走廊尽头的亭子内。

东伯雪鹰和司安大人相对而坐，有仆人送上了点心、热茶。而宗凌、铜三、游图等其他人，都在亭子外面的走廊上等着。

司安大人捧着热茶，轻轻喝了一口，看着亭子外大雪飘飘。

"领主，你这里安静又自在，真是好地方啊！城内终究太喧嚣了，人来人往的，连睡觉时都能听到外面嘈杂的声音。"司安大人笑着说道，"等我隐退，我也要找个清静的好地方享受享受。"

东伯雪鹰笑道："多少人想要位居高位而不可得。"

"高位？也就一个小小县城的龙山楼负责人罢了，哪里称得上高位？"司安大人说着一翻手，取出了一小沓金票，"这能兑换八百金币，是你解决通缉要犯盖斌应得的赏金，虽然少了点，可还是要给的。"

东伯雪鹰接过。

帝国通缉的犯人至少得达到星辰级，或者罪恶滔天，解决犯人者才会有赏金。一般的盗匪贼人是不会被悬赏的。

"这是黑铁令。"司安大人又一翻手拿出了一块黑色的令牌，上面有"龙山"二字，"整个帝国的子民一般只要达到流星级，都会得到黑铁令。"

"达到流星级，就能够得到黑铁令？"东伯雪鹰若有所思。

"令牌主要分两种，"司安大人解释道，"一种是黑铁令，一种是青铜令。达到流星级的即可得到黑铁令，而达到称号级的才可以得到青铜令，再往上，就是超凡强者了。超凡强者才是我们整个夏族乃至整个龙山帝国的主要力量，当然那完全是另外一个世界了，也就无须多说。"

"拿着，这是独属于你的黑铁令，可是有大用处的。"司安大人将黑铁令放到东伯雪鹰面前。

东伯雪鹰仔细看着，黑色的令牌上面除了"龙山"二字外，还有一些复杂的纹路。那纹路很自然、很协调，看了的人都会觉得漂亮。

司安大人又一翻手，将一份杂志递了过来："这是我们龙山楼编的《帝国杂志》，一般会记录整个帝国的一些大事，主要记录青河郡内发生的一些事情。比如你杀了一头银月狼王，凭一己之力铲除整个弯刀盟，在下一期的《帝国杂志》中就会记载，到时青河郡的所有强者都会看到。"

"哦？"东伯雪鹰连忙接过，翻看起来。

整本杂志有十几页，记载青河郡以外事情的仅仅一页，其他页记载的皆是青河郡内发生的事情——

龙山历9623年11月19日，驻青河郡第五军团在进入毁灭山脉的第三天，遇到了一只苏醒的六阶魔兽——黑暗魔熊，两个千人大队皆覆灭……

龙山历9623年11月10日，青河郡天平城内惊现超凡强者，是一位衣着破烂、赤脚苦行、头发花白的老者……

11月5日，司家和张家联姻……

……

杂志上记载了青河郡各地发生的较为重要的事情，甚至有年历。至于一些各地趣闻，记载得就相对较少。

东伯雪鹰大开眼界，原来青河郡近来有这么多事情发生。

"司安大人，天平城内竟然出现了超凡强者？"东伯雪鹰好奇地道。

"那超凡强者现身了一下就消失了。"司安大人笑道，"超凡强者们高高在上，他们追求的和我们这些凡人追求的可不一样。这种苦行天下的超凡强者，还是经常有的。记载在杂志上，是让各地的家族豪雄注意着点，别不开眼得罪了超凡强者。一旦得罪，那就不好了，整个家族说不定都会覆灭。"

东伯雪鹰点头。

是啊！路边的一个乞丐说不定就是超凡强者，哪能随意得罪？

"超凡强者非常非常少，整个龙山帝国有十九个行省，超凡强者也就那么些。我们青河郡算大的，可本土一名超凡强者都没有。"司安大人摇头，"这《帝国杂志》是月刊，每月一期，你没事的时候可以看看，也算对帝国的大事小事了解些，也能知道哪些势力不能得罪。"

"杂志是乐子。接下来，我要交给你的东西就越来越重要了。第二重要的，是两份榜！"司安大人表情严肃起来，两本书册出现在他的手中，一本书册封面是黑色的，上面有"龙山"二字，另外一本书册封面是赤红色的，上面仅仅画了一柄滴着血的刀刃。

"两份榜？"东伯雪鹰好奇地看着。

"这一本是龙山榜，是我们龙山楼编写的；另一本则是血刃榜，是血刃酒馆编写的。"司安大人说道。

东伯雪鹰接过这两本厚厚的书册。他先翻开了黑色的龙山榜，上面是排名，从第一开始往后排，有密密麻麻的人名，旁边还有一些简单的介绍。

"血刃榜是杀手榜！"

司安大人这句话让东伯雪鹰吃了一惊。

"杀手榜？"东伯雪鹰看着旁边那本赤红色书册。

"对，血刃酒馆背景极为神秘，我们龙山楼都不愿去招惹。帝国的任何一座城池中都有血刃酒馆。"司安大人说道，"根据杀手们实际的战绩，血刃酒馆编写出了这份榜单，这榜单上的名字几乎都是代号，毕竟杀手们一般都是隐姓埋名的。"

"相比之下，龙山榜更具权威性，更受龙山帝国所有强者重视。"司安大人露出骄傲之色，"龙山榜是我们龙山楼编写的，收录了整个帝国十九个行省排在前三千名的青铜级强者。"司安大人又说道，"从第一名到第三千名，都是我龙山楼经过慎重考虑，根据战绩和诸多方面评判做出的详细排名。"

"整个帝国的前三千名强者？"东伯雪鹰眼睛一亮。

拥有称号级战力者才有资格得到青铜令，这上面却记载了三千名青铜级强者的信息。

"帝国的超凡强者就那么些，所以无须编写榜单。"司安大人再次说道，"而超凡级以下的称号级强者，离成为超凡强者只有一步之遥，他们中有一些甚至有媲美超凡强者的实力。放眼整个帝国，称号级强者的数量很多。"

"整个青河郡一共有十二名青铜级强者，能名列龙山榜的只有五名。"司安大人说道。

东伯雪鹰微微点头，龙山榜有三千数的限制，不是每名青铜级强者都能入榜。

排第5的，名叫常青泽，龙山榜总排名第2895位。

排第4的，名叫张雍，龙山榜总排名第2822位。

排第3的，名叫丹臣，龙山榜总排名第1259位。

排第2的，名叫司良红，龙山榜总排名第569位。

排第1的，名叫项庞云，龙山榜总排名第525位。

司安大人轻易就报出了这五位的详细排名。

第28章
为夏族立功

司安大人继续道："司良红是一名称号级法师，如今已经活了超过五百年。按理说，正常的凡人寿命是不超过两百年的，可司良红大法师将自己成功转化为了血妖，所以她的寿命长得很。这个活了五百多年的老妖婆，实力深不可测，她的修炼之地血妖塔内遍布危机，就连超凡强者也不愿闯入。"

"司家是整个青河郡的第一家族！青河郡的郡守、城卫军的将军以及郡内的仪水城、风城等诸多县城的城主，十有八九是司家人，各地的诸多要职也是由司家人担任。也就是说，在青河郡，司家一手遮天。"司安大人说得很平静。

东伯雪鹰吃惊："那么多要职都由司家人担任?！"

"整个龙山帝国本来就这样。这不是凡人的世界，是超凡强者的世界！"司安大人说道，"司良红这个老妖婆虽不是超凡强者，却近似超凡强者，和一些拥有超凡强者的大家族关系极好，于是司家获得了青河郡的管理大权。权力皆在司家人之手，所以司家说你有罪，你没罪也有罪；司家说你没罪，你有罪也没罪。"

东伯雪鹰有些震惊："这……这……"

"难道你忘了，你父母虽然是贵族，不也是因为一道谕令就被抓走了？"司安大人说道。

东伯雪鹰脸色微微一变。

"超凡强者可以发出谕令，在一定范围内可以超越法律！"司安大人又道。

"墨阳家族有超凡强者？"东伯雪鹰连忙追问。

救出父母，是他一直想要做的事。

"墨阳家族有一名超凡强者，不过是伪超凡强者。"司安大人说道，"这种伪超凡强者的实力在超凡强者中是最弱的。恐怕司良红那个老妖婆、项庞云那个疯子的实力都和墨阳家族的那名伪超凡强者相当。"

"伪超凡强者？"东伯雪鹰有些疑惑。

"墨阳家族传承极久，开创家族的是一名极厉害的超凡强者，不过那名超凡强者死后，墨阳家族就衰败了。幸好底蕴够深厚，在数十年前，墨阳家族的一名称号级骑士借助一些取巧的手段硬是进入了超凡境界，不过那是最低的超凡层次，一些顶尖的称号级骑士甚至有可能击败他！"

东伯雪鹰想起了自己在书中看到的那名觉醒了太古血脉的砍柴骑士。

砍柴骑士在称号级时，就一斧头砍死过超凡强者。所以，称号级骑士击败超凡强者是完全有可能的。砍柴骑士成为超凡强者后，更是在超凡强者中无敌手，被尊称为那个时代的"最强超凡强者"。

"超凡强者的事离我们太遥远了。"司安大人笑道，"我想告诉你的是，千万别得罪称号级强者，每一名称号级强者都拥有极可怕的实力。而司良红、项庞云是青河郡最厉害的。"

"司家的势力根深蒂固，项庞云则是个极为可怕的疯子。"司安大人又说道。

"疯子？"东伯雪鹰疑惑。

"嗯。"司安大人说道，"血刃榜这个杀手榜单上很少有公布真实名字的，而项庞云便是其中唯一公布自己真实名字的，他极为喜欢杀戮，因为每一次接的都是血刃酒馆的任务，所以他杀人是无罪的。"

"接了血刃酒馆的任务，杀人无罪？"东伯雪鹰纳闷。

"你也可以去血刃酒馆发布任务，不过任务的赏金是由血刃酒馆定的，血刃酒馆会拿走八成，剩下的两成给杀手。"司安大人说道，"血刃酒馆是根据被悬赏的目标的爵位、实力、背景等方面来定赏金的，赏金一般都很高。"

司安大人压低声音："这么跟你说吧，血刃酒馆在这个位面世界存在了不知道多少万年，它和大地神殿是最古老的两股势力。"

东伯雪鹰点头。

这个位面世界中是有神灵的，而大地神殿是这个位面世界诞生没多久就出现的势力，它的历史和这个位面世界的历史几乎一样悠久。这也是现如今龙山帝国唯一一个得到承认的神殿，其他的一律是魔神殿。

血刃酒馆只为杀手们服务，同样古老。

司安大人说道："项庞云是个可怕的疯子，不过一般人很少能遇到他。除非有人在血刃酒馆发布重大悬赏任务，他才有可能现身。司家则不同，司家的势力几乎渗透整个青河郡的方方面面，所以一般人很容易就能遇到司家的人。若是遇到司家的人，你得避着点，毕竟他们随便找一个由头就能抓了你。"

"除非你拥有称号级实力，得到了青铜令。"司安大人笑道，"那你拥有的权力就大多了，司家的人也无权对付你。如果你成了超凡强者，司家的人都得在你面前战战兢兢。前提是你成为真正的超凡强者，而不是伪超凡强者。"

"拥有青铜令后权力这么大？"东伯雪鹰好奇。

"对。这就是接下来我要说的事，你现在拥有黑铁令，这不但代表着你的身份，还代表了你拥有一些特殊的权力。"司安大人说着一翻手，手中出现了一本厚厚的书和一份卷宗。

司安大人将卷宗递给东伯雪鹰："我们夏族能够屹立在这个世界，就是因为有无数强者前赴后继。在很久很久以前，我们夏族的一位了不起的炼金大法师就定下了规矩，将许多要流血流汗的事分成了不同等级的任务，让强者们去执行，成功完成任务的则可以得到功劳点，用功劳点几乎可以换取一切想要的东西。"

司安大人又将另外一本厚厚的书递给东伯雪鹰："这就是《兑换宝典》，下至一些金币俗物，上至许多神奇之物，乃至你想要杀一名超凡强者，甚至想当龙山帝国的皇帝，都可以兑换。只要你给夏族立下的功劳够大，功劳点够多，就能兑换。"

东伯雪鹰愣住了。

人类夏族的那位炼金大法师定下的规矩太霸气了！功劳点够多，啥都能兑换?!

"救我父母呢？"东伯雪鹰忍不住问道。

"只要你的功劳点足够，救你父母不在话下。"司安大人摇头笑道，"当然，一切都要靠功劳点！这就要看你给人类、给夏族到底立下了多少功劳。这些都是黑铁级任务，奖励的功劳点都很少，凭借这些功劳点，你想要救你父母，即便辛苦一万年也没希望。"

东伯雪鹰看着卷宗，只见上面有一个个任务。

比如，解决某某大盗，奖励十个功劳点。

比如，进入毁灭山脉寻找遗失的特殊项链，奖励五十个功劳点。

……

司安大人看着东伯雪鹰说道："这黑铁级任务清单和《兑换宝典》才是最重要的，你可以仔细看看，只要你获得的功劳点超过一千个，很多罪责都会被豁免。"

"一千个？"东伯雪鹰无语。

杀了盖斌这种作恶多端的盗匪头子，也就获得十个功劳点。

去毁灭山脉寻找遗失的宝物，又危险，耗费的时间又长，结果还不一定能成，才获得五十个功劳点。

要凑足一千个功劳点，何其难？

"黑铁级任务的奖励一般在十个到一百个功劳点之间。"司安大人笑道，"而完成青铜级任务，最少能得到一千个功劳点。"

"我想问，我怎么才能救出我父母？"东伯雪鹰问道。

"《兑换宝典》内有许多办法。"司安大人说道，"不过，你得找到一个耗费功劳点最少的办法。这样吧，我立即通过龙山楼的情报网查清楚你父母如今的情况。根据你父母的情况，找出救他们的办法。"

东伯雪鹰难掩激动："好，麻烦司安大人了，还请赶紧查清楚我父母如今到底怎么样了。"

"此事就交给我吧！因为墨阳家族在东域行省，所以需要多耗费点时间，估计一个月左右，龙山楼的情报网就会查清楚你父母如今的情况。到时候，我会帮你找出相对而言最容易的解救方法。"司安大人说道。

"麻烦了。"东伯雪鹰心跳有些快，心中默念，"父亲、母亲，你们现在还好吗？"

"好，那我就先告辞了。"司安大人起身，"每个月我龙山楼的人都会送上一份《帝国杂志》和一份任务清单，你可以随时接任务，为我们夏族立下功劳。"

第29章

父母的过去

东伯雪鹰、宗凌、铜三都站在城堡门口，目送龙山楼的人离去。

随即他们转身往城堡内走去。

"宗叔、铜叔，"东伯雪鹰踩得脚下的积雪咯吱咯吱响，他轻声说道，"黑铁令我得到了，你们可以把父母当年的事告诉我了吧？"

宗凌、铜三相视一眼。

"还是由你铜叔告诉你吧，他一直跟随你母亲，知道得更详细。"宗凌道，"我只是听你母亲说过一些。"

"雪鹰，"铜三看着漫天飘雪，"我原本生活在一个偏僻的狮人小部落，有一天，我们的部落被盯上了，一支强大的商队想要将我们都抓住，反抗的人几乎都被杀了。被抓住后，我们被安上了叛匪的罪名，都成了奴隶。"

"叛匪？"东伯雪鹰大惊。

龙山帝国的奴隶很少。只有犯下滔天大罪的，比如平民杀了贵族，或者直接叛乱，背叛整个龙山帝国的，才会成为奴隶。

"别惊讶，龙山帝国从建立至今已有九千多年，早就腐朽不堪。而且，诸多顶尖强者的家族势力把持着政务，阴暗的事多的是，只要不摆在明面上，谁都不会当回事。更何况，像我们这种弱小的狮人，没证据，谁会为我们出头？"铜三冷笑。

"我成了奴隶，被卖到了墨阳家族。墨阳家族是东域行省的一个非常强大的家族，东域行省的铎羽郡就被墨阳家族完全掌控，而且这种掌控已经超过了千年。"铜三说道，"我们那些奴隶被随意地起了名字，铜大、铜二、铜三、铜四、铜五……我就是其中的铜三。"

"墨阳家族的少爷、小姐们来挑选奴隶，我就碰到了你的母亲。"铜三脸上露出一丝微笑，"你母亲当初还小，也就十三岁吧，比你现在还小。"

东伯雪鹰默默地听着。

"主人无忧无虑，每天开心地玩，对谁都没心机，对我这个奴隶也没有瞧不起。有一次我被墨阳家族其他少爷手下的人打伤了，主人都急哭了，还去为我出头。"铜三抬头看着天空中的雪花，"这些都是小事，我本以为自己一生可能就生活在墨阳家族，谁承想主人二十四岁那年，墨阳家族给主人强行安排了一门婚事，男方是一个一百五十二岁的老家伙。"

"一百五十二岁？"东伯雪鹰瞪大眼睛。

母亲当初才二十出头，墨阳家族给她定的未婚夫竟然有一百五十二岁了，开什么玩笑？

"据说那个家族比墨阳家族更强大，是东域行省排在前三的大家族。墨阳家族厚着脸皮送上嫡系年轻女子去联姻。"铜三说道，"主人从小到大就没受过此等委屈，突然面对这种事，哪里受得了？她趁着一次出去踏青的机会带着我逃走了。我们逃离了铎羽郡，甚至逃离了东域行省，走过漫长之路，来到了安阳行省。我追随主人，开始了冒险生涯。很快，我们结识了宗凌，还结识了你父亲东伯烈。"

"哈哈！当初那段冒险岁月是真的很精彩啊！在外面闯荡，我们彼此将生死交付对方，深厚情谊就是这么结下来的。后来你母亲担心你父亲他们被连累，便说出了自己的来历。"铜三说道。

旁边的宗凌点点头："我们是后来听你母亲说才知道墨阳家族的事。我们都很看重彼此，连生死都不在乎，还会怕墨阳家族？哈哈，我们当然依旧一起闯荡。"

"后来你父亲和主人在一起了。"铜三笑道，"主人甚至在怀孕有了你后，才决定停止冒险，找一个地方定居，便来到了你父亲的家乡——青河郡。"

"接下来的事你都知道了，我们在青河郡安稳地待了八年，可那墨阳家族的人还是找来了，抓走了你的父母。"宗凌接着说道。

东伯雪鹰轻轻点头。

原来是这样……

墨阳家族强行安排联姻也就罢了，竟然安排母亲嫁给一个一百五十二岁的老家伙。须知，就算是称号级强者，能活到两百岁就很了不起了，一般都是一百七八十岁就渐渐老死了。

"墨阳家族是有上千年历史的古老家族，族规森严。"铜三说道，"你母亲逃婚，便是违背了族规，墨阳家族自然会严惩她。"

"我就不懂了。"宗凌嗤笑，"这些大家族让族人这么牺牲，不觉得羞愧吗？或者这等大家族内掌权的老家伙们根本不在乎年轻子弟？"

"宗凌，墨阳家族传承上千年，族人何其多？对墨阳家族而言，牺牲一两个小辈算不了什么。"铜三说道。

"哼！"东伯雪鹰冷冷地道，"如果家族够强大，根本无须让后辈嫁给一个一百多岁的老家伙。如果家族真的破败了，那就破败吧，用这种下作的联姻手段来巩固家族的地位，真恶心！"

东伯雪鹰并非站在母亲这边才这样说，而是的确有这样的想法。

"墨阳家族发出谕令抓了你父母，现在能怎么救？"铜三摇头。

"雪鹰，你和龙山楼楼主接触过，他有办法吗？"宗凌问道。

铜三也期待地看向东伯雪鹰。

"他有办法，但他现在还没准确的消息，再等一个月吧。"东伯雪鹰道。

龙山帝国一共有十九个行省，包括陆地行省和海洋行省。

按照家族实力判断，安阳行省第一强者"长风骑士"池丘白的家族是该行省的第一大家族，势力几乎能影响整个行省。这才是龙山帝国中一流的大家族。

像青河郡司家，或东域行省的铎羽郡墨阳家族，都是掌控一郡的大家族。司家最强的司良红是一名身体转化为血妖的称号级大法师，墨阳家族最强的则是一名伪超凡强者。在龙山帝国中，他们只能算是二流家族的。

"我现在的斗气才达到地阶骑士的层次，而凭借太古血脉的力量和我的枪法，我就有媲美银月级骑士的实力。"东伯雪鹰暗道，"将来我完全能够超越司良红，超越墨阳家族的那名伪超凡强者！"

像觉醒太古血脉的砍柴骑士那样强大，这才是他想要做到的。

他若是有这等实力，恐怕无须开口，墨阳家族就会乖乖地把他的父母送回来。

"也不知道父母现在到底怎么样了。"东伯雪鹰非常焦急，他担心父母出事。如果父母真出了什么事，他想都不敢多想，只知道，他一定会让墨阳家族后悔！

"再等一个月，龙山楼那边就有消息了。"东伯雪鹰只能压抑住焦急的心情。

时间一天天过去。

半个月后，东伯青石的老师白源之竟然来到了雪石城堡。

"大法师，你怎么来了？有事的话，尽管让人传话即可。"东伯雪鹰亲自在城堡门口迎接。

"哈哈，原来银月狼王果真是你所杀。我之前就猜想是你做的，现在整个仪水城几乎传遍了。弯刀盟因为眼馋你的银月狼王毛皮，最终被你用一杆长枪所灭，现在人人都说你是我们仪水城的第一高手！"身穿一袭白袍的白源之笑着说道，他身后的一群弟子则都好奇地看向东伯雪鹰。

第30章
比邻而居

"哈哈,大法师过誉了,请进,我们坐下再聊。"东伯雪鹰笑着说道。

"好。"

白源之不敢再将东伯雪鹰当成一个少年看待,因为东伯雪鹰这么年轻就斩杀了有狼群保护的银月狼王,被公认为仪水城的第一高手。等再过些年,东伯雪鹰完全有可能达到称号级,成为整个青河郡的风云人物,到时他跺一跺脚,恐怕整个青河郡都要震颤几下。

而且人人都说东伯雪鹰练枪快入魔了……在许多超凡强者的传记故事中,有一些人或者痴迷于画画,或者打造兵器,或者天天看着天空发呆,却忽然一朝醒悟,跨入了超凡层次。

"东伯雪鹰从小练枪就这么疯魔,且现在就这么强了,将来完全有可能达到称号级,说不定他什么时候就能跨入超凡层次呢!"白源之嘀咕。

当然,这只是他随意一想,那些感悟天地的各种疯魔之辈,最终能成为超凡强者的太少太少。

二人并肩而行,进入客厅后,分别坐下。

宗凌、铜三则在一旁作陪。

"听到外面传的消息,我现在还震惊呢!你三两招就杀了凶名在外的盖斌,还把整个弯刀盟都击溃了。我白源之活到这么大,像领主这么年少却如此厉害的,我也就听说过一些大家族的天之骄子,此次却是第一次看到。"白源之笑眯眯的。

"大法师今天来,不会是专门夸我的吧?"东伯雪鹰说道。

那些大家族用大量资源栽培出的天之骄子的确厉害，白源之把他和那些天之骄子相提并论，他倒没有多么骄傲自得，因为他的目标一直是成为超凡强者。和了不起的超凡强者相比，他很普通。

"哈哈哈，我今天来这儿是有事求领主。"白源之说道。

"大法师请说，能帮忙的，我自然尽全力。"东伯雪鹰道。

"是这样的，我在仪水城内有一座府邸，经常有一些贵族去拜访，我不堪其扰！"白源之叹息道，"而且，还有一些法师对我的某些研究感兴趣，所以经常有小贼想要偷我的一些研究成果。因为得到领主给的银月之心，我的研究终于有了大收获。我怕会有许多小麻烦，所以打算搬离仪水城。"

"搬离仪水城？"东伯雪鹰一愣，"那大法师选好要住的地方了吗？"

他弟可是要去拜师学习的。

"哈哈，我这不就来求领主了嘛。我想要在领主这雪石山上选一处地方建造一座小楼，居住下来。"白源之笑道，"领主这里僻静，又是在山巅，山道上是一夫当关万夫莫开，还有重重关卡，一些小贼想要进来很难。至于贵族，不辞辛苦赶数百里路来这儿的就少多了。"

"只是叨扰领主，我有些惭愧。"白源之说道。

东伯雪鹰和旁边的宗凌对视一眼。

二人都明白彼此的想法。

"哈哈，我还求之不得呢！我雪鹰领也有一位大法师坐镇了，这是我雪鹰领的福气。"东伯雪鹰笑道，"雪石山有诸多山峰，空的地方多的是，大法师随便选一处地方即可。"

白源之露出喜色，他对此事把握较大，可听到东伯雪鹰同意了他还是挺高兴："那我就厚颜在旁边的山峰随便选一处地方。"

"小事，大法师随时可以开始建造小楼，如果需要我帮忙，尽管开口。"东伯雪鹰道。

"建造一座小楼容易得很，我的弟子中就有一些擅长大地类法术。"白源之微笑着说道。

建造城堡，或者建造雄伟的城池，如果靠凡人开采巨石并搬运过来是很难的，而擅长大地类法术的，只需施展一个厉害的大地类法术，大地自然裂开，无数巨石凝聚而生，建造速度可就快多了。像东伯雪鹰家的雪石城堡，当初就是请其他法师来建造的。他母亲虽然是天阶法师，可并不擅长大地类法术。

东伯雪鹰、宗凌都站在栏杆前看着远处。

两人的目光越过城墙，看到数里外的一座山峰上，一座石楼迅速建成。在法术的作用下，周围的泥土和岩石迅速形成一块块平整的巨石，巨石飞了起来，开始自动建造墙壁，墙壁上还有水光、火焰流光出现，很快变得光滑。而后，白源之在地面和墙壁上雕刻一些法阵。

"雪鹰，白源之来我们这儿定居，不会带来什么麻烦吧？"宗凌有些担心。

"放心吧，白源之在仪水城待了这么多年都没出现什么麻烦，他来我们这儿定居也不会有什么麻烦的。"东伯雪鹰笑道，"就算有麻烦，也不用怕。如果是称号级强者来找麻烦，他来我们这儿也没用啊。若不是称号级强者来找麻烦，便不足为虑！"

宗凌点头。

东伯雪鹰此刻心情极好，因为白源之大法师住在这儿，那么青石拜师学法术，也就无须离开自己了。

雪石山上有多座山峰，主峰上是雪石城堡，数里外的一座山峰是法师楼所在之处。而另一座距离法师楼有足足五里、距离雪石城堡有三里的僻静山峰上，新建了一座竹楼。竹楼是东伯雪鹰亲自打造而成的。作为一名擅长掌控力量的高手，东伯雪鹰把竹楼建得颇为漂亮。

"从今天起，大多数时间我会居住在后山竹楼。"东伯雪鹰对旁边的宗凌、铜三、东伯青石说道，"雪鹰领的事就麻烦宗叔了，如果有比较重要的事，实在需要我出面的，再来找我。"

"好。"宗凌点头。

"哥哥，你以后就住在竹楼，不觉得无聊吗？"东伯青石忍不住问道。

"哈哈！不无聊！"东伯雪鹰笑道。

这是他达到枪法大师境界后就有的想法。

他的枪法境界提升之后，他对天地自然的感应越发清晰。

小草的生长、山石的厚重、风的灵动、树叶的飘动……一切都让他感到惊艳。他过去那么多年都没发现，原来天地自然这么美。对他而言，居住在僻静的竹楼，反而是一种享受。

修炼枪法，有不同的道路。比如一些人基础其实很一般，他们在生死大战中磨炼，发现自己枪法中的许多缺陷，而后不断改善，逐渐完美，达到人枪合一的境界，乃至成为枪法大师，最终，依旧要走上以天地自然为师的道路。

东伯雪鹰则不同。他并不喜欢在生死大战中磨炼自己，而是在寻常修炼中一次次琢磨，发现自己的缺点，而后完善。这种无比扎实的枪法基础，是靠着不断地修炼才打下的。他的枪法基础无比扎实，自然而然就跨入了人枪合一的境界。在和阴影豹一战的生死关头，他就达到了枪法大师的境界。其实，就算没有生死关头的逼迫，再过一两年，他也会自然而然地突破。

东伯雪鹰更倾向于这种厚积薄发，而不是一次次在生死间冒险。

"哥哥，那我经常来找你，可以吗？"东伯青石问道。

"哈哈，你随时可以来找我。我没事的时候，也会去找你呢。"东伯雪鹰笑着打趣。

宗凌看着身穿一袭黑衣站在那里的东伯雪鹰，暗暗感慨："以天地自然为师，说来容易，可境界若没达到，根本连边都摸不到。"

自此，东伯雪鹰常居雪石山后面的僻静竹楼，开始了自己担水、劈柴、烧火煮饭的日子。

平日里，他喝山泉水，在山泉边盘膝静思，在竹林中修炼枪法。

第 31 章

孔悠月

白源之定居雪石山的消息很快就在仪水县内传开了。

雪石山，山道上。

"站住！"

山道上设有关卡，可不是谁都能去雪石城堡的。一群士兵看到一些年轻男女来到关卡前，连忙阻拦他们。

这些年轻男女衣着朴素，气质也一般，一看就是平民。

"干吗的？"一名士兵喝道。

"几位大哥，"一名容貌漂亮的年轻女子连忙说道，"我们听闻白源之大法师居住在雪石山上，想要求见大法师，希望能拜在大法师门下。"

"对啊，几位大哥通融通融，让我们去见见大法师吧。"其他年轻人跟着说道。

他们都很年轻，对未来充满希望！

法师的地位很高，他们很想成为法师。

"哼！"负责看守这个关卡的护卫队队长嗤笑道，"几个小家伙，我问你们，你们有法师天赋吗？"

"不知道。"

"大法师见了我们，就知道我们有没有法师天赋了。"

这些年轻男女连忙说道。

"笑话！"护卫队队长再次嗤笑道，"大法师的时间何等珍贵，他哪会轻易见你们？而且，你们连自己有没有法师天赋都不知道就过来了，你们以为大法师会一个个为你们查看？"

"说不定我们中有人法师天赋很高，会受大法师喜爱呢。"当即有女子说道。

"好了，好了。"护卫队队长摇头道，"走吧，走吧，这些天我见过不知多少像你们这样爱做梦的年轻人了。年轻人，看清楚现实！大叔我当年为了学斗气，专门加入军队，历经几番生死。你们以为自己是谁，大法师会收你们为徒？"

"实话告诉你们，大法师早就下令，一律不见客！他连贵族都不见，更别说见你们了。"护卫队队长说道。

"啊。"

这些年轻人相视一眼，都很无奈。

负责看守关卡的士兵忠于职守，不放他们进去，他们怎么求都没用。

过了没多久——

一辆马车飞奔而来，马车后面跟着一大群骑兵。马车华美，隐隐镶嵌法阵，即便马车速度再快，车厢都无比平稳。

"停下！"雪鹰领的士兵们依旧喝道。

"我们是云翠领曹家的，我们家主人想要拜访你们领主大人。"车夫说道。

"云翠领曹家？"

士兵们相视一眼。

仪水城内的大家族并不多，云翠领曹家勉强能排在前十。雪鹰领当初势力较弱时，曹家就弱一头，现如今东伯雪鹰被公认为仪水城的第一高手，曹家和东伯家族的差距就更大了。

"上山的士兵不能超过十名。"护卫队队长说道，"这是领主下达的命令，还请谅解。"

"这……"车夫有些犹豫。

"好！老潘，你带五个骑兵跟我上山，其他人留在这儿。"车厢内传出一道声音。

"是！"

明显气势不凡的五个骑兵跟着马车过了关卡，上山去了。

"我们也要去拜访领主大人，让我们上山吧！"旁边一直不甘心待着的年轻男女们不服，立即有女子高声说道。

"哼！想拜访我们领主？做梦！大法师不见你们，难道我们领主会见你们？"护卫队队长摇头嗤笑，"好了，还是死心吧。"

过年前的这段时间，雪石城堡前所未有地热闹。

一些想要碰运气的平民前来拜访就罢了，不少贵族也来拜访。因为大法师不见客，他们就转而拜见东伯雪鹰，想请东伯雪鹰帮忙，让大法师收他们为记名弟子。他们觉得，大法师既然定居在此，肯定会给东伯雪鹰几分面子。

可是——

东伯雪鹰也一律不见客，都是由宗凌帮忙挡着。

上午时分。

一名男仆飞奔到后山的竹楼，可竹楼内空荡荡的，不见东伯雪鹰。

"领主大人，领主大人！"男仆高声喊着。

声音传出很远……

后山的半山腰上，山泉从高处冲下，砸在了下方的水潭中，一条小溪蜿蜒流向远方。

水潭旁的一块大石上，东伯雪鹰聆听着旁边的山泉水潺潺流动的声音，练着一套拳法，正是斗气法门——火焰三段法。他练拳时，全身力量涌动，一招一式都很协调、优美，身体的每一处力量都被完美调动，自然吸引了天地间火的力量。

天地间火的力量不断被他吸入体内，转化为火焰斗气。

呼，吸……

一招一式，呼吸间，东伯雪鹰感觉仿佛有熊熊火焰钻入体内，身体在汲取外界的力量，不断变得强大。

他觉醒太古血脉没多久，不管是斗气还是身体，都在快速成长。练拳时，就是要完美掌控急剧增长的每一丝力量。

"领主大人。"一道声音遥遥传来。

"嗯？"东伯雪鹰陡然停下，抬头朝上方看了看。

"那些贵族我都是一律不见的，怎么还来找我？"东伯雪鹰有些疑惑，随手拿起了旁边的飞雪枪。

嗖！他化作一道幻影。

如果普通人看到，只感觉一道影子闪过，东伯雪鹰就消失在视野中。

这就是一名强者可怕的速度！

唰！竹楼前，幻影一闪，东伯雪鹰出现了。

"什么事？"东伯雪鹰开口问道。

男仆被突然出现的东伯雪鹰吓了一跳，听到东伯雪鹰询问，当即说道："宗凌大人说老领主的好友孔海大人来了，请领主你过去。"

"孔叔叔？"东伯雪鹰轻轻点头。

除了宗叔、铜叔外，父亲的好友很少很少。爷爷当初因为灾荒乞讨到了仪水城，因为是外来者，在山村内受到孤立、欺负。他后来进山打猎丢了性命，父亲便毫无牵挂地去参军了，最后修炼出斗气，退役后，继续在生死间冒险。

父亲的朋友不多，也就在军队中有几个，而且因为在外冒险太久，大多早就不怎么联系了，只有孔海经常来拜访他。

东伯雪鹰小时候见过孔海多次，后来父母被抓走，孔海还来看望过他。这些年，孔海每年都会派人送来一些年礼，他也会派人回送礼物，算是维持一点情分。只是父母不在，孔海已经很久没亲自来过了。

"哈哈，雪鹰啊，几年不见，你已经是我们仪水城的第一高手了，了不起啊！"

客厅内，看到走进来的东伯雪鹰，一名胖胖的中年男子起身笑着。

"孔海叔叔。"东伯雪鹰微笑点头。

孔海暗暗后悔。他退役后，成了商人，八面玲珑，交友极多。东伯烈只是他很多朋友中的一个，东伯烈夫妇被抓走后，他仅仅来过一次雪石城堡安慰年少的东伯雪鹰兄弟俩，之后就再也没来过。只是，作为商人的习惯，他一直派人送来年礼，维持情分。

其实，每年他都会将大批年礼送给各方好友。对于一些重要的朋友，他都会亲自登门拜访。

他之前不太在意老友东伯烈留下的这两个儿子，谁承想东伯雪鹰竟凭一己之力就灭了可怕的弯刀盟，简直匪夷所思啊！

"来，悠月，见过你雪鹰哥哥。"孔海拉着旁边的一名绿衣少女的手。

"雪鹰哥哥。"绿衣少女有些害羞。

"悠月？"东伯雪鹰一笑，"你都这么大了！小时候我见过你，不过你恐怕记不得了，你那时候才四五岁。"

孔悠月是孔海的大女儿，比东伯雪鹰小三岁。

"今天我来这里，就是想要拜托你一件事。"孔海笑道，"悠月有法师天赋，我想让她拜白源之大法师为师，只要当个记名弟子即可。拜大法师为师所需的五千金币我也带来了。可大法师门下有那么多记名弟子，一个普通的记名弟子，大法师恐怕不会在意。雪鹰，我想要你出面，这样大法师肯定更重视悠月。"

"哦，这点小事，孔海叔叔尽管放心。"东伯雪鹰点头应允。

白源之收弟子就是要钱。

收亲传弟子，需要五万金币。

收记名弟子，需要五千金币，还是有名额限制的。

可五万金币对仪水城的贵族们而言简直是天价，至今也就东伯雪鹰送上银月之心，满足了白源之的要求。

白源之收个记名弟子都要五千金币，太贵了，许多贵族想要拜托东伯雪鹰出面，就是想要节省一点金币。

孔海竟然准备好了五千金币，东伯雪鹰仅仅出面说一声即可，这的确是小事。

"以后悠月跟随大法师学法术，长期居住在雪石山，还请你多多照顾。"孔海说道。

"小事，城堡内的房子多的是，我会给悠月安排一个好住处的。"东伯雪鹰说道。

他常住在后山的竹楼，这种小事只要吩咐手下一声就可以了。

"哈哈哈……说起来，当年我和你父亲还说过，如果你们这俩孩子相处得好，让你们结亲呢。"孔海哈哈笑道。

"父亲。"孔悠月羞得满脸通红。

"当然，这还要看你们自己的意愿。当初你父母也是这么说的，不强求。"孔海笑着说道，"如果我有仪水城第一高手当女婿，哈哈，我恐怕做梦嘴巴都会笑歪。"

"父亲，够了。"孔悠月忍不住了，她年龄还小，脸皮薄，有些受不住了。

孔海笑着看着自己女儿。

当年他和东伯烈夫妇的确聊过儿女结亲的事，可东伯烈夫妇都说要看两个孩子的意愿。

此刻他重提此事，就是因为他很看好东伯雪鹰，希望女儿和东伯雪鹰结成夫妻。一旦成了，他们孔家的地位将大大提高。

其实，他根本不在乎白源之大法师。让孔悠月拜师学艺，只不过是借口而已。他只是一个商人，女儿随便选一位天阶法师当老师就足够了，何必花费五千金币去拜白源之大法师为师？

他花费五千金币，为的不是白源之大法师，为的是东伯雪鹰。

因为白源之大法师居住在雪石山，所以他要让女儿也住在雪石山，和东伯雪鹰朝夕相处。时间久了，他相信女儿很有可能和东伯雪鹰走到一起。一个商人目光要长远，懂得什么时候该下本钱。孔海从退役士兵混成如今颇有名气的商人，还是很有能耐的。

当天，东伯雪鹰就亲自出面引荐。

收了五千金币，白源之老脸都快笑成花了，承诺会好好栽培孔悠月。

当晚，孔海离去，嘱托东伯雪鹰帮忙照顾孔悠月。

东伯雪鹰年龄不小了，而且早慧，完全能看出孔海的心思，这也有孔海故意暴露的缘故。对于小时候见过的小妹妹孔悠月，东伯雪鹰真没什么心思，而且孔悠月还小，还是一个青涩的小丫头。

嗖！

哗！

长枪飞舞。

东伯雪鹰独自隐居在后山竹楼，练着枪法，枪影呼啸，飞雪枪自然引动雪花飘飘。

漫天飞雪中，东伯雪鹰的身影缥缈不定，人影和枪影仿佛融为一体。

"雪鹰，雪鹰。"铜三亲自赶来，大步飞奔，踩在积雪的地面上，让冰冻的地面裂开了。

"铜叔，何事？"东伯雪鹰收枪。

"龙山楼楼主司安大人来了。"铜三说道。

东伯雪鹰眼睛亮了。

司安大人终于来了，父母终于有消息了？

"我们走！"

东伯雪鹰顾不得换衣服，立即和铜三朝城堡赶去。

第32章
司安大人

从城堡的后门进入，东伯雪鹰身如幻影，回到主楼自己的屋子内，而后放下飞雪枪，便迅速朝楼下的客厅走去。

客厅内，宗凌正在接待司安大人。

"这才过去一个月，雪石山上就多了一座法师楼！"司安大人端着热茶，"我们仪水城最厉害的骑士、法师可都在雪石山上了。"

"只是仪水城最厉害的而已，和外界的一些厉害的高手比，不值一提。"宗凌笑道。

呼！

一阵风起，一名黑衣少年走了进来。

司安大人转头一看，眼睛一亮，当即起身笑道："领主。"

"司安大人，"东伯雪鹰连忙说道，"不必客气，请坐。"

待得坐下，东伯雪鹰立即问道："司安大人，关于我父母的情况……"

"你要相信我们龙山楼搜集情报的能力，那可是天下第一的。"司安大人说道，"不过，我得提醒你，冷静点。"

"冷静？"东伯雪鹰心中咯噔了一下，旁边的宗凌脸色一变。

"请说。"东伯雪鹰佯装平静地说道。

司安大人明白这位少年领主内心肯定平静不了，他暗暗叹息，便直接说道："你母亲的情况还好，她毕竟是墨阳家族的嫡系子弟，而且她哥哥墨阳琛是家族内最年轻的银月级大法师，所以她只是被关在墨阳家族的禁地雷潮涯内。虽然孤独了点，可吃喝无忧，还能潜心钻研法术，听说她突破成了流星级大法师。"

"阿瑜天资一向很好，果然是我们中最先突破到流星级的。"宗凌微微点头。

"那我父亲呢？"东伯雪鹰担忧地问道。

母亲没事，那有事的是父亲？

"你父亲……"司安大人犹豫了下，"你母亲当年因为不愿接受家族安排的婚事逃离了，墨阳家族后来选了另外一名比较优秀的嫡系女子嫁出去了。那女子的父亲叫墨阳辰白。墨阳辰白当年没能保住女儿，一直很不甘心。自从他女儿出嫁后，他苦修二十年，如今达到了银月级，并且借助家族内的炼金铠甲能发挥出称号级实力，我们龙山楼也给他送上了一枚青铜令。"

"墨阳辰白对当年的事情耿耿于怀，也很怨恨你的母亲，认为就是你母亲逃婚才导致他女儿嫁给一个老头。"司安大人说道。

"这怎么能怪我母亲？我母亲逃离之后，将他女儿嫁过去的不是墨阳家族的主事人吗？"东伯雪鹰怒道。

"他不敢挑战族长权威，只能迁怒于你母亲。"司安大人又道，"你母亲有你舅舅庇护，又被关在禁地雷潮涯，他没有办法对付你母亲。可你父亲在服苦役，于是他就将怨恨都发泄在你父亲身上。"

东伯雪鹰脸色铁青，用力地握着座椅扶手，指甲都嵌入扶手内了。

"你父亲被判服苦役百年，也就是在墨阳家族东香湖的炼金作坊内做些苦活累活。墨阳辰白经常安排人去折磨你父亲，还专门让作坊内的法师一次次治好你父亲身上的伤，让你父亲想死都死不了。"司安大人说道，"如果不是有法师一次次治疗，你父亲恐怕在炼金作坊内挨不了三年就死了。"

砰！东伯雪鹰把座椅扶手都抓爆了。

"该死！该死！"

记忆中，如山一般巍峨的父亲，竟然沦落到如此境地……

"墨阳辰白！墨阳家族！"东伯雪鹰全身气血涌动，一股凶戾的气息从他的身体中散发出来。

宗凌很愤怒，脸色也很难看。

虽然司安大人说得很简略，可他们都听得出来，东伯烈过得很不好。服苦役本就是折磨，那墨阳辰白还专门派人去折磨东伯烈，以东伯烈天阶骑士的身体竟然都挨不住，需要法师一次次去给他疗伤，那他伤得多重啊？

"墨阳辰白，我不杀你，誓不为人！"东伯雪鹰怒火中烧，心中暗暗发誓。

旁边有外人在，他是不会将这些话喊出来的。

喊，是没用的，一切要靠行动！

"墨阳家族呢？墨阳琛呢？就这么看着他折磨我父亲？"东伯雪鹰说道。

"墨阳家族哪里会在乎你父亲的死活？至于墨阳琛，虽然嘱咐过让人照顾你父亲，可没用的，一来墨阳琛自己要潜心钻研法术，二来墨阳辰白能得到青铜令，在墨阳家族内的地位丝毫不亚于墨阳琛。而且他专门派人去折磨你父亲，墨阳琛总不能一直保护你父亲吧？"司安大人说道，"更何况墨阳琛对他妹妹有感情，对你父亲可没什么感情。"

东伯雪鹰听得咬牙切齿。

他懂。

这一切他都懂。

可他就是恨啊，就是不甘心啊！

"怎样才能救我父母？"东伯雪鹰连忙问道。

"根据我们查探到的情报，墨阳家族执行法规极为严格，没有人能违背！而且，你母亲被关在禁地，你父亲在墨阳家族内的东香湖炼金作坊服苦役，外人根本进不去，也没办法救你父亲。"司安大人说道，"即便是用投机取巧的办法，都没希望。"

"不用投机取巧的办法呢？"东伯雪鹰问道。

"相对而言最简单的，就是给你父亲弄一个'荣誉侯爵'的爵位。"司安大人说道，"侯爵地位极高，即便超凡强者凭特权都不能对付侯爵。囚禁或者杀一名侯爵，墨阳家族的那名伪超凡强者都承受不了后果。"

侯爵爵位较为特殊，因为侯爵以下的伯爵、男爵的爵位都能花钱轻易买到，可侯爵爵位买不到，甚至非常罕见。

正常情况下，只有一个家族诞生了一名超凡强者，才可以指定家族内的其中一人获得侯爵爵位。侯爵爵位可以世袭千年，千年后就自动降为伯爵爵位了。

所以，一般侯爵代表一个超凡家族名义上的首领。至于超凡强者，已经无须侯爵爵位了。

侯爵是禁止被囚禁、打杀的。伪超凡强者根本没资格这样做。即便是真正的超凡强者这么干了，也要付出很大的代价。

荣誉侯爵爵位无法世袭！一般是为帝国立下极大功劳的，才有可能获得荣誉侯爵爵位，权力和世袭侯爵差不多，只是无法世袭。

"如果你父亲是荣誉侯爵，你母亲就是侯爵夫人，那么墨阳家族必须立即停止任何刑罚，什么关禁闭、服苦役，都必须停止，还不能有丝毫怠慢。"司安大人说道。

"怎么才能得到荣誉侯爵爵位？"东伯雪鹰追问。

第33章

十一万金币

司安大人说道："要获得荣誉侯爵爵位，只有立下大功劳！你如果仔细翻看过《兑换宝典》就知道其中有一条——一个荣誉侯爵爵位需要用两万个功劳点换取。"

"只有这个办法吗？"东伯雪鹰当然早就翻看过了，可要得到两万个功劳点实在是太难了。

他现在能接的任务都是黑铁级的，功劳点在十个到一百个之间。想要获得一百个功劳点，能接的任务有生命危险，而且很费时间。

一百个功劳点一次的任务，需要足足做两百次，才能累积两万个功劳点。一次就算耗费两个月，一直不休息，一年只能完成六次，需要三十多年才有希望累积两万个功劳点。而且，龙山楼送来的黑铁级任务清单就那么一沓，哪里有那么多刚好一百个功劳点的黑铁级任务啊？

"没别的办法吗？"东伯雪鹰问道。

"没有。"司安大人摇头，"想要获得荣誉侯爵爵位是无法投机取巧的，只能靠立下大功劳。对称号级强者而言，要经历多次生死冒险，才能累积如此多功劳。所以荣誉侯爵爵位更有分量，因为有称号级强者为得到它而多次不顾生命危险去战斗。"

东伯雪鹰闭上眼睛。

父亲……

父亲，我到底该怎么办？

他很想直接冲到墨阳家族救回父亲，可墨阳家族作为一个传承了上千年的古老家族，强者如云，单单那个墨阳辰白借助炼金铠甲就能发挥出称号级战力，更别说其他强大的力量和那个伪超凡强者了。虽然只是伪超凡强者，但是他恐怕一招就能灭杀自己。

"要获得两万个功劳点，现在去做任务是最愚蠢的。我觉醒太古血脉没多久，身体在斗气的滋养下不断地变强，进步也极快，我的实力每天都在明显地提升。"东伯雪鹰暗道，"我现在在正常情况下力量就能媲美流星级，要不了多久就能媲美银月级，乃至称号级。"

"到时候我得到青铜令，就可以直接去接青铜级任务，这些任务最低都有一千个功劳点，危险些的还有一万个功劳点，完成两次就足够了。"东伯雪鹰想着。

磨刀不误砍柴工，只有自身实力先提升上去，完成任务的效率才高得多！他明白这是最快积攒两万个功劳点的办法。

可是……

父亲怎么办？

父亲能够撑到自己积攒两万个功劳点的那一天吗？

客厅内气氛很压抑。

座椅扶手碎末撒了一地，东伯雪鹰坐在椅子上沉默着。

旁边的司安大人默默地喝着茶。

"救不出我的父亲，"东伯雪鹰声音有些沙哑，"那就先保住他的性命，有办法吗？"

"墨阳辰白虽然派人去折磨你父亲，可也一直让炼金作坊的法师用法术一次次给你父亲治疗，他应该不会让你父亲死的。"司安大人说道。

"应该不会？"东伯雪鹰咬牙道，"我父亲的性命不能在墨阳辰白的掌控下！而且，我父亲服苦役好几年了，墨阳辰白说不定什么时候就没兴致继续折磨他了，到时候我父亲很可能丢掉性命。"

"我要保住我父亲的性命。"东伯雪鹰看着司安大人，"只要有足够的金币，超凡强者也能请得到！我相信金钱的力量。"

"司安大人，要多少金币才能保住我父亲的性命？"东伯雪鹰问道。

如果能一口气砸一千万金币，恐怕超凡强者都愿意出手救人，可显然请动超凡强者要付出的金币，不是东伯雪鹰能承受的。

"金币？"司安大人思索了一下，"如果领主有足够的金币，我有个办法或许能成。"

"请说。"东伯雪鹰连忙说道。

"我之前帮你查探你父母的情况时发现，你父亲所在的东香湖炼金作坊是墨阳家族极为重要的一座核心作坊，负责人是一位极为厉害的炼金大师。他的法师实力达到了银月级，在炼金方面更是擅长，在墨阳家族的地位还在墨阳琛、墨阳辰白之上。"司安大人说道。

东伯雪鹰眼睛一亮。

强大的炼金大师，在任何一个古老家族都会被捧着的。

"他掌控整个炼金作坊。在炼金作坊，这位炼金大师说一不二。"司安大人又道，"如果他愿意救你父亲，轻而易举就能保住你父亲的性命，甚至可以让你父亲不再受折磨。"

"那我可以请他帮忙。"东伯雪鹰道。

"不过，这位炼金大师眼光可高得很，若金币少，他恐怕瞧不上。"司安大人说道，"我觉得你若能拿出十万金币，请他帮忙应该有一定把握。你如果能拿出十一万金币，我就帮你做这件事，其中一万金币是给做这件事情的龙山楼人员的劳务费，十万金币则用来说服这位炼金大师。如果失败了，十万金币退回，劳务费不会退回。"

龙山楼的情报网遍布天下。而且，龙山楼除了监视天下，本来就是为天下强者服务的。

"十一万金币？好！"东伯雪鹰一翻手，手中出现了厚厚一沓金票，"这些帝国银号的金票可以兑换十一万金币！"

司安大人吓了一跳。

好家伙，十一万金币啊！东伯雪鹰竟然这么轻易就拿出来了。要知道，之前白源之收亲传弟子喊出五万金币的拜师费，那是要一辈子为亲传弟子负责的，可最终东伯雪鹰选择送上银月之心，而不是五万金币，因为要获得这么多金币非常难。

东伯雪鹰这次杀了银月狼王、阴影豹，钱赚得很快。但即便是称号级骑士，也不愿意去赚这种快钱，因为说不定会碰到实力超过自己的魔兽，那就会丢掉性命。其实，遇到阴影豹时，东伯雪鹰就差点丢掉性命。

获得这么多金币，一般需要冒险者去一些危险之地碰运气，或者去毁灭山脉拼命。若非如此，要获得这么多金币实在是太难了。

东伯雪鹰拿出十一万金币，其中有卖掉银月狼王毛皮及其身体上的其他重要材料所得的七万多金币，还有灭掉弯刀盟时所得金币的小部分。

他身上的金币一共也就十二万多，这次就拿出了十一万。

"放心，我一个月内给你消息。此事十拿九稳。法师、炼金大师都很看重钱，因为他们做实验时消耗的材料都很多。那炼金大师得十万金币，只需保住一名作坊内的工人，应该是愿意的。"司安大人说道。

东伯雪鹰点头。

如果不成功，他就再加钱。他击杀银月狼王的事流传很广，有商人主动前来收购银月狼王的毛皮等材料。而阴影豹的尸体已经处理，还没卖呢！

"麻烦司安大人了。"东伯雪鹰道，"此事若能成，我东伯雪鹰不会忘记司安大人的恩情。"

"哈哈，放心。"

司安大人听东伯雪鹰这么一说，立即笑了。

自己这件事若做好了，东伯雪鹰肯定会记住这一人情。虽然现在东伯雪鹰的人情还不算什么，但若是他将来成了称号级强者，那可就不同了。

龙山楼内部关系网密布，司安大人很快就和东域行省铎羽郡的龙山楼负责人联系上了，将此事交给那位负责人去办了。

虽然墨阳家族在铎羽郡一手遮天，龙山楼却是独立在外的。

龙山楼不是一般的家族能够影响到的。

司安大人只是仪水城龙山楼的楼主，却敢直呼司家老祖司良红老妖婆，因为他不担心司家威胁到他，而且他和司家还有一些恩怨。

当然，对于顶尖的家族，如安阳行省第一家族长风家族，外地的龙山楼或许敢硬气，安阳行省的龙山楼就得低头了。

可是，司家、墨阳家都没有这等实力。

东域行省，铎羽郡，东香湖炼金作坊。

东香湖是一个非常美丽的湖泊，湖面仿佛一面镜子，湖岸有一座巨大的、仿佛堡垒的封闭式炼金作坊。炼金作坊最中间是高高的法师塔，是炼金大师许光清的住所。许光清虽然只是银月级法师，可在炼金方面，却是整个铎羽郡排第一的。

这种炼金大师极为抢手，有更强大的家族邀请过他，可墨阳家族成功地将他挖到手，他更是以外姓长老资质名列墨阳家族长老会。

许光清之所以愿意加入墨阳家族，是因为他的家乡在铎羽郡，否则还真不一定会加入墨阳家族。

哗哗哗——

炽热的齿轮旁，满身汗水的中年男子正在倾力推动着，这名男子正是东伯烈。

旁边还有很多工人在干活。

"快点！你可是天阶骑士，多用点力气。"旁边监工的目光落在东伯烈的身上，时不时就一鞭子抽过来。

东伯烈比过去消瘦。

他沉默地干着活。

没日没夜地干苦活累活，偶尔还会受到各种刑罚折磨，这种日子看不到尽头，简直就像在做噩梦。可东伯烈咬着牙忍着，因为他还没死心，他有妻子，有两个儿子……他还有太多太多牵挂，他要活着。

"大师！"

"大师！"

忽然，周围的监工都哆嗦起来，恭恭敬敬地喊道。

工人们都被吓了一跳。

只见一名穿着红色长袍的黑发老者慢悠悠地走了进来。

所有人都恭恭敬敬的，不敢大声喘息。眼前这位可是墨阳家族的长老，更是整个炼金作坊说一不二的主人——许光清大师！

"我最近要做实验，需要一些工人帮忙。"许光清随意地说道，"只要接受我的一些实验，你们可以不干这些活，得到的工钱还更多。"

所有人屏息。

接受炼金大师的实验？

那些监工脸色都有些发白。谁傻，敢自愿接受？

"这里的囚犯有多少？"许光清见没人自愿，眉头一皱。

有些工人是墨阳家族的工人，还是有一定自由的，而囚犯是会被任意对待的。

"禀大师，这里有两千多个囚犯。"旁边的监工头立即说道。

"你把所有囚犯的名单给我，他们的实力也要写清楚。我挑一些来做实验。"许光清吩咐道。

"是！"监工头子立即恭敬应命。

当天就有十二个倒霉的囚犯被选中去接受许光清大师的实验，其中有两个天阶骑士囚犯、五个地阶骑士囚犯、五个人阶骑士囚犯。

那些囚犯在周围其他人同情的目光中，或是惶恐，或是绝望，或是麻木，去见许光清。

"东伯烈，你先留下。"许光清吩咐道。

其他囚犯都走了，穿着破破烂烂的衣服的东伯烈有些紧张地站在那儿。

许光清低头翻看着卷宗，随意地道："东伯烈，有人花十万金币保你的命。从今天起，你就待在我这里，当我的助手，细致活你不用干，一些重活我的学徒们力气不行干不了，你来干。"

"助手？"东伯烈一愣。

"你就安心地待在我这里，没有人敢闯我的法师塔。"许光清吩咐道，"好了，你以后就乖乖地待在法师塔中，别出去就行了。至于干什么活，我的弟子会详细安排的。你先下去吧！"

"是，大师。"

东伯烈不敢相信，噩梦般的日子就这么结束了？

他当许光清的助手，可比在炼金作坊里做苦活要轻松多了。

"金属配比有问题？"许光清皱眉看着卷宗，认真地思索着。

对他而言，这只是小事而已，能得到十万金币，他还是很乐意的。当然，他不可能收钱不办事，因为钱是龙山楼给的，收了龙山楼的钱就必须办好事情。

至于墨阳辰白？

一个仗着炼金铠甲就横行霸道的骑士，许光清根本不放在眼里。他这种能够源源不断炼制出许多宝物的大师，才是墨阳家族的倚仗。

"看来还要再做实验，嗯，材料有些不够了。哼，墨阳家族的那些长老总是压我的材料供应。"许光清皱眉。

第 34 章

六年后

过年后。

司安大人再次来到雪石城堡。

"大功告成。"司安大人笑着说道，"东香湖炼金作坊的那位炼金大师已经收了十万金币。据我们查探，你父亲东伯烈已经被召到法师塔内做一些活，虽然活依旧有些繁重，可你父亲身为天阶骑士还是能承受的。毕竟墨阳家族的谕令是他要服苦役百年，那位炼金大师只是保他性命，却不愿违背谕令让他过得轻松。"

"没问题，能保住性命就好了。"东伯雪鹰忍不住问道，"我父亲在法师塔内安全吗？会不会出意外？"

"这个你尽管放心。"司安大人道，"炼金大师的法师塔是禁地。即便墨阳家族的那名伪超凡强者想要进法师塔，都要得到炼金大师的同意。而且，法师塔内机关无数，危险重重，那里藏着炼金大师一生的研究成果，没人敢进去乱来。墨阳辰白是什么身份？别说是他派的人了，就是他自己都不敢进去，你父亲绝对安全。"

"谢谢司安大人。"东伯雪鹰心中的一块大石落下，感激地道。

对他而言，金币是身外之物。能保住父亲的性命，这才是最重要的。

"幸亏司安大人帮忙，否则这次东伯兄就麻烦了。"宗凌感叹道。

他和铜三都稍微松了一口气。

"哈哈，举手之劳。"司安大人道，"东伯烈毕竟是我们仪水城的人，我自然会尽心救他。"

东伯雪鹰心中轻松了些。

可他对父母的近况依旧不满意。

母亲一直在一处地方关禁闭，这等于在遭受漫长的牢狱之灾，而且坐牢一般还有同伴陪着解解闷，这关禁闭却是孤独一人。

父亲则一直做一些繁重的累活。

"我的实力还是太弱了，我连称号级骑士都不是，想要给父亲弄到荣誉侯爵爵位都没希望。我得尽快行动了，我的太古血脉觉醒后，身体提升很快，而更多的修炼能让我身体提升得更快。"东伯雪鹰暗暗说道。

就像传说中的巨龙都是超凡生命，这些巨龙只要成年就是超凡生命。而巨龙中一些懂得修炼钻研的，实力则比其他巨龙强很多。

同一个道理，同样觉醒力量血脉，刻苦修炼的和每天睡大觉的，实力自然相差很大。

东伯雪鹰想让自己的实力提升得更快！

后山竹楼旁的一片空地上固定了两个炼金假人，每个价值五千金币，称号级以下者根本无法伤害它们分毫，就算是称号级强者也只能勉强伤其些许。炼金假人的自我恢复能力很强，所以是大法师们进行一些实验的常用工具。

这是专门去仪水城买来，请法师固定的，想要搬走很难。东伯雪鹰的枪法威力都撼动不了它们，由此可知它们多么稳固。

嘭！

刺！

长枪犹如奔雷，扫、打、劈、崩。

东伯雪鹰行走间，一招一式威力极大。

虽然已经达到枪法大师的境界，练枪法对境界的提升作用几乎可以忽略，但是对身体的训练是大有好处的。一方面，力量血脉觉醒后，身体恢复力惊人，每一次恢复都是促进筋骨进行一次很小的进化，这种进化经过无数次的累积，就是实力的巨大提升；另一方面则是身体恢复需要消耗很多力量，那么修炼火焰三段法时，就能吸收外界更多的火焰力量。并且，参悟天地自然所得的一些感悟，可以在练枪时进行实验。

呼呼呼……

汗水浸湿了衣服，东伯雪鹰的力量圆满如一，他能够感受到身体每一处筋骨的疲劳程度，一些锻炼程度还不够的地方会自然加强。

在这种训练下，力量血脉的潜力不断被挖掘。

雪石山上的小草，一枯荣便是一年，一次次枯荣……

转眼便已经是六年后了。

当初还很青涩的少女孔悠月，还很顽皮的东伯青石，以及初露锋芒的少年东伯雪鹰，如今都已经长大了。

哗哗哗——

山泉落在水潭内，声音回荡，更显得周围无比清静。

一名黑衣青年闭着眼睛，盘膝坐在大石上。他遗传了父亲的长相，容貌颇为普通，算不上帅气。可是，他那内敛的气质，却显得很不凡。此刻，他的呼吸慢到无法察觉，心跳也慢得离谱，一分钟怕只跳动了一次，血液流速也极为缓慢。

吸——呼——

他忽然睁开了眼睛，呼吸让他的脊椎犹如大龙起伏，吸气时腹部微微鼓起，仿佛无数空气被吸入体内。

呼气时，一股狂猛的劲气从他的口中冲出，直接冲击在前方的水潭上，平静的水潭轰然炸响，水面猛然凹陷，随即大量水花冲天而起，四溅开来。

随着一次次呼吸，他全身的气血从之前的极端缓慢变成加速涌动，心跳也很快恢复到正常时的速度。

他起身，身上斗气涌动，火红色的斗气在身体表面形成保护层，整个人仿佛火焰战神。

他练起了这些年不知道练了多少遍的火焰三段法。区区一套中品斗气法门，在他的施展下，却刚柔相济，有奇异的魅力。有时招式缓慢，有时速度陡然加快。

轰！他的手掌骤然挥劈而出，掌风挤压空气形成高压气流。

这道白色弧形气流呼地划过长空，劈在远处的山石上。

噼啪！大石上当即出现了一道巨大的裂缝，大量的碎石飞溅，滚落到远处的山涧中。

东伯雪鹰演练拳法，一招一式，仅仅爆发时的拳、掌产生的高压气流就能轻易地撕裂大石。

"收！"当收式时，一切气息缓缓平稳，他身体表面的斗气完全收敛。

"我的实力增长速度已经放缓了。"东伯雪鹰暗道，"等我的斗气突破到银月级，身体才能再次快速提升吧。不过，已经够了。"

刻苦地修炼，不断地挖掘自身力量血脉的潜力，让东伯雪鹰如今拥有了不可思议的力量。

因为力量圆满如一，所以斗气从天阶跨入流星级没有瓶颈，累积足够，他自然而然就突破了，化为液态的斗气对身体进化的帮助更大。

这半年来，他的身体一直在不断地提升，最近一段时间进度已经放缓了。

"我的斗气虽然只是流星级，可我觉醒了力量血脉，更强的终究是我的身体。六年前，力量血脉刚觉醒，我的身体力量就达到流星级巅峰了。现如今，按照炼金假人的测试，正常情况下我的身体力量应该能达到称号级巅峰。"东伯雪鹰暗暗道，"虽然我至今没能达到天人合一的境界，这是我和称号级骑士的区别，可我的身体足够强大，并且一旦力量血脉爆发，我的身体力量还能翻倍。"

他凭借绝对的力量在称号级骑士中能排在前列，只可惜一直没能达到天人合一的境界。

"是时候接任务了。"东伯雪鹰暗道。

"雪鹰哥哥，雪鹰哥哥。"

忽然，一道好听的女声远远传来。

第 35 章

选择任务

听到熟悉的声音，东伯雪鹰不禁露出一丝笑容，当即拿起旁边放着的飞雪枪，身体一闪，便到了数百米外的山顶上。

后山竹楼旁。

一名穿着淡紫色衣袍的少女亭亭玉立，拎着一个篮子看着四周。

她就是已经长大的孔悠月，如今已经十九岁了。

当初那个青涩女孩已经长成很有气质的美女了。因为长时间钻研法术，她的皮肤有些苍白，显得更加柔弱，身上带着法师特有的一丝丝神秘气息。

这是一个很让人心动的少女。

在白源之的那群弟子中，就有不少男弟子喜欢孔悠月，甚至追求孔悠月。

"悠月。"东伯雪鹰出现在竹楼旁，随手将飞雪枪放在一旁，笑道。

"雪鹰哥哥，你练枪法也不能太累了，老师说过，修炼时还是要一松一弛。"孔悠月笑着站在石桌旁，从篮子内拿出了一些点心，"我刚做了雪鹰哥哥喜欢的糕点，快来尝尝吧。"

"嗯。"东伯雪鹰走过去靠近盘子闻了下，露出笑容，"真香。"

他拿起一个松软的小饼吃了一口，笑道："悠月，你的厨艺越来越好了。"

他小时候就很喜欢母亲做的点心，母亲被抓走后，他再也吃不到美味的点心了。家里仆人做的总和母亲做的不一样。悠月的厨艺很不错，虽然她做的不如他记忆中母亲做的点心味道好，可比仆人们做的好多了。

"哼，我可是专门学的。"孔悠月得意地道。

"等会儿我要回城堡，一起吃午饭吧。"东伯雪鹰说着便坐在那里吃起了点心，他吃得很快，一口一个。

"好啊，雪鹰哥哥好久没回城堡了呢。"孔悠月站在一旁看着东伯雪鹰吃着。

东伯雪鹰很快就吃完了。

"我们走。"东伯雪鹰起身。

"嗯。"孔悠月点头。

一男一女，并肩而行。

从十二岁那年冬天开始，孔悠月就一直居住在雪石山，大多时候都在雪石城堡。那时候，她经常和比自己小的东伯青石到后山来看东伯雪鹰练枪。时间久了，东伯雪鹰也就和她亲近多了。六年相处，准确地说，孔悠月是东伯雪鹰接触最多的女孩子，而且和她相处也很舒服。

他一门心思在修炼上，想要尽早救出自己的父母。而孔悠月就在旁边默默看着，从来不打扰他。

有时候，东伯雪鹰也有过念头——或许娶悠月为妻也很不错。

虽然他们之间没有父亲和母亲那种生死相随的爱情，可东伯雪鹰没接触过其他女孩子，而且他觉得能过得开心就好了。

并且孔悠月从不理会法师楼那些男弟子的追求，一门心思都在东伯雪鹰身上，这是谁都看得出来的。

至于孔悠月的父亲孔海，更是一直想努力促成这门亲事。

"不急。悠月年龄还小，等我救出了父母再说吧。"在救出父母前，东伯雪鹰根本没有娶妻的打算。

因为骑士和法师专注修炼，娶妻生子的时间都相对比较晚。东伯雪鹰的父亲东伯烈近四十岁才娶了墨阳瑜，孔悠月的父亲孔海同样是差不多四十岁才娶妻。

对一个女法师而言，十九岁还很年轻，三十岁结婚很正常，二十多岁结婚都算早了。

"而且，我要救父母，需要足足两万个功劳点，我只能接一些很危险的青铜级任务。"东伯雪鹰暗道，"我虽然自信，可也不敢保证绝对安全，或许我会死在执行任务的过程中。在大功告成前，什么都别想了。"

雪石城堡主楼，餐厅内。

东伯雪鹰、宗凌、铜三、东伯青石、孔悠月分别坐下。

"青石，我听悠月说你有女朋友了？"东伯雪鹰笑着看着弟弟。

东伯青石长得那叫一个帅气！城堡内的士兵够多的了，东伯雪鹰还去过仪水城，见过不少人，可他敢拍着胸膛说，他见过的年轻男子当中，自己的弟弟是最帅的。

东伯青石从小就很帅气，一双眼睛很迷人！如今十八岁的他更是了不得，靠长相恐怕就能吸引许多女孩的注意。和母亲一样，他最擅长修炼的是寒冰类法术，整个人有种淡淡的冰冷气息，酷酷的帅小伙，法师楼的很多女弟子都爱慕他。

对此，东伯雪鹰很自得。同时他也很感慨，当初那个趴在自己胸口睡觉还流口水的小屁孩，一眨眼就已经这么大了。

"悠月姐，你真多事，连这个都和我哥说。"东伯青石无奈地道。

"你藏得可真深，你都交女朋友了，我当然要告诉你哥，他可是你哥。"孔悠月在一旁笑道。

"如果你的女朋友不介意，什么时候带过来一起吃个饭？"东伯雪鹰说道。

"好吧，看她同不同意吧。"东伯青石撇嘴道。

"对了，我近期准备出去一趟，恐怕要十天半个月才会回来。"东伯雪鹰道。

"什么事？不会又去毁灭山脉吧？"东伯青石连忙问道。

宗凌、铜三也惊讶地看向东伯雪鹰。

"我保证不去毁灭山脉。"东伯雪鹰咧嘴一笑，"我是要出去走一走，多看看，练练枪法。"

他没细说。

接任务的事，他不想多说。

晚上。

书房内。

书桌上有一盏火晶灯，灯光照亮了整个书房。

宗凌和铜三都在这里。

东伯雪鹰坐在书桌前，说道："宗叔、铜叔，我准备去接一次黑铁级任务，先练练手，下次就去申请青铜令，开始接青铜级任务。"

"你一定要小心。"铜三连忙说道。

整个雪石城堡，也就铜三和宗凌清楚东伯雪鹰的真正实力，他们知道东伯雪鹰已经拥有称号级战力。

"雪鹰，你的实力我不怀疑。你只是和高手交手太少，你先用黑铁级任务练练手，这点我很赞成。"宗凌点头，"多积攒点战斗经验，再去接青铜级任务。"

"嗯。"东伯雪鹰点头。

他拥有称号级战力，完成黑铁级任务自然会很轻松。

"我看过任务清单，近期有一个很不错的任务。"东伯雪鹰说道。

"什么任务？"

宗凌、铜三都问道。

"你们看。"

东伯雪鹰拿起书桌上的任务清单，上面的一个任务被重点圈出来了。

宗凌和铜三都走过来，仔细看去。

任务清单上面写得很清楚——

青河郡内有一处城堡，经查明，那里的领主犯了死罪。然而城堡势力极强，需征五名高手，摧毁城堡。任务危险，建议接任务者实力达到银月级。

任务奖励：一百个功劳点。

东伯雪鹰道："我会和司安大人说一声，而后便前往青河郡郡城集合。这次任务需五名银月级高手，肯定比较难。对我而言，正好可以练练手。"

第36章
万里路途

第二天，天刚蒙蒙亮。

宗凌、铜三、东伯青石、孔悠月等人送别东伯雪鹰。

"宗叔，城堡这边的事就交给你了。"东伯雪鹰说道。

"放心吧，雪鹰。"宗凌说道。

六年过去了，宗凌并没有虚度光阴，他终于跨入了流星级。

"哥，要小心。"东伯青石大声喊道。

他对父母已经没什么印象了，多年来一直是哥哥照顾他，他对哥哥的感情是非常深的。

"雪鹰哥哥，等你回来！"孔悠月也喊道。

"哈哈……"东伯雪鹰骑在踏雪马驹上哈哈一笑，"驾！"

呼！踏雪马驹立即撒开蹄子飞奔起来，迅速消失在远处的山道尽头。

……

东伯雪鹰先去仪水城告知了司安大人，司安大人立即传递消息给青河郡的龙山楼，东伯雪鹰则马不停蹄地朝青河郡郡城赶去。

青河郡方圆万里，从雪石城堡到青河郡郡城的直线距离估摸有六千里，而官道有些地方还要避开一些大山，弯弯曲曲的，实际路程怕是有上万里。

"驾，驾！"

东伯雪鹰身着黑衣，背着兵器箱，骑着踏雪马驹赶路。

踏雪马驹飞奔，快如幻影。

踏雪马驹是三阶魔兽马驹，算是马驹中最好的，再往上就是其他魔兽了。不过，马驹天生擅长奔跑，三阶的魔兽马驹单论速度不亚于一些四阶魔兽。其实，东伯雪鹰如今拥有称号级战力，骑一匹踏雪马驹太过低调了，他的实力如果展露出来，恐怕会有大势力主动送上一些五阶的魔兽坐骑，乃至飞禽魔兽坐骑。

轰轰轰——

踏雪马驹飞奔，大地隐隐颤动，一道幻影飞奔而过。

它飞奔一个时辰能达到九百里，如果披上铠甲冲刺，天阶骑士也不敢挡。不过它的售价高达两千金币。二十匹踏雪马驹的价钱就能买下媲美雪鹰领的领地了，所以一般家族是舍不得买的，东伯雪鹰这些年卖掉阴影豹毛皮等材料后才舍得买下五匹踏雪马驹。

"停下，停下，前面是冷琼山！"一座大峡谷前有一些商人汇聚，他们看到远处有一名骑士飞奔而来，立即高声喊着。

"朋友，停下，我们结伴过冷琼山吧！"

"冷琼山危险！"

这些商人和他们的不少护卫都开口喊道。

呼！踏雪马驹丝毫没有减速，化作一道幻影，一闪而过。

"疯了。"

这些商人和护卫都有些惊愕。

"这名骑士疯了吧，他以为骑着一匹踏雪马驹就能冲过去？"

"冷琼山这种地方岂是他能硬闯的？"

"冷琼山？"马背上的东伯雪鹰对周围环境的感应是何等敏锐，当然听到了那些商人的喊声，"冷琼山是前往青河郡郡城的必经之道，和毁灭山脉的余脉相连。听说冷琼山有不少盗匪，经常劫掠过往商客，这里的盗匪名气比我仪水城的弯刀盟还响。"

商队一般会联合起来，凑到足够的人数，再一起通过冷琼山。

可对东伯雪鹰而言，整个青河郡有威胁的也就那些有称号级战力的强者，而且仅仅有威胁，谁胜谁负要打过才知道。至于一群盗匪，土鸡瓦狗罢了！

呼！踏雪马驹如风般飞奔，大地颤动，动静挺大，隔得老远都能感受到。

"这个黑衣男子是什么来历？他竟然单枪匹马就敢闯冷琼山！"

"找死吗？"

"老大，我们动不动手？"

"动什么手，这种硬骨头我们别招惹了，还是交给冷琼八鹰去对付吧。"

盗匪们遥遥看到一人骑着马飞奔，都选择了放弃，盗匪行事也是要考虑风险和收益的。

一路飞奔了数十里，东伯雪鹰到了冷琼山大峡谷的中段。

高山上有一大群穿着青色铠甲的盗匪，也就百余人，可他们装备精良，几乎每一个都背着巨大的弓弩，正是破星弩。为首的八名盗匪首领气度不凡，乃冷琼山名气最大的冷琼八鹰。

他们中有三名流星级骑士、两名天阶法师，还有三名天阶骑士，都是颇有些手段的，所以才能名列冷琼八鹰。

"哈哈，今天收获不错，这支商队还挺有料的。"这些盗匪此刻心情极好，旁边还有被活捉的十余人。

商队的其他人都死了，只剩下这十几个人活着，他们中有老者，有中年人，还有一对少男少女。那对少男少女彼此靠在一起，眼中有惶恐、绝望，他们担心自己未来的命运。

"走，回去歇息歇息，查查他们的来历，说不定弄到的赎金更多。"冷琼八鹰都是极为凶悍的，个个都被通缉，做事不择手段。

"诸位首领，快看，有一名黑衣骑士过来了。"

"骑着踏雪马驹，仅仅一人。"

一些盗匪立即禀告。

八名盗匪首领都遥遥俯瞰，只见峡谷远处的确有一人骑着马飞奔前进。

"仅仅一人就敢闯冷琼山？"

"这不是瞧不起我们冷琼山吗？大哥，动手不？"

其他七名盗匪首领看向了他们的大哥。

冷琼八鹰的大首领皱眉看着："青河郡的称号级高手就那么些，个个名气极大，我知道他们大概的长相，他们不会穷酸得只骑着一匹踏雪马驹。这黑衣青年看起来很年轻，背着的兵器箱里装的应该是一杆长枪。他是谁啊？我没听说过啊！难道他是银月级骑士？"

"兄弟们，放箭，试试他。"大首领下令，"如果他太难对付，我们就走人；如果他实力弱，我们就把他解决掉！"

"是！"

顿时，包括大首领在内，所有的盗匪都拿出了大弩或者弓箭。

普通盗匪们用破星弩能发挥很强的威力，破星弩足以刺破流星级骑士的护身斗气。而大首领等三名流星级骑士更适合用普通弓箭，流星级骑士用普通弓箭就足以威胁到银月级骑士的性命。凭借这些箭矢，他们足以判断出下面那个黑衣青年的实力。可他们不知道，他们要对付的到底是什么样的存在。

"放！"大首领一声令下。

嗖嗖嗖！

密密麻麻的箭矢从高山上朝下方射去，全部射向正在赶路的东伯雪鹰。

第37章
青河郡郡城

"嗯？"东伯雪鹰抬头看去，只见密密麻麻的箭矢正朝自己射来，箭头上闪烁着冰冷的金属光泽，看起来威力极大。

"真是不自量力。"东伯雪鹰快速抽出背上兵器箱里的两截枪杆。

呼！

两截枪杆都有一米多长，在东伯雪鹰随意挥动阻截下，加上踏雪马驹的飞奔速度太快，真正落到身前的也就十几根箭矢。

东伯雪鹰继续挥动枪杆，一根根箭矢皆被抽飞。

别说东伯雪鹰了，就连马都没有被一根箭矢碰到。

紧接着，东伯雪鹰瞬间跃下踏雪马驹的背，直接朝山上冲去，同时将两截枪杆合在一起。

"此人不好对付，退！"高山上的大首领被东伯雪鹰轻松抵挡住箭矢的一幕给惊住了，知道这人不好惹。

"首领。"

"不好——"

"惹大祸了！"

大首领以及其他几人，还有那些盗匪都惊呆了。

他们惊恐地看着下方，那跃下马背的黑衣青年化作一道黑影冲天而起，虽然飞蹿在高山山壁上，可速度快得让他们心颤腿软。

他们在高山上，和下面好歹有近两百米的距离。而且，山壁陡峭难爬，按理说他们有足够的时间撤退。

可实际上，黑衣青年冲上来的速度简直快得可怕。那些山石树木根本不是阻碍，倾斜的陡峭山壁也不是阻碍，他在山壁上飞蹿的速度比之前骑着踏雪马驹在官道上飞奔的速度还要快，快得他们都看不清他的身形，只看到一道模糊的黑色残影。

"怎么会，怎么会碰到一名称号级强者？"大首领瞬间感觉头都快炸了，汗水浸湿了衣服，双腿有些发软，"他在山壁上飞蹿的速度这么快，肯定是称号级骑士。银月级骑士根本没这么快，银月级骑士我好歹能看清楚身影，能搏一搏。"

"青河郡就那么些称号级骑士，这黑衣青年到底从哪儿冒出来的？

"怎么会？

"不、不……"

大首领不愿接受眼前这一切，绝望、恐惧等各种情绪在心里涌现，他根本没有任何对抗的念头，因为双方实力差距实在太大了。

流星级骑士和银月级骑士或许能斗一斗，可银月级骑士若遇到称号级骑士，一般都是被一招灭杀。就算是银月级大法师，在称号级骑士面前连法术都施展不出来。

由此能看出，称号级骑士是何等强大！这基本代表了凡人的极限，堪称一人之军团！流星级骑士在称号级骑士面前更是毫无还手之力。

"饶命，饶命，大人饶命。"魁梧凶悍的大首领猛然跪了下来，求饶了。

嗖！一道枪影陡然横扫而过。

大首领露出惊恐之色，却根本来不及阻挡。

这枪影直接扫在他的胸口。他仿佛沙袋一般倒飞开去，撞击在远处的大树上，砸得大树轰然断裂。

大首领摔落在地，口中喷出鲜血，眼睛瞪得滚圆，已然毙命。

"逃啊！"

"快逃啊！"

其他首领和盗匪都惊慌了，立即四散逃窜。

他们这一方虽然人数众多，可此刻个个都很恐惧，脑海里只有一个念头——逃！

唰唰唰！

东伯雪鹰速度极快，特别是在那些被盗匪抓住的人眼里，出现了七八个幻影，仿佛七八个东伯雪鹰同时挥动长枪。

速度慢的盗匪根本来不及阻挡，其实就算阻挡也没用。

噗噗噗！

两名流星级骑士和一名勉强能够瞬间发出法术的天阶法师被长枪洞穿了身体。

至于法术？这化作锋利的刀刃般的法术，在东伯雪鹰长枪挥动形成的高压气流压迫下直接溃散了，连枪杆都无法碰触到。

东伯雪鹰连续解决了三十多名盗匪。

其他盗匪都四散着拼命飞蹿，有些朝山下冲，有些则朝山上冲。

东伯雪鹰没再追了，毕竟一个强大的盗匪团伙只要骨干没了，剩下的小喽啰是成不了事的。

"嗯？"东伯雪鹰扫视了下那几名盗匪首领的尸体。

如今他对外界感应更敏锐，很快就发现大首领的一个臂环乃储物宝物。

他那长枪的枪尖一点，枪尖之力震得臂环从手臂上脱落下来，而后枪尖一挑，臂环便飞到他的手中。

"大人救命。"

"大人，救救我们。"

那些被绑缚着的老人、中年人以及少男少女都渴望地看着东伯雪鹰，他们怕这位强者离开后，那些盗匪又会把他们抓走。

噗噗噗……

东伯雪鹰走了过去，长枪随意挥动，枪尖边缘锋利的薄刃划过绳子，瞬间这十几人都脱困了。

"多谢大人救我们性命。"一名白胡子老者恭敬行礼，同时对旁边的人低声下令，"把东西都收拾起来，献给大人。"

"是！"

这些商人个个都是人精，立即去把盗匪们抢劫的一些货物中的贵重物品，还有盗匪尸体上的一些金票等贵重物品搜集起来。很快，一大堆破星弩，还有许多金币、金票等物，堆积成一大堆。

"大人，这些东西是盗匪们遗留的，这些货物是我们的，都献给大人，多谢大人救我们性命。"白胡子老者恭敬地说道。

东伯雪鹰目光一扫。

那厚厚一沓金票的确价值颇高,主要是因为冷琼八鹰中的两名流星级骑士都没储物宝物,都是随身携带大部分财物。

"好!"东伯雪鹰很干脆地收了那一大沓价值八九万金币的金票,"至于其他东西,你们自己收着吧,破星弩也带着,说不定你们还能自己保命。你们被劫掠的伙伴呢?你们的马匹呢?"

"其他人都死了,马匹被扔在前面,冷琼八鹰根本不在乎那些马匹。"白胡子老者说道。

"嗯。"东伯雪鹰点头,"速度都快点,我带你们出了冷琼山峡谷后,有自己的事情要去办,就不能管你们了。"

"谢谢大人,谢谢大人。"

白胡子老者跪下来磕头,其他人也都跪下道谢。

冷琼山盘踞了大量盗匪,而这些人老的老、少的少,没有东伯雪鹰保护,他们很难活着走出去。

"快点,慢了我可不等你们了。"东伯雪鹰飞跃而下,离地面近两百米的高度他却丝毫不在乎,直接落到地面上。

砰!地面一震,可他连膝盖都没弯一下。

"还不错。"东伯雪鹰炼化了储物宝物,这个储物宝物的空间比母亲给他的那个要小一些,"这些盗匪首领的金票加起来价值超过十五万金币了。我雪石城堡正缺钱,如今得了这么一批财物,也算不错。"

东伯雪鹰这些年卖掉阴影豹毛皮等材料得了近十万金币,可他弟弟成为正式法师那一年,他就送了一件比较好的储物宝物和一柄法师杖。法师杖不贵,也就价值五千多金币,毕竟他弟弟实力尚弱,厉害的法师杖他弟弟也发挥不出威力。可他送的储物宝物空间颇大,足足花费了五万多金币,比母亲给他的那件储物宝物的空间还要大一些。

东伯雪鹰达到称号级时,身上的内甲换成了二阶炼金护甲,至少和称号级骑士交手时能够护住身体的要害。靴子和衣服都换成了炼金物品所制的,不过这些都比较便宜，唯有内甲较贵，价值三万金币，所以如今他手头有些紧。

堂堂称号级骑士，却为得到价值十几万金币的财物而欢喜，若被其他称号级强者知晓，恐怕会被笑话。

毕竟称号级骑士地位很高。

带着侥幸逃出绝境的十几人出了冷琼山的峡谷后，东伯雪鹰便不再管他们，踏雪马驹的速度飙升起来。

一路飞奔，东伯雪鹰晚上在黄珑城内住了一夜。第二天一大早，他继续赶路，直到傍晚时分，终于抵达了青河郡郡城。

"足足两天时间，我总算到了。这就是青河郡郡城？"

东伯雪鹰遥遥看着，远处有一座巍峨的城池，城墙足有百米高，由灰白色岩石砌成，上面的无数划痕见证了漫长的历史。

城墙上，每隔一里竖着一个黑球，黑球上有金色花纹，整座城池散发着一种无形的力量。当然，一般人是感觉不到的。东伯雪鹰对力量的感知非常敏锐，所以才能察觉到。

青河郡郡城的常住人口极多，历史比龙山帝国的历史还要长。

其实，省城、郡城的历史一般都很长，朝代更替，这些古老的城池却是不断地加固，法阵也变得越发强大。省城内部的常住人口更多，那些城池雄伟庞大，简直就像是一个独立的国度。据说，连神灵的力量都无法撼动省城的各种防御。

"真是大开眼界！我有预感，如果整个青河郡郡城的法术大阵运转起来，那一个个黑球爆发的威力恐怕瞬间能灭杀我，这完全是超凡的力量。"东伯雪鹰感慨。

他却不知，这等大阵开启一次消耗的能量是何等惊人。

"进城。"

骑着踏雪马驹，东伯雪鹰进入了青河郡郡城。

第38章
齐聚一堂

青河郡郡城的常住人口众多，城池何等庞大可想而知。

虽然城内的主道非常宽，可踏雪马驹只能以散步的速度前进。从城门到龙山楼有八十多里，踏雪马驹却耗费了近一个时辰，天都黑了。

"终于到了。"东伯雪鹰看着眼前的龙山楼。

龙山楼前，一盏盏巨大的火晶灯十分明亮，这里可比仪水县城内的龙山楼雄伟多了，单单院墙就有一两里长。

周围还有大群守卫在值守。

"下马。"正门口，两名站岗的黑甲守卫更是气势非凡，至少是流星级强者。

东伯雪鹰下了马，出示了黑铁令，说道："楼主应该得知我来的消息了。"

其中一名黑甲守卫走过来，微笑道："是仪水城的东伯雪鹰？"

"是我。"东伯雪鹰点头。

"我们早就得到你来的消息了。你这马就交给我吧，你尽管进去，会有人带你到住的地方。"这名黑甲守卫帮忙牵马。

"麻烦了。"东伯雪鹰将马交给对方，便直接沿着正门进入。

龙山楼内绿树成荫，花花草草漂亮得很。

虽然天已经黑了，可整个龙山楼内几乎处处有火晶灯照耀。

"东伯大人，请随我来。"一名侍女前来迎接，"外来的客人都住在东边的嘉慧园，嘉慧园内已经专门给大人准备了一处小院。大人最好别出嘉慧园，有些地方或许就是龙山楼的重地。等到明天一早，自然有人接大人去见楼主。"

"嗯。"东伯雪鹰点头。

龙山楼内，地面铺着石板，周围有各种奇异花卉，草木繁茂，院墙上隐隐有一些法阵的纹路。

东伯雪鹰走了片刻，便来到园门前。

"这里就是嘉慧园。"侍女在前面带路，"大人的住处在里面。"

"这里院子挺多。"东伯雪鹰看了一眼四周，怕是有数十个小院，分成两排，彼此门对门。

"郡城的一些任务繁多，经常有各地高手过来，今天算少的了，嘉慧园也就住了大半人。平常整个嘉慧园都不够住。"侍女笑道，"这就是大人今晚的住处。"

说着，她便推开了门。

忽然，对面的小院打开了门。

东伯雪鹰转头看去，只见一名侍女捧着餐盘出来，还有一位身穿青袍的年轻女子正准备关门。

她也看到了对面的东伯雪鹰，立即明白这个黑衣青年就是要入住对面小院的。

"女法师。"东伯雪鹰喃喃自语。

他感觉到这位年轻女子身上有法师特有的神秘气息，其实那是法力的气息，而且散发着淡淡的冰冷感。对于这种气息，东伯雪鹰太熟悉了，自己的母亲、弟弟擅长的都是寒冰一类的法术，眼前的这位女子显然也最擅长这一类的法术。

"不过，我感觉她的气息比白源之还强。"东伯雪鹰很惊讶。

他还惊讶于这名青袍女法师的容貌，惊讶于她的年轻！

弟弟是自己见过的男子中堪称最帅气的，这名青袍女法师则是自己见过的女子中最漂亮的。她仿佛雪山上的冰莲，有非常独特的气质。

其实，仪水城也有好些美女，孔悠月算是他见过的容貌排在前十的美女了。可这名青袍女法师让他瞬间认定她是最漂亮的一个，就是因为她有很独特的气质。

"法师都是充满智慧的，越是强大的法师，越是知识渊博。这女子看起来这么年轻，却似乎比白源之还强。"东伯雪鹰有些惊讶。

他却不知，在他惊讶于对方的实力强大时，对方同样隐隐感觉他很不凡。

多年参悟天地自然，让他更加内敛，气息更加朴素。

正是这种内敛朴素，让青袍女法师暗暗吃惊："他明明不是法师，竟然心灵也修炼得如此厉害！"

法师是极重视心灵、灵魂等方面的能力的。

二人互看了眼，都礼貌性地点头笑了下。

吱呀！青袍女法师关上门。

东伯雪鹰则步入自己的住处。

"东伯大人，等会儿我会送吃的给你，那我就不打扰了。"侍女随即便离开了。

第二天清晨。

吃完早饭没多久，龙山楼的侍女就来请东伯雪鹰了，今天楼主就要宣布任务的详细情况了。

东伯雪鹰步入大厅，一眼就看到一名魁梧的白发老者。

白发老者看到东伯雪鹰，点头致意。

"大人请随便找一个位置坐下，等人到齐了，楼主很快就来。"侍女说道。

坐下后，东伯雪鹰端起茶杯刚喝了一口，就见有人走了进来，正是他昨晚见过的青袍女法师。

青袍女法师目光一扫，看到了白发老者和东伯雪鹰，她有些惊讶。好巧，昨天他们就住在对门，今天又碰上了。

她朝二人微微点头，也坐下了。

"是靖秋法师？"白发老者眼睛一亮，连忙说道，"没想到，在这里能见到靖秋法师，真的好巧，老朽唐熊！"

东伯雪鹰有些惊讶。

青河郡内的一些厉害人物，龙山楼早有资料介绍，自己也看过。

唐熊也就罢了，他只是一名一百六十多岁的银月级骑士，年纪这么大了，想要突破到称号级是没什么指望了。

至于靖秋法师，那可了不得。她是青河郡的天之骄女啊！

余靖秋，普通家族出身，进入长风学院学习法术。二十岁那年，她就突破成了流星级法师，并且被留在长风学院任教。二十三岁那年，她突破到了银月级。按照资料推算，现在她应该才二十五岁。

年仅二十五岁，她却已是颇为资深的银月级大法师，天赋极高，被长风学院的一名超凡大法师收为亲传弟子。她如此年轻，几乎有超过九成的把握达到称号级。

"原来是她。"东伯雪鹰恍然大悟。

"哈哈哈……"

忽然，从外面又走进来两人：一名气息有些阴冷的青年，还有一名黑发老者。

阴冷青年穿着不凡，身上的衣袍都能引起周围气息的变化，显然是比较强大的炼金铠甲。

"靖秋，没想到你也在这儿。"阴冷青年激动不已，"哈哈，我这次出来历练，随便选了一个任务，没想到碰到了你，这太巧了，我们俩不是一般有缘啊！"

余靖秋眉头微皱："是很巧。"

阴冷青年目光一扫周围，看到了白发老者，还看到了比他更年轻的东伯雪鹰，眼中闪过一丝不豫。

他瞥了眼白发老者，随意地道："让让。"

"是柏荣大人？"唐熊乖乖地让到一边，不打扰他和余靖秋叙旧。

柏荣？东伯雪鹰顿时知道对方是谁了。

司柏荣是青河郡司家年轻一代的顶尖人物之一，今年五十多岁。银月级骑士寿命一般接近两百岁，五十多岁还能维持年轻的容貌。因为相对比较年轻，他是有较大的希望在将来达到称号级的，所以他在司家的地位算是很高的。

司家在青河郡一手遮天，所以，即便同样是银月级骑士，唐熊对他也有些谄媚，毕竟得罪不起啊！随便找个理由抓一名银月级骑士，对司家而言都是小事。只有突破到称号级，才有碾压凡俗的力量，称号级强者建立的家族才有资格和司家平等地对话。

司柏荣这才坐到余靖秋旁边，靠得颇近："靖秋啊，你怎么总是躲着我啊？你这样太让我伤心了。"

哗！

余靖秋站了起来，直接离开了位置。可这个厅就这么大，她看了一眼，便走到了东伯雪鹰这边，隔了一个位置坐了下来。

"靖秋。"司柏荣走了过来，忽然他瞥了一眼东伯雪鹰，显然觉得东伯雪鹰在旁边碍事，眉头一皱，冷冷地道，"让让。"

东伯雪鹰端着茶杯，喝了一口，根本没搭理他。

司柏荣脸色顿时变得难看。

"哼！"司柏荣冷哼一声。

"哈哈，大家都到了啊！"此时外面传来一道笑声，一名身穿红袍的光头老者走了进来。

第 39 章

分坛

"哼，很好。"司柏荣压低声音，问旁边的黑发老者梁雍，"老梁，这小子是谁啊？"

"根据他的模样以及他背着的那杆长枪，我猜他是仪水城的东伯雪鹰。"黑发老者压低声音道，"今年应该才二十二岁，十五岁那年他就以一己之力灭掉了弯刀盟，既然敢接这任务，看样子应该是银月级骑士。"

"二十二岁？"司柏荣心里越发不爽。

他都五十多岁了，今儿却遇到一个年仅二十二岁的银月级骑士，自然不爽。

"哼！哼！"司柏荣向东伯雪鹰冷哼两声，便在旁边坐下。

黑发老者也在一旁坐下。

"五位高手都到了。"光头老者目光一扫，看着眼前这五位——司柏荣、黑发老者梁雍、白发老者唐熊、东伯雪鹰以及青袍女法师余靖秋。

"我叫元五，是青河郡龙山楼的楼主。"光头老者笑着说道，"想必你们都听说过我的名字。不过，靖秋法师和东伯雪鹰，我今天是第一次见。"

余靖秋、东伯雪鹰都笑了下。

"元楼主，直接说任务吧。"司柏荣却大大咧咧地道。

"不急。"元五楼主陡然冷冷地说道，"在你们接任务前，我需要说一下最基本的规矩。

"一、有关任务的一切，包括你们的同伴的信息，都不得外泄！外泄信息，很可能导致同伴遭到报复，这是我们龙山楼决不允许的！若有人故意泄露信息，一旦被查出来，哼，没人能救得了他。

"二、这是黑铁级任务中最难的任务，谁都无法保证安全，你们可能会有生命危险，若死了可怨不得人。

"这两点我提前告诉你们了，如果接受不了，可以现在离开！"

元五楼主的目光扫过眼前这五位。

东伯雪鹰他们没有一个起身离开。

"元楼主，我们都知道规矩。"唐熊笑着说道。

"哼，出来闯荡，哪有绝对安全的事？如果怕，还是早早回去的好。"司柏荣瞥了东伯雪鹰一眼，他本能地敌视这个小子。在他追求的靖秋法师面前，他想要压制其他男子。而在场的他的护卫和唐熊都对他没有威胁，就这个东伯雪鹰太年轻，让他不爽。

"很好。"元五楼主点头道，"你们既然都明白可能会有生命危险，又知道规矩，那我就说下任务的详细情况。"

东伯雪鹰、余靖秋等人，包括司柏荣，都竖起耳朵仔细听着。

执行任务时，若大意可是会丢掉性命的。

"这次任务的目标是青河郡曲泰城内的第一大家族卢家。你们的任务是摧毁卢家城堡，击杀卢家族长卢怀如。"元五楼主说道。

"卢怀如？他只是流星级法师。据说卢家还有三四名流星级骑士，可区区这点实力，哪里需要我们五个联手？元楼主，你为何说我们可能会有生命危险？"司柏荣不解道。

元五楼主则郑重地道："卢怀如很擅长炼金，整个城堡内定有许多危险，最重要的是，卢家其实是某个魔神在我们青河郡设立的分坛！"

"什么！"

东伯雪鹰、余靖秋、司柏荣、唐熊、梁雍个个面色大变。

整个龙山帝国中，只有大地神殿是正统，其他的一律是魔神之所，连龙山帝国的开国皇帝都没有建立神殿传播信仰。

胆敢将势力渗透这个世界的魔神，个个都很可怕，没有人敢掉以轻心。

"任何牵涉到魔神的事情都得慎重。那只是某个魔神在我们青河郡设立的分坛，并且已知的就那么几名流星级强者，威胁度较低，所以派你们五个过去。"元五楼主说道，"任务你们已经清楚了，如果不愿意去，就只能暂时居住在龙山楼内，不得出去，直至这个任务结束。"

"可有异议？"元五楼主看着眼前的五位。

"卢家城堡内有银月级强者吗？有称号级强者吗？"余靖秋问道。

"至今没有发现！"元五楼主说道，"可能有隐藏力量，但不太可能有称号级强者。称号级的力量很罕见，魔神不会将称号级力量浪费在一个分坛。"

"魔神毕竟只是隐藏在黑暗中，"司柏荣连忙对余靖秋说道，"不可能在一个郡安排一名称号级强者。"

"如果没问题，那你们现在就出发！"元五楼主说道，"我们龙山楼会派出一艘飞舟送你们过去。"

司柏荣连忙说道："靖秋，这次任务比较危险，你是法师，还是跟紧我们为好，我们会保护好你的。"

余靖秋眉头微皱。

她打心底厌烦一直追求她的司柏荣，可她的家族就在青河郡，所以她不愿和司家闹得太僵。

东伯雪鹰已经背着兵器箱朝外走了，余靖秋跟着朝外走去。

"那小子连一件好点的储物宝物都没有，还背着个兵器箱。"司柏荣嗤笑一声。

曲泰城内，一片平原上屹立着一座雄伟的城堡，比东伯雪鹰家的雪石城堡还要大些。

这就是卢家的城堡。城堡分内城堡、外城堡。内城堡呈八边形，仿佛怪物趴在那儿，由卢怀如亲自布置而成，内部有重重机关、法阵。越是接近城堡中心，就越危险。

"神使大人，我准备的这几个侍女，你可还满意？"卢怀如谄媚地问道。

半躺在那儿的是一名怪物般的男子。这男子身体无比壮硕，足有两米五高，腰有水缸粗，手臂比常人的大腿粗，胡须坚硬如钢针，眼眸微微眯着，偶尔睁大时却散发出可怕的威压，他的呼吸甚至让周围的空气都在震颤轰鸣，旁边的侍女都有些战战兢兢。

"一般般吧。"怪物般的壮汉淡然道，"怎么，你很怕我？"

"神使实力滔天，我这是敬畏。"卢怀如连忙说道。

"放心，我只是在你这儿休养一段时日。我刚从薪火世界逃出来，九死一生，都快忘记人世间的享受了。好了，你再抓些小美女，最好抓些厉害的女法师过来。"怪物般的壮汉说道，而后拿起旁边的肉大口大口吃着。

"是是是，神使大人放心，我会尽快抓些女法师来献给神使大人。"卢怀如恭敬地应道。

"去吧，去吧，别在这儿碍我的眼。"怪物般的壮汉随意地道。

第 40 章
司柏荣

青河郡龙山楼外的一处空地上停放着一艘二三十米长的银白色飞舟，飞舟上遍布法术纹路。

"都上飞舟吧！"元五楼主带着东伯雪鹰等五人来到这儿。

"好漂亮的飞舟！"东伯雪鹰眼前一亮，这还是他第一次见到飞舟，过去只是听说过而已，"据说炼金飞舟最差的都要二十多万金币一艘，一般称号级强者或者一些大势力才配备得起。"

司柏荣似笑非笑地瞥了眼东伯雪鹰，道："元楼主，这艘炼金飞舟通体是坎银金，船舱是用琉璃布置而成的，怕是要五十万金币吧？"

"哈哈，你们司家需要向一些炼金大师购买飞舟，可我们龙山楼的飞舟是总楼那边直接派过来的，我们不用花金币。而且，这炼金飞舟是我们龙山楼省城总楼内部的炼金大师炼制而成的，成本低，估计三十万金币就够了。"元五楼主说道。

司柏荣猜测失败，面不改色，惊叹道："了不起，我准备买一艘炼金飞舟，能向龙山楼购买吗？"

"可以，不过价格和外面的差不多。"元五楼主笑道，"龙山楼不可能以成本价卖给你，毕竟炼金大师们也要赚钱。"

咚咚咚！

余靖秋率先上了飞舟。

她一直很厌恶司柏荣，就是因为司柏荣经常显摆且喜欢仗着家族势力大欺压别人，他此刻说这么多，不就是显摆他买得起飞舟吗？

余靖秋毕竟拜在超凡大法师门下，她追求的是像她老师一样成为超凡强者。

那才是真正的强者！

而司柏荣那种经常显摆、喜欢仗势欺人的，太浅薄了。

咚咚咚！

东伯雪鹰也上了飞舟。

司柏荣没了显摆的对象，带着护卫梁雍和一直唯他马首是瞻的唐熊上了飞舟。

"一路顺风。"

元五楼主站在空地上遥遥看着。

呼！

飞舟很快腾空而起，不断升高，升到上千米的高空后才迅速朝远处飞去，越飞越高，越飞越远，很快就消失在天边。

飞舟的舱内。

整个船舱是用透明琉璃布置而成，舱内的人能够清晰地看见外面的场景，琉璃中隐隐还能看到一丝彩色，美轮美奂。

"几位。"负责操纵飞舟的两名龙山楼的高手看向东伯雪鹰他们，其中一名身穿一袭银白色铠甲的男子说道，"几位要去曲泰城卢家城堡，是准备晚上袭击，还是白天袭击？如果白天袭击的话，飞舟可以以最快速度前进，只要两个时辰就能抵达。如果晚上袭击的话，那不着急，飞舟以比较慢的速度前进，估计傍晚抵达。"

"白天袭击和晚上袭击其实没什么区别。"余靖秋的声音很好听，"那卢怀如是一名流星级法师，更是炼金高手，既然那里是极为隐秘的重地，他肯定设置了诸多警戒类法阵。一旦我们潜入，就会立即被发现。"

"靖秋是银月级法师，她既然说那里有警戒类法阵，我们肯定会被发现，那就准没错。"司柏荣附和道，"既然都会被发现，那就白天袭击吧，越快越好。"

"我们不急，就傍晚抵达吧。"余靖秋又道，"傍晚时分，卢家城堡的士兵们换班或者准备吃晚饭，会放松很多。白天戒备森严，晚上则会被夜色影响，我们遇到机关法阵会没那么麻烦。"

"靖秋真是聪明。"司柏荣谄媚地说道。

"好，那就傍晚抵达。"负责操纵飞舟的两名龙山楼的高手当即做了决定。

其实，以比较平缓的速度前进，对飞舟而言是最节能的。

东伯雪鹰走出了舱室，来到了飞舟的甲板上。

"感觉真不一样。"

甲板上，风比较大。不过因为飞舟的形状特别，风几乎都从飞舟上方呼啸而过，甲板上的风和外界的相比小了很多。

呼……

东伯雪鹰站在甲板上，扶着飞舟栏杆，看着周围飘浮的云朵，隐约能看到下方的苍茫大地，觉得心旷神怡。

咚咚咚！又有人走出了舱室，来到甲板上。

东伯雪鹰转头看了一眼，来人正是有些阴冷气质的司柏荣。

司柏荣衣着颇为华贵，一副贵族作派，他也走到栏杆旁看着外面的景色："我虽然看了很多次，可在飞舟上看风景的确很不错。东伯雪鹰，你是第一次坐飞舟吧？"

东伯雪鹰没理他。

"我知道你，东伯雪鹰。你来自仪水城，据说你父母被墨阳家族给抓走了，你还有一个弟弟叫东伯青石。"司柏荣随意地说道。

东伯雪鹰眉头一皱，看向他。

"在青河郡，没有我司家不知道的事。"司柏荣看着他，"想要灭了你们东伯家族这种小家族，对我们司家而言轻而易举。比如你们东伯家族内有两个兽人，一个狮人，一个六臂蛇魔，兽人中可是有不少反贼，我随便找个理由，说你们东伯家族窝藏反贼，你们东伯家族可就完了。到时候，你被废掉丹田气海，成不了骑士，你的弟弟也会被废掉法力，去做奴隶，你觉得如何？"

司柏荣说得很随意，话语中的威胁意味却很强。

平常东伯雪鹰懒得理会这种大家族子弟，可此刻司柏荣的话激怒了他，特别是司柏荣还说要害他弟弟。他看着弟弟长大，一直呵护，司柏荣竟然说要让他弟弟做奴隶？

"司柏荣。"东伯雪鹰开口了。

"嗯？"司柏荣微笑着看着东伯雪鹰，他早就习惯了其他家族在他们司家面前低头，"你知道错了？只要你今天在我面前低头认个错，回头再送上五万金币，我们之间的事就当没发生过。"

"司柏荣，"东伯雪鹰冷冷地道，"有没有人说过你是个蠢货？"

司柏荣惊愕："你……"

"你就是一个蠢货！三岁孩子都比你聪明！这次我们去曲泰城是要摧毁一个魔神在我们青河郡设立的分坛，我们五个联手依旧可能有生命危险，这个时候你竟然愚蠢地威胁我、恐吓我。就算我暂时低头，我难免心存怨恨，到时候攻打卢家城堡，在关键时刻我阴你一把，你说不定会丢掉小命。

"就算你真要对付我，好歹等任务结束吧。现在你威胁我，除了让我怨恨你，似乎没什么别的用处吧！你说你是不是个蠢货？"

"你……你……"司柏荣脸色难看，"你真的不怕我……"

"随你的便！可你也要承担后果，或许后果不像你想的那么好。"东伯雪鹰转头就朝舱室走去，他懒得和这个蠢货再多说一句话。

这次任务，他是来积攒经验的。等这次任务结束，他会主动申请青铜令，接青铜级任务。要知道，称号级强者拥有的权力是完全不一样的，城卫军根本无权对付他。要知道，凡人们很难威胁到一名称号级强者。称号级强者就算犯罪，也是由龙山楼进行审判。所以，司家是威胁不到称号级强者的，称号级强者之间是有平等对话资格的。

司良红是龙山榜排在五百多位的强大存在，若非必要，东伯雪鹰是不想和司良红为敌的。

"你……你……"司柏荣看着东伯雪鹰进入舱室的背影，气得牙痒痒，"竟然敢无视我。很好，很好，我记住你了。等这次任务过后，我一定……"

"嗯？"司柏荣忽然脸色一变，"这个该死的小子不会真的在任务中阴我吧？"

第41章
降临

"不能给他机会，要让老梁随时跟着我。"司柏荣真的担心东伯雪鹰会在任务中阴自己，"暂且饶过这小子，不跟他计较，等到任务结束，哼，看我怎么对付他。"

东伯雪鹰才二十二岁就是银月级骑士了，可那又如何？

银月级骑士和称号级骑士只差一步，可这一步却宛如天堑。

从普通骑士提升到银月级骑士，靠着天赋、资质、靠着一些资源、厉害的斗气法门，都有希望突破。比如，司柏荣就是因为天赋够好，在家族的栽培下，修炼成了银月级骑士，然后……就卡在银月级了。

银月级骑士要突破成为称号级骑士，对心灵要求很高，必须达到天人合一的境界，而后要利用天地的力量。

至于天人合一的境界？

司柏荣成为银月级骑士多年，唐熊、梁雍都成为银月级骑士很多年了，可他们对天人合一的境界完全摸不着头脑。

法师则不一样。骑士是倚仗身体，法师则更重视智慧。法师需要研究天地，剖析自然，研究许多规律，才能掌握一些法术。所以，实力越强的法师，智慧越高。一般能成为银月级大法师的，智慧都是非凡的，所以余靖秋才会让人觉得惊艳。她这么年轻就如此了得，继续研究、剖析天地，在接下来的一百多年中，很有可能达到天人合一的境界。

法师掌握天人合一的境界，是靠着不断研究，而骑士想要掌握天人合一的境界则难多了。

许多骑士都是粗人，根本不知道该怎么达到天人合一的境界。所以，东伯雪鹰虽然是二十二岁的银月级骑士，可明显没有余靖秋受重视。一般人都认为，东伯雪鹰是仗着身体素质和天赋好，没有阻碍，一口气修炼到了银月级。

东伯雪鹰虽然枪法早就达到大师的境界，这六年多来一直在自家后山竹楼居住、修炼，参悟天地自然，枪法越发朴素自然，但至今未曾达到天人合一的境界。

可他强大的身体赋予了他称号级巅峰的力量，一旦力量血脉爆发，身体力量还会翻倍。到时，他在称号级强者中足以排在前列。

"一个靠运气的小子，也敢和我叫板？真是不知道天高地厚。"司柏荣暗暗咬牙，便走回了舱室。

"靖秋。"司柏荣走到余靖秋身旁。

"有事？"坐在那里闭眼静修的余靖秋睁开眼睛。

"去攻打卢家城堡时，你要小心点，特别要防备那个东伯雪鹰。那小子太年轻，不沉稳，我担心他会暗中搞破坏。"司柏荣压低声音说道，"你到时候就跟着我和老梁，我们肯定会保护好你。"

"他搞破坏？他为什么要搞破坏？"余靖秋疑惑。

"你小心点就是。"司柏荣没有细说便走开了。

余靖秋秀眉微蹙，看了看走到远处的司柏荣，又看了看另外一边也盘膝坐着的东伯雪鹰，嘀咕道："他们俩之前都去了外面的甲板上，难道起了冲突？看那个东伯雪鹰的样子，不像是个莽撞人啊。嗯，希望这次任务别出什么意外吧。"

她隐隐有些担心。

呼……

东伯雪鹰的心跳越来越慢，呼吸越来越缓，可对周围的感应越来越清晰。余靖秋的气息，唐熊、司柏荣、梁雍以及那两名驾驭飞舟的高手的气息都非常清晰。他甚至能感知到外面的狂风。

此刻他心如止水，照鉴天地自然。

天色渐渐昏暗。

银白色的飞舟一直在云雾间飞行。

"到了。"东伯雪鹰的呼吸渐渐恢复正常，心跳也恢复了，他看向外面，感应到飞舟在不断减速。

"诸位，可以准备下去了，马上就到卢家城堡了。"驾驭飞舟的龙山楼高手说道。

"要到了？"

"马上就要战斗了。"

一个个都站起身来。

他们面临一场大战，心情却各不相同。

司柏荣是第一次接这么危险的任务，所以专门带来了家族里的一名银月级骑士护卫。他有些忐忑不安，却想在余靖秋面前展露实力。

唐熊很平静，这个活了一百六十多年的老头，什么大风大浪都经历过了。

梁雍有些谨慎，因为他得保护好司柏荣。

余靖秋是第一次接任务，虽然有些紧张，可法师的心性让她能够平静地面对一切。

至于东伯雪鹰，作为一名有称号级实力的强者，他没有丝毫畏惧，只是对卢家城堡充满好奇。

五人走到甲板上，都看向下方那座雄伟的城堡。此刻，飞舟距离下方仅仅三百多米，可因为飞舟表面法阵引动一些雾气遮蔽，下面的人根本看不见飞舟。

"诸位，等会儿我就施展法术笼罩住你们，我们直接一跃而下，悄然潜入卢家城堡。"余靖秋说道，"如果能悄然杀了卢怀如，那就最好不过了。"

"好，听靖秋的。"司柏荣第一个说道。

"有一名银月级大法师同行，是我等的运气。"唐熊笑呵呵地道。

锵！东伯雪鹰则拔出背上兵器箱内的两截枪杆，装好了飞雪枪。

司柏荣见状，撇撇嘴，一翻手，手中出现了一柄大剑。

所有人都准备好，随时可以战斗。

呼——

一袭青袍的余靖秋手持一根法杖，忽然一道旋风席卷了在场的五人。

"我们下去。"余靖秋说道。

"走！"

五人同时从飞舟上一跃而下。

其实，以他们的实力，其中任何一个人从三百多米的高空跃下都没事，旋风主要是为了调整他们的降落点，还能起到隐蔽之效。

东伯雪鹰看着下方，随着降落，旋风操纵他们朝卢家城堡的内城堡屋顶飞了过去。

内城堡好像一个八边形的奇异怪物趴在那里，同时下面起了风，风在呼啸，席卷树叶杂草，让内城堡中的一些士兵都难以睁开眼睛。

嗖——

五人在旋风辅助下，悄然落在屋顶上。

"走，我们进去。"司柏荣持着大剑，充满战意。

嗡——

内城堡屋顶大得很，此刻亮起了刺眼的火红色光芒。在火红色光芒的照耀下，东伯雪鹰他们五个都无处遁形。

"有刺客！"一道冰冷的声音从内城堡中传出，瞬间响彻整座城堡，"他们就在屋顶，杀了他们！"

"有刺客！"

"就在那儿，杀了他们！"

在外城堡城墙上巡逻的士兵们，还有一些在内城堡各处巡逻的士兵也发现了他们，立即有两百多把破星弩对准了他们。

卢家明面上就有一名擅长炼金的流星级大法师，还有四名流星级骑士，如此实力，城堡士兵的配备自然也很好。

"我们被发现了。"唐熊开口道。

"哼，我们被发现了又怎么样？大不了把他们全部杀光。"司柏荣冷笑道。

"我们这次针对的是卢家，你们若要阻挡我们，只不过是送死。"手持法杖的余靖秋大声说道。

她的声音清冷好听，响彻城堡的每一处。随着她的声音，周围数里范围内出现了无数冰霜寒气，温度骤降。

地面上凝结了厚厚的冰霜，一些泥土地面完全被冰封，卢家城堡变成了一座巨大的冰霜城堡，所有士兵身上都凝结了冰霜，一个个瑟瑟发抖。

"冷……好冷。"一些士兵哆嗦着直接倒在地上。

"退出冰霜领域，你们能活命，否则这么冻下去，只会被冻死。"余靖秋说道。

她对这些弱小的士兵还是怀有仁慈之心的。

呼！

东伯雪鹰看着周围的一片冰霜，感受着极低的温度，暗自惊叹："余靖秋不愧是擅长寒冰类法术的法师，举手投足间释放出的冰霜领域控制的范围刚好覆盖整座城堡，极低的温度也没到瞬间冻死人的地步，这种控制力真的厉害。当然，若冻得时间长了，还是会死人的。"

"快走，快走。"

一些身体强壮的士兵立即拉着弱些的往外逃。

城堡内的一些仆人也在往外逃。

两三千名士兵在冰霜领域的侵袭下毫无反抗之力，一个个只能往外逃。在这么冰冷的环境下，他们被冻得瑟瑟发抖，手指失去知觉，根本无法操作破星弩。

"走吧！"余靖秋持着法杖，大声喊道。

东伯雪鹰等四人此刻皆跃下了屋顶。

既然无法悄然潜入城堡，那就正面攻打。

……

"哼，一群蠢货，一点用都没有。"遥遥看到外面的士兵都在惊慌逃命，卢怀如冷哼一声，迅速朝内城堡的隐秘之地赶去，"看来还是得靠我自己和几名护法。他们不进来便罢，若敢进入我建造的内城堡，那就是找死。"

卢怀如有足够的信心。他布置的机关、陷阱、法阵不少，即便三五名银月级骑士攻进来也得死，更别说他这里还住着一位神使。这都让他底气十足。

第 42 章

魔神水石

内城堡占地面积约两千平方米，里面不知道藏了多少机关陷阱。

"卢怀如就躲在里面，我们得杀进去。"司柏荣犹豫地看着眼前的走廊，走廊幽深，通往内城堡深处，"不过，里面的机关、陷阱、法阵恐怕不少，得有擅长保命的骑士在前面探路。"

东伯雪鹰露出一丝笑容。

这个司柏荣，既想挣点脸面，又怕危险，真不知道他是怎么修炼到银月级的。

唐熊、梁雍都很淡定，他们的目光都落在余靖秋身上。

"盲目闯进去，那是送死。"余靖秋声音清冷，让人不禁平静下来，"卢怀如虽然只是流星级法师，可擅长炼金，他肯定布置了许多机关、陷阱、法阵。即便是银月级骑士，盲目往里闯也很难保命。你们稍微等一等，我施展法术在前面探路。"

说完，余靖秋手持法杖，嘴唇微微动着，念起了咒语。

其实，法师们念咒语是一种自我催眠。毕竟一些强大的法术太难了，法师们不自我催眠，是无法施展出来的。至于一些次一等的法术，法师们根本无须念咒语，即可强行施展。像之前的冰霜领域之类的法术，对于余靖秋而言施展起来没有一点难度。

哗哗哗——

众人眼前忽然凭空凝结出无数寒冰，很快形成了一条足有水桶粗、二十多米长、盘着的寒冰大蛇。寒冰大蛇全身晶莹，高昂的蛇头带着冰冷的杀意，那无形的威势让司柏荣他们都有些忌惮。

"五阶法术——寒冰之蛇。"东伯雪鹰暗暗点头，"这等法术大蛇没有要害，且力量比寻常的银月级骑士都要强得多。单论力量，它怕是能媲美称号级强者，只是技巧弱一点。如果有十条寒冰大蛇，恐怕能威胁称号级强者。不过，称号级强者达到了天人合一的境界，在天地之力的压制下，根本施展不了法术。"

余靖秋手持法杖，继续默念着咒语。

又过了一会儿，又一条寒冰大蛇出现在了旁边。

"我的法力有限，还需要面对接下来的未知情况，得省着点用。"余靖秋说道，"有这两条寒冰之蛇足以开路了。"

"哈哈，有一名银月级大法师跟着，是我们的运气啊。"唐熊笑着，"这寒冰之蛇没有要害，最适合探路。如果我们去探路，那可是要拿命拼啊！"

"还是靖秋厉害。"司柏荣吹捧道，"好，我们出发吧！靖秋，你在我们四个的保护圈中间，我和老梁在前面，东伯雪鹰和唐熊在后面。"

司柏荣刚才还不敢冲在前面，现在有两条寒冰大蛇在最前面开路，他倒是信心十足了。

宽敞的走廊里，两条寒冰大蛇一前一后移动着，且每移动一段路都会停下来，用尾巴抽打旁边的廊壁。

轰隆隆——

走廊震颤，一些法术纹路被强行毁掉，脆弱些的墙壁直接轰然倒塌。有些陷阱被毁掉，有些陷阱被激发，攻击在寒冰大蛇身上。即便被刺出个冰窟窿，寒冰大蛇表面寒气涌动，很快就补好了冰窟窿，只是身体缩小了一点点。

每一次攻击，每一次受伤，寒冰大蛇都会损失寒冰力量，当最终支撑不住时，就会完全崩溃。可在崩溃之前，它们根本没有要害，可以毫无顾忌地疯狂攻击。

"真可怕！"东伯雪鹰在后面看着，暗暗惊叹，"如果给法师充足的时间，威胁的确比骑士大多了。据说法师们布置出的一些法术大阵，威力更大。"

法师像是学者，研究、剖析天地，他们施展的法术精妙无比，有足够的时间，就可以慢吞吞地施展法术。如果给他们一年半载布置出强大的法阵，威力更大。

而骑士很勇猛。骑士的力量是瞬间爆发的，越强大的骑士速度越快。譬如东伯雪鹰，他现在一眨眼能冲出上百米的距离，常人甚至看不清他的身影。以这种可怕的速度，如果他去刺杀法师，法师根本来不及反应。所以，法师和骑士各有优势。

轰轰轰——

寒冰大蛇纯粹的力量近乎称号级，它们如果近身厮杀可能有点蠢笨，可若将力量用来摧毁走廊却是极擅长的。

随着轰鸣声，许多墙壁倒塌了，诸多陷阱没有发挥作用的机会，很多法阵的纹路都被破坏了。

不过，整个内城堡很稳固，即便被毁掉一些墙壁，还有其他支撑墙，依旧没有崩塌。

"哈哈，有靖秋在，我们可就轻松多了。什么机关、陷阱、法阵，根本威胁不到我们。"司柏荣哈哈笑着。

"不可大意。"余靖秋手持法杖，仔细观察着前方，"厉害的炼金大师布置的一些机关、陷阱、法阵是出乎意料的。我的两条寒冰之蛇虽然前后碾压两次，也只破坏超过九成的机关、陷阱、法阵，并不能保证我们绝对安全，我们还得小心。"

"都有超过九成的机关、陷阱、法阵被毁了，没问题的。而且，那卢怀如恐怕没你想的那么厉害。靖秋，你在长风学院时接触的都是极厉害的高手，哪里是卢怀如能比的？"司柏荣嘴上这么说，可行动上他一直唯经验丰富的梁雍马首是瞻，显然还是颇为小心的。

内城堡深处的一个大殿内。

卢怀如坐在高处的宝座上，皱着眉头，旁边站着三名手下，都是流星级骑士。

"该死，没想到那个法师竟然是银月级法师。"卢怀如皱眉。

他之前只看到外面弥漫冰霜，连一些凡人都没能瞬间被冻死，以为对方没有多厉害。他一直没敢冒头，连东伯雪鹰等人的样貌都没看到，自然不知道余靖秋来了。

"坛主，怎么办？"三位护法都看着他。

"能怎么办？有两条寒冰大蛇肆意破坏，摧毁了多个地方，我的法阵都被毁了，机关、陷阱也没几个发挥作用。就算机关和陷阱被激发，最多消耗一点寒冰大蛇的力量罢了。"卢怀如摇头，"看来只有一次机会了。"

他在内城堡中布置了机关、陷阱，其中自然有一些堪称杀招。

可对方有两条寒冰大蛇，导致只有最难被破坏的一处机关陷阱能发挥大作用。

"有一处绝杀陷阱，是第七走廊！"卢怀如说道，"那是我布置的威力最大的一处陷阱。不过，对方有那两条寒冰大蛇挡在前面，恐怕这陷阱只能杀掉对方的两三名银月级骑士。所以，我需要三位护法出手，在他们落入陷阱的情况下，你们上去补一刀。哼，关键时刻，你们这三个实力媲美银月级骑士的强者杀过去，他们必死无疑。"

"是！"三位护法都恭敬应命，紧接着都有些心疼地拿出了胸口的吊坠，吊坠可以打开，里面有一粒红色小晶体。

他们皆仰头吃下红色小晶体，而后皮肤开始泛红，全身气血涌动，体内的斗气也开始发生变化。

这是他们的保命之物——魔神水石。

魔神水石对称号级骑士没什么用，可对流星级骑士、银月级骑士都有实力大增的效果，实力越弱的，增幅效果越明显。一般流星级骑士吃了后，能在短时间内拥有媲美银月级骑士的实力，当然待药效过后，两三天内都是筋疲力竭的。

即便如此，这等能让实力大增的宝贝也极为珍贵.

他们是这个分坛的护法，每人也只有一粒魔神水石。

"别心疼了，等这次过后，我们肯定会搬走，我到时候自会帮你们每人再申请一粒。"卢怀如说道，"快去吧，去第七走廊后面等着。"

"是！"

三位护法立即走了出去。

这时从旁边侧门走进来一名怪物般的壮汉，他的脚步声隐隐让整个大殿震颤。

卢怀如看到他，立即站了起来。

怪物般的壮汉随意地问道："怎么，遇到麻烦了？"

"禀神使大人，这里恐怕暴露了。"卢怀如说道。

"暴露？"怪物般的壮汉走到宝座前直接坐下，皱眉问道，"没有发现我吧？"

"如果发现了神使大人，就不会只是几名银月级骑士过来了，对方恐怕会直接安排司良红、项庞云过来，甚至可能让超凡强者过来。"卢怀如说道。

称号级骑士的实力也是有区别的。

普通的称号级骑士，也就能得到青铜令。

厉害些的称号级骑士，能够列入龙山帝国的前三千名，入榜和没入榜的差别还是很大的。

而司良红是活了几百年的血妖老怪物，项庞云更是凶残，他们俩在整个龙山帝国的称号级骑士中排在五百多位，远远凌驾于一般的称号级骑士之上。

"几名银月级骑士？"怪物般的壮汉嗤笑一声，"在我面前不过是蝼蚁罢了。可惜啊，我刚在你这里休养了一段日子，就要离开了。"

第43章

绝杀陷阱

第七走廊转角大厅的隐藏夹道内，三位护法持着兵器守在那里。

"来了。"忽然，一位高个儿护法压低声音说道。

轰隆隆——

外面传来轰鸣声，地面都震动起来。

其中一位瘦小的护法走到前面透过观察孔看着外面，只见两条寒冰大蛇行进到了这里，庞大的身体抽打在转角大厅的墙壁上。

一时间，地面凹陷，墙壁龟裂……

"那两条寒冰大蛇真够狠的！那么多机关、陷阱、法阵都被它们毁掉了，幸亏这第七走廊里的机关受到的影响小。"瘦小的护法嘀咕道。

机关、陷阱、法阵分很多种，并不是所有的都能被寒冰大蛇破坏。

"准备好，等那些入侵者进入大厅，再发动机关。"高个儿护法说道。

"他们就要进来了，听我号令。"瘦小的护法继续透过观察孔看着。

……

东伯雪鹰等五人跟着两条寒冰大蛇行进在内城堡中，他们在寻找卢怀如。因为整个内城堡呈八边形，所以有足足八个转角大厅。

此刻，他们步入了其中一个转角大厅。

司柏荣手持大剑，和梁雍走在前面。

余靖秋持着法杖，走在中间。她早就给自己加持了寒冰法术，身体表面有一层寒冰凝结而成的铠甲。

东伯雪鹰、唐熊则跟在最后面，分别在余靖秋的左右侧后方。

"这内城堡挺大的，卢怀如到底躲在什么地方？"司柏荣焦躁地说道。

"不急。"余靖秋说着，"每经过一处地方，我们都查看清楚。整个内城堡呈八边形，我们已经查看了六处，这是第七处。待我们将八处区域全部查看一遍后，如果依旧没有找到卢怀如，那他应该在地下，到时我们再进入地下，一处处检查。外面有龙山楼飞舟监视，他逃不掉的！"

"嗯。"司柏荣点头。

轰隆——

整个转角大厅的地面忽然移动起来，露出了下方的一个个大坑，坑里面都是锋利的矛尖。矛尖泛着深绿色，显然有剧毒。

东伯雪鹰他们迅速避开，幸好地面之前遭到了寒冰大蛇的破坏，仅仅有部分地面移动开来，大部分区域卡死了。所以他们稍微闪避，就到了安全的地方。

轰隆——

四面龟裂、扭曲的墙壁忽然一瞬间完全崩塌了，大量石头滚落一地，露出了墙壁后面的大量机械弩弓。

巨大的机械弩弓齿轮连接。无数弩箭密密麻麻，遍布每一面墙壁后面，每一根弩箭都足足有大腿粗。

看到这些弩箭，司柏荣、唐熊、余靖秋他们都大吃一惊。

这么粗的弩箭，又是靠机械齿轮拉动卡死，拉力肯定非常大，被释放出来后，攻击力绝对比破星弩要强。

"不好！"余靖秋脸色大变。

"四面防御，每人守一面！"经验老到的唐熊、梁雍几乎同时喊道，他们都知道到了生死时刻。

嗖——

每根弩箭射出时的震动都那么清晰，前面、后面、左右两侧全部有弩箭射来，而且东伯雪鹰他们都在厅内，和弩箭的距离最远也就数十米，近的仅仅十米左右。

太近了！

数百根粗大的弩箭一瞬间几乎将整个转角大厅给笼罩了。

幸好它只是机关，这些弩箭是针对大厅每一处的，射向东伯雪鹰他们的只有数十根粗大的弩箭。

"挡！"

"大家挡住！"

唐熊、梁雍都喊道。

砰！梁雍一手持盾牌一手拿战刀，盾牌瞬间格挡开一根弩箭。

他在抵挡时，盾牌略微一倾斜就将力量卸去八九成，将弩箭崩飞了。即便如此，他依旧感觉到了弩箭的冲击力。如果正面被击中，即便有铠甲庇护，也肯定会重伤吐血。若被两三根弩箭击中，恐怕会没命。

铛铛铛！已经一百六十多岁的唐熊，双手各持一把短剑，阻挡住朝他攻击而来的弩箭。

这两个人的战斗经验太丰富了。

"该死，该死。"同样是银月级骑士的司柏荣却惊慌得多，他双手持着大剑，奋力抵挡。

面对一根根从正面疾速袭来的弩箭，他身为银月级骑士，反应是快，动作也快，可他的剑法显然不够高超，抵挡起来很吃力。

骑士等级的高低，和战斗技巧的强弱并没有绝对的关系。

能成为银月级骑士，只是代表他的斗气修炼到了银月级。至于使用大剑的技巧，他虽然每天去练一练，还和家族内的高手切磋，可连人剑合一的境界都没达到，只能算是基础较为扎实，一般战斗足够了。可此刻生死关头，弩箭疾速射来，他是无法思考怎么抵挡每一根弩箭的，完全靠的是条件反射。

"不！"司柏荣额头上都是冷汗，忽然惊呼起来，他抵挡弩箭时失误了。

呼！关键时刻，一面盾牌陡然伸过来，竭力阻挡那根粗大的弩箭。弩箭变向飞开，没能伤到司柏荣。

这个时刻出手的正是司柏荣的护卫梁雍。梁雍几乎一半的注意力都在司柏荣身上，毕竟他这次来是负责保护司柏荣的，可弩箭实在太快，他也是勉强竭力出手，卸力、身法等方面都受到了影响，一时间整个人跟跟跄跄。他应对正面袭来的弩箭时有些慌乱，全力用单刀格挡开两根弩箭，第三根弩箭射来时他却来不及阻挡了。

"啊！"梁雍低呼一声，身体竭力避让。

一根粗大的弩箭疾速射来，射穿了他的右臂，持着战刀的右臂直接飞了起来。

呼！

很快弩箭攻击结束了。所有的弩箭攻击仅仅维持几秒罢了。

"唉，面对这么近距离的可怕机械弩弓的攻击，梁雍不全心全意抵挡，竟然还敢分心去帮他那位柏荣少爷，没丢掉性命算运气好了。"唐熊暗暗叹息。

"老梁，老梁。"逃过一劫的司柏荣连忙扶着梁雍。

梁雍的断臂处鲜血涌出，他连忙拿出丝带紧紧扎住断臂处，同时断臂处的肌肉、血管开始收缩，血流速度放缓。

"我没事，只是断了右臂而已。"梁雍说道。

他倒不是多么忠心，只是他是司家培养的，他的家族也依靠着司家，如果这次司柏荣丢掉性命的话，他和他的家族就完了。所以，他必须保护司柏荣，如果司柏荣性命真的不保，他也得先战死证明自己的忠诚。

"这个东伯雪鹰倒是厉害，我格挡开这些弩箭就已经拼尽全力了，没想到他轻松地就抵挡住了所有弩箭。"唐熊瞥了眼东伯雪鹰，心中暗道。

刚才他全神贯注，没注意东伯雪鹰格挡开弩箭的情形，可看到东伯雪鹰此刻淡定的模样，显然很轻松。

"可惜啊。"东伯雪鹰站在后方看着，摇摇头。

他对司柏荣没什么好感，可和梁雍没什么仇怨。如果顺手，他也能帮一把。可惜他在队伍后面，对方在最前面，他根本来不及去救。如果他以极限速度冲过去救对方，那么就会让余靖秋处于绝境。

余靖秋在整个队伍的最中间，而且是法师，面对这种弩箭攻击只能被动承受。

"小心！"余靖秋忽然惊呼一声，她一直冷静地观察一切。

嗖嗖嗖！三道身影骤然从一排机械弩弓的架子后面冲出，距离队伍仅仅十余米。这三人此刻都有银月级骑士的战力，速度极快，十余米的距离一闪而过。

"梁雍！"唐熊大喊一声。

"少爷！"梁雍大喝一声，立即手持盾牌去抵挡。

有两位护法杀向他们。显然这两位护法之前看出来了，这些银月级骑士中，司柏荣是最弱的，而黑发老者断了右臂，这两人是最容易对付的，当然先解决这两人，再对付其他人。

另一位护法则冲向余靖秋，他准备先干掉这名大法师。

"住手！"唐熊双手持着短剑，中途就拦截那位护法。

而东伯雪鹰在队伍最后面，他此刻手持长枪也往前冲了过去。

……

"少爷，我们联手。"梁雍独臂持着盾牌抵挡。

司柏荣则大惊失色，连忙举起双剑去抵挡。

那位杀来的护法持着两柄弯刀快如闪电，疾速近身。在技巧上，显然这位护法更高超，杀得司柏荣几乎瞬间就疾退了。

此时司柏荣哪里会管一个护卫的死活？他甚至都来不及管余靖秋的死活了。他退到队伍最后面，让其他人去抵挡。

其实司柏荣如果不贪生怕死的话，他和梁雍联手还是能撑一会儿的，因为很快东伯雪鹰他们就会来支援了。可是司柏荣更在乎自己的性命，他选择后退。

那位护法干脆地转而挥刀劈向梁雍。

梁雍独臂持着盾牌抵挡，在一位护法的攻击下就很勉强了，此刻遭到围攻，他根本抵挡不住。

噗！一柄弯刀从后面闪过，掠过了梁雍的喉咙。

梁雍瞪大眼睛，眼中有不甘，随即有一丝渴望。即便是死，他希望自己是战死的，这样一来，他的子孙们就能够得到司家的善待。

他的身体朝旁边倒下。

梁雍毙命！

他是队伍中第一个丧命的！

呼！呼！

两道枪影划过长空，雪花飘飘。

刚杀了梁雍的两位护法还没缓过神来，便感觉到两道枪影迎面而来。紧接着，两人立即捂住喉咙，瞪大眼睛。

"你……你……"

他们俩都震惊了，对方施展枪法的速度太快了。

一个照面，两人皆丧命。

其他人脸色大变。

第44章
快逃！

"什么！这……这怎么可能？"和唐熊纠缠在一起的护法大惊。

杀了梁雍后，他们三位护法对战三名银月级骑士，对方有一个实力比较弱的司柏荣，这三位护法还是很有信心取胜的。

可当黑衣青年出枪后，局势立变！

"去死吧！"唐熊大喝一声。

那位护法原本经验和技巧都不如一百六十多岁的唐熊，一直被压制着，此刻一慌，立即露出破绽。

刺啦！短剑一闪，那位护法的眉心出现一个红点，他瞪大着眼睛轰然倒下。

"雪鹰兄弟，好厉害的枪法！"唐熊哈哈笑道，"如此干脆利落的枪法，我已经很久没看到过了。"

余靖秋也惊异地看着东伯雪鹰。

"可惜梁雍败得太快，我没来得及救他。"东伯雪鹰摇头。

"哼！"司柏荣站在队伍最后面，脸色阴沉。

他的护卫战死，他刚才差点丧命，而他瞧不顺眼的、来自仪水城那个偏僻之地的东伯雪鹰却如此厉害。随即他想起什么，走上前去，将梁雍断臂上的臂环取下。

东伯雪鹰、余靖秋、唐熊三人都看向他。

"老梁是我的护卫，他的东西我当然要带回去给他的家族。"司柏荣说道，"我们还要继续往下探查，他的尸体暂且放在这儿，自会有龙山楼的人来收拾。"

"唉，谁知道这司柏荣会不会将储物宝物里面的一些物品送还回去。"唐熊暗暗叹息。

司家是一个传承了几百年的大家族，嫡系子弟多的是，良莠不齐。司柏荣虽然修炼斗气的天赋较高，可人品一般。然而，唐熊也不愿得罪司柏荣，因为小人有时候是最难缠、最可怕的。

咔咔咔！余靖秋走上前去，顿时脚下弥漫出寒气，无数寒气瞬间蔓延并冻结了梁雍的尸体。

"这三个人竟然一件储物宝物都没有。"唐熊熟练地搜了下三位护法的尸体，"真是奇了怪了，按理说银月级骑士大多都有储物宝物。嗯，他们随身带的金票也不多。柏荣大人，你可要这些金票？"

司柏荣瞥了眼那些金票，他刚才又没立功，他还是要点脸的："我可没杀敌。"

"你和东伯雪鹰分吧。"余靖秋说道。

"哈哈，我一，你二。"唐熊将五万多金票递给东伯雪鹰。

东伯雪鹰也不拒绝，随手收下。

"走吧。"余靖秋说道。

"继续。"

此刻东伯雪鹰走到了队伍最前面，唐熊跟在余靖秋后面，司柏荣反而走在最后面，显然他是真的有些怕了，再没有护卫保护他了。

接下来很顺利，他们没遇到厉害的机关陷阱，查看了第八处区域后，他们开始朝地下走，内城堡显然还有地下一层。

他们沿着楼梯往下走，很快就看到一扇巨大的殿门。

"诸位小心，我感觉到一丝邪魔的气息。"余靖秋手持法杖，慎重地说道。

"嗯。"东伯雪鹰也谨慎起来，这里毕竟是魔神在青河郡设立的分坛。

殿门大开。

两条缩小了一大圈的寒冰大蛇先后游进大殿，东伯雪鹰他们也步入了大殿。

"好大！"他们都有些惊讶。

这座大殿的空间非常大，墙壁上雕刻的一个魔神散发着邪恶的气息……即便仅仅是雕像，也让他们感到不舒服。

大殿之上有一个宝座。宝座上随意地坐着一名怪物般的壮汉，旁边恭敬地站着一名面带浅笑的男子。

东伯雪鹰他们一眼就认出，这男子正是目标人物——卢怀如。

"没想到三位护法这么没用，在机关陷阱的帮助下仅仅杀了你们中的一个。"卢怀如笑着说道，"如果是平常，我恐怕见机不妙就通过暗道逃了。在龙山楼的追杀下，我成功逃脱的可能性很低很低，可是现在我根本不需要逃。"

余靖秋、司柏荣、唐熊都盯着宝座上的壮汉。

他们都感觉到壮汉散发的气息具有很大威胁。

"他是？"东伯雪鹰心中疑惑，"不是说这处分坛的坛主是卢怀如吗？现在卢怀如恭恭敬敬地站在一旁，这名比我铜叔还强壮的汉子却坐在宝座上，他是谁？"

"一名银月级法师，"壮汉忽然开口，声音在胸腔内都有回音，他摸着下巴的胡须，看着余靖秋，"而且是如此年轻貌美的女法师，真是极品啊！哈哈，我最喜欢漂亮的女法师了，这么年轻的我更喜欢。"

"你是——"唐熊忽然瞪大眼睛。

他想起了一个人，一个消失了八十多年的凶戾人物。

"逃！"唐熊毫不犹豫地转头就往外飞奔，同时急切地喝道，"快逃！快逃啊！"

"什么？"司柏荣、余靖秋都吓了一跳，怎么还没交手就逃了？这让他们都有些心慌。

"想要逃？"一道浑厚的声音回荡在大殿内，顿时整个空间猛然一暗，一股无形的力量瞬间笼罩了周围每一处区域，仿佛无形的大掌猛然压迫而下。

原本疾速飞奔的唐熊被压制得身体一颤，速度锐减，周围的空间都扭曲了。

"天人合一！"司柏荣被吓得脸色惨白。

余靖秋也露出惊恐之色。

宝座上的壮汉随手在扶手上掰下一块金属，直接一扔。

嗖！金属块化作一道流光，快如闪电。

正朝外面飞奔的唐熊根本没看到后面的金属块。

金属块的速度超过音速，噗的一声，直接穿透了唐熊的头。而唐熊瞪大眼睛，因为惯性奔跑了十余步才轰然倒下。

"落！"

卢怀如轻轻地拉动了宝座旁边的机关。

轰！轰！轰！

大殿外接连落下三重大门，完全封死了出路。

"是称号级存在！怎么会有称号级存在？"司柏荣大惊，脑子完全混乱了，"一个魔神在青河郡的分坛中怎么会冒出一个称号级存在？"

"这……"一直很冷静的余靖秋也难掩惊慌之色。

称号级存在对天地之力的掌控极强，可以让她无法调动一丝外界力量，无法施展出厉害的法术。至于仅仅凭借体内法力施展法术，威力要小得多，引动天地之力施展的法术威力才足够强。

"美丽的女法师，你别挣扎了。没想到这处分坛暴露，我离开之前还能遇到一名银月级女法师，而且还这么年轻。啧啧啧，我真是走运啊！你就乖乖跟着我吧，我会好好宠你的。"壮汉笑着说道，"聪慧如你，你应该懂得怎么抉择。"

"至于这两个男人，一点用都没有，还是杀了吧。"壮汉说着，又抓起了一块金属。

"饶命。"满头冷汗的司柏荣扑通一声跪下，乞求道，"大人饶命，还请饶过我性命。这位余靖秋法师今年才二十五岁，是我们青河郡的天之骄女，她一定会乖乖跟着大人的。我是司柏荣，是司家的人，还请饶过我性命。"

说着，他转头看向余靖秋，焦急地喝道："靖秋，你应该知道怎么选，追随一个称号级存在不算辱没了你。你如果反抗的话，你会死，我们也会死。只有活下去才有希望，若死了就什么都没了。"

"哼！"余靖秋冷冷地看了一眼司柏荣，随即抬头看向宝座上的壮汉。

"此次来接龙山楼的任务，我就知道会有生命危险，早就做好了死亡的准备。既然运气不好，碰到意料之外的称号级存在，我也不怨谁，只怪我太不走运了。不过，想要我伺候你，你做梦。"余靖秋说道。

她早就做好了心理准备，自然就坦然了。只是，她真的很不甘心。

她一步步走到如今，剖析、研究天地，对自己将来踏入称号级很有信心，可现在一切就这么完了。

"你真是让我失望啊！不过，一具女法师的尸体也是很好的收藏品。"壮汉冷冷地说道。

　　司柏荣跪在那里，余靖秋手持法杖盯着壮汉，心中很绝望。

　　"真没想到啊。我只是接了一次能够积攒些战斗经验的黑铁级任务，竟然碰到了一个称号级存在。"东伯雪鹰的声音忽然响起。

第45章
大碰撞

余靖秋处于绝望中，忽然听到旁边东伯雪鹰说的话，她有些惊愕，转头看去。

之前东伯雪鹰一直收敛气息。多年参悟天地，他自然朴素内敛，的确一点都不起眼。可此刻随着他内心的战意升腾，旁人能感觉到眼前的这个黑衣青年完全不一样了。他的目光犹如刀锋，整个人散发的气息让人感觉到可怕。

这就是一个强者的锋芒，平常隐藏起来，一旦爆发则会让人心悸。

"这个东伯雪鹰竟然敢说这样的话，难道他能敌得过一个称号级存在？"余靖秋不敢相信，"听说他才二十二岁，比我还小三岁，如此年轻，怎么可能敌得过一个称号级存在？而且我也没感觉到他有能够操纵天地的力量啊！"

无形的压迫力依旧笼罩着周围的区域，这是宝座上的壮汉对天地的掌控。在余靖秋看来，如果东伯雪鹰也是一个称号级存在，应该同样能掌控天地，双方操纵的天地之力应该开始碰撞才对。

"这东伯雪鹰疯了。"司柏荣转头看向东伯雪鹰，脸上满是难以置信的神情，"他竟然敢挑衅一个称号级存在，难道他也是称号级存在？或者，他只是在死前故意傲气一番？可这样一来，他只会死得更惨。"

壮汉摸着宝座的扶手，审视下方的黑衣青年，咧嘴笑道："有趣，有趣！小家伙，既然你想找死……"

"废话少说！"东伯雪鹰眼中满是炽热，"来吧，让我看看你到底有多强。如果你比我弱，那就只有死路一条！"

壮汉目光一冷。

轰——

无形的天地之力瞬间压迫在东伯雪鹰身上，像之前压迫唐熊一样。

"就这点压迫？"东伯雪鹰冷冷一笑。

天地之力的压迫也是有限的，会让流星级骑士难受，让银月级骑士实力大减，而对于身体力量达到称号级巅峰的东伯雪鹰而言，威胁就小多了，也就相当于千斤力量的压制罢了。

一个坐在宝座上，一个站在大殿下，双方目光碰撞。

"让我瞧瞧你到底有什么能耐。"壮汉一翻手，手中出现了一个黑色弧形镖，这才是他战斗时常用的暗器。他之前拿金属块攻击唐熊，是因为彼此的实力差距太大了。

呼！壮汉立即甩动手臂，猛然甩出手中的弧形镖。

嗖嗖嗖！

壮汉手中相继出现弧形镖，接连甩出。

弧形镖的速度极快，瞬间便超过音速，并且它在空中的轨迹呈弧线，飞行时更加模糊，难以看清。

"飞镖？你也接我几招。"东伯雪鹰眼中满是战意。这可是他第一次和称号级存在交手，他右手一翻，手中便出现了一根短矛，瞬间奋力甩出。

轰！短矛更沉重，带着恐怖的锐啸声射出。

壮汉听到这声音就脸色一变。短矛太快了，他根本来不及拿出兵器再来阻挡，当即身体一个飞蹿，避让开来。

短矛轰击在宝座上，金属浇铸的宝座炸裂开来，矛尖直接刺入宝座后面的墙壁。

而东伯雪鹰在闪避那些诡异的黑色弧形镖，他单手持着飞雪枪不时格挡。作为一名枪法大师，仅仅格挡住飞镖，实在是太容易了。

轰！轰！轰！

东伯雪鹰的右手中接连出现短矛，他的储物宝物内可是有一堆短矛呢！短矛一次次被全力甩出。

一根短矛从壮汉身旁擦过，轰地射进了墙壁。

接连有黑色弧形镖极快地袭向东伯雪鹰，却都被东伯雪鹰避开，嵌进了墙壁。

"这……这……"司柏荣惊呆了。

"这也是称号级存在吗？"余靖秋也感觉到了压迫力。

此刻，两个强大的称号级存在仅仅放出暗器就让他们感到恐惧。

那壮汉移动起来时身影都模糊了，令他们难以看清。而东伯雪鹰的移动幅度虽然很小，可在方圆几米范围内身体也变得模糊不清。

两者仅仅凭借身法闪避，就让他们看不清了。

至于暗器，不管是可怕的短矛还是诡异迅猛的弧形镖，他们恐怕都闪避不开。

"魔神在上，他……他竟然这么强？"卢怀如脸色发白，早就偷偷躲到了大殿内一座雕像的后面，他怕被误伤啊！两个称号级存在交手，随意一道气压便足以灭杀他这名流星级法师。

壮汉接连闪躲，双手中光芒一闪，便出现了两柄双刃战斧。

双刃战斧是极为凶残的兵器，斧面极大，仿佛一面小盾牌。

壮汉双手各握着一柄战斧，仅仅简单地一个格挡，铛的一声巨响，就挡住了一根短矛，响声在整个大殿内回荡。

"没想到我九死一生逃回凡人世界就碰到一个如此厉害的小辈。"壮汉面目狰狞，"很好，你这么年轻就有称号级实力，真有潜力啊！我最喜欢对付有潜力的年轻人了。小辈，我这就让你见识见识我的实力。"

"看枪！"东伯雪鹰却不废话，他知道自己的短矛威胁不了对方，当即陡然冲了出去。

嗖！他犹如离弦之箭，瞬间飞出近百米，双手高高举起长枪，猛然朝下方怒劈过去。他把力量灌注到整杆长枪中，而后将力量传递到枪头，这一奋力抽打有足够的时间蓄势发力，威力极强。

"我倒要看看你有几分力气。"壮汉冷冷一笑，双手中的斧头交叉挡在上方。

轰！长枪劈在双斧上。

壮汉立即脸色一变。

一个蓄势发力，一个原地硬抗，壮汉立即就吃了亏，瞬间顾不得脸面，整个人顺势连连后退。他每退一步，大殿的地面上就出现一个深深的脚印。周围地面龟裂开来，他连退十余步才完全卸掉力气。

"死！"刚怒劈后，东伯雪鹰立即往前冲，长枪则从怒劈之势转为直刺。长枪如奔雷，直接刺向壮汉的脸。

"散！"壮汉却心意一动，原本时时刻刻压制东伯雪鹰的天地之力陡然散开。

东伯雪鹰的身体从之前承受压迫到突然变得轻松，这种转变一般人很难适应，他却仅仅是体内的筋骨力量条件反射地相应变化，根本不受影响。枪法大师力量圆满如一，不会轻易就被影响。

"该死！力量圆满如一？他这么年轻，枪法就这么厉害。"壮汉发现对方的长枪攻势根本没受影响，就猜到对方是一名枪法大师。

须知就算是在称号级强者中，战斗技巧达到大师层次的也只有一小部分人。有些人打铁打着打着就达到天人合一的境界了，有些人画画画着画着就达到天人合一的境界了，天人合一只代表心灵的境界，不代表战斗技巧的境界。

想要成为一名枪法大师，不仅需要长时间刻苦修炼，还要有很高的悟性。

"血斧轮回！"

壮汉这才将东伯雪鹰当成大敌，瞬间身影模糊，避让开来。

嗖！长枪从他身旁擦过，刺了个空，而枪尖产生的穿透力轰击在远处大殿的墙壁上，墙壁上出现了一个深坑。

"死！"避让开来的壮汉立即从侧边挥动双斧，同时接连劈向东伯雪鹰。这一招"血斧轮回"一旦施展开来，两斧接连发出攻击，连绵不绝。对手在这狂猛的攻击下只要稍微防守失败，就完了。

"给我开！"东伯雪鹰一枪刺空后，转而身体腰腹旋转发力。

长枪猛然横扫！

一枪之力足以横扫千军！

不管对方使出什么招式，长枪直接扫过去便是！

砰！长枪的枪杆直接击在了斧刃上。

随着一声恐怖的巨响，无形的气压朝四面八方冲击开去，吓得司柏荣身上不断涌现护体斗气。

此刻在气压的冲击下，司柏荣跟跄着后退了一步，而余靖秋身上的寒冰铠甲缓缓颤动，完全卸掉冲击力。

大殿中仿佛有狂风呼啸而过，石头表层的粉末都被震落，殿中一片狼藉。

壮汉被震得连连倒退，而后身体撞击在背后的墙壁上。

东伯雪鹰的身体被震得晃动了下，朝旁边挪了一步。

二人目光碰撞，杀意弥漫。

"哈哈哈……"壮汉忽然笑了起来，笑声浑厚，犹如阵阵海啸声。

余靖秋、司柏荣、卢怀如不禁都捂住了耳朵。

第46章
禁术

东伯雪鹰面色微变，明明是他占优势，可壮汉依旧如此自信，这很不正常。

"年轻的枪法大师，你的力量竟然比我还强些，我想要杀你可真不容易啊！"壮汉咧嘴笑着。

躲在大殿角落的余靖秋、卢怀如、司柏荣都暗暗看着眼前这两个强大的存在。

他们都很惊讶。

从刚才的交战他们也看出来了，东伯雪鹰竟然占优势！

其实很正常，东伯雪鹰的力量比对方要强一些，对方则有天地之力压制，这方面算是差不多抵消了。可东伯雪鹰有超凡枪术玄冰枪法和神兵飞雪枪，再配合枪法大师的力量圆满如一境界，完全能压制对方一头。

对方也有许多方面极强，可终究没能让力量圆满如一，这一缺陷让他处在下风。

"你有什么招数就施展出来吧！"东伯雪鹰冷冷地喝道，他总感觉对方此刻很诡异。

"哈哈哈，我九死一生才逃回凡人世界，休养些时日，伤势才恢复大半。不过为了对付你，我可以再施展一次伟大魔神所授的禁术。"壮汉刚说完，他的身体迅速缩小，身高从两米五缩到了一米八。

他全身所有的筋骨力量瞬间化为可怕的能量，形成了诡异的黑色气流，黑色气流环绕在他的身体周围。

"怎么可能？"司柏荣瞪大眼睛。

"伟大的魔神禁术！"卢怀如却双眸放光。

"厉害，不愧是魔神，在对肉体的研究上就超过了绝大多数法师。"余靖秋惊叹道。

法师们一般会研究肉体和灵魂，甚至制造出一些怪物来，像司家老祖司良红就是将自己的肉体转化为血妖之躯，获得漫长的寿命。

咔咔咔……

壮汉微微晃动了下脖子，发出恐怖的声响。

黑色气流围绕着他，他仿佛恶魔。

"这才是强大的力量。"壮汉盯着东伯雪鹰，"如果不是为了强大的力量，我恐怕不会追随魔神。年轻的枪法大师，你感受一下我此刻的实力吧！"

"有点意思。"东伯雪鹰却仔细看着对方身上的黑色气流，"那么多筋骨的力量瞬间就变成了黑色能量并附于自身，不愧是魔神所授的禁术。我如果没猜错，现在这个才是你真实的模样吧。"

"对，学习这门禁术就需要吃，吃得极多，化为血肉和骨头藏于身体。"壮汉随意地说道，"正常的人类有几个能有那么壮？"

东伯雪鹰点头。

他也觉得很不正常，是有一些罕见的、长得极高的人，可一般都是瘦高个儿。至于又高又壮的怪物，他在青河郡郡城中骑着踏雪马驹走了一大圈也没看到过。

"完了完了。"余靖秋担心。

"简直疯了！两个可怕的疯子！"司柏荣惊叫起来。

"神使大人一定能赢。"卢怀如则越发自信。

此刻，宛如恶魔的神使气息让他们恐惧。

"很好，非常好。"东伯雪鹰忽然开口道，"我还嫌你刚才实力有点弱，完全被我压制，一点挑战性都没有呢。现在这样才有意思！我第一次和称号级存在交手就应该精彩点，若那么容易就杀了你，实在不痛快。"

"等会儿你就狂不起来了。"壮汉冷哼一声，"给我死！"

他瞬间冲出，速度比刚才快，同时天地之力时刻压制着东伯雪鹰。虽然天地之力的变化无法影响一名枪法大师，但是一直压制着，好歹能削弱对方的实力。

"是吗？"东伯雪鹰瞬间一个前冲，再度双手怒劈。

呼！壮汉的身体却猛然一停，诡异地往后退了一步。

砰的一声巨响，东伯雪鹰的长枪直接劈在了地面上，令地面猛然裂开，无数碎石崩飞。

崩飞的碎石碰触到壮汉身体周围的黑色气流就被挡住了。

壮汉冷笑着，他的实力完全飙升了，力量和速度也全方位地提升了，所以没有使出斧头就轻易避开了这一招。

呼！长枪借助反弹的力量瞬间以更快的速度怒刺过去。

"好快！"壮汉吓了一跳。

这枪法大师的招数连接得太快了，连每一招之间的一些反弹力量都完美借用，使得其发挥出了更可怕的实力。

铛！壮汉接连用双斧拦截在身前。

枪尖和斧面碰撞。

东伯雪鹰身体一震，手中的长枪一转，化为无数的枪影，笼罩向壮汉。

玄冰枪法之飘雪！

雪花飘飘，而雪花中有无数枪影。

"好快的枪法！"壮汉用双斧接连抵挡。

"快快快，再快都嫌慢。"东伯雪鹰双眸中流露出可怕的战意，他的枪影铺天盖地地笼罩向对方。枪影太快了，几乎一瞬间就分别刺向对方的头、喉咙、右腿、左腿、手腕……针对不同的部位，枪影交错着疯狂攻击，让对方一时间只能防御。

"太快了，这个东伯雪鹰的枪法未免太快了，枪影快得都看不清。这才是他真正的实力？他一招就能杀了我啊！"司柏荣惊呆了。

余靖秋也震惊了。她是银月级大法师，一直以身为法师为傲，可她今天终于看到了称号级巅峰力量的对决。

在这种力量的冲击下，银月级法师算什么？就算是称号级大法师也得准备些法术，不然突遭袭击也会毙命吧。

"好快！"在场的人都觉得东伯雪鹰的枪法快。

东伯雪鹰所学枪法就是以快著称的！

当称号级巅峰力量、神兵飞雪枪、枪法大师、玄冰枪法这些因素全部结合在一起，到底会有多快？就是此刻的场景！

"啊啊啊，该死，给我滚开！"一直被攻击的壮汉终于怒了，他施展着身法，同时疯狂地挥舞斧头，所有力量完全爆发。

砰！枪尖和斧头碰撞。

东伯雪鹰的飞雪枪都被震得弯曲了，不过枪杆本身就有弯曲蓄力之效。他立即侧身借助枪杆弯曲蕴含的力量直接狠狠地抽打。

"给我死，去死吧！"壮汉疯狂地攻击，一双巨大的斧头狂猛无比。此刻他的身体比刚才小多了，两柄斧头对他而言简直就是两面巨大的盾牌。

东伯雪鹰想要攻击到他并不容易。

每一次交手，东伯雪鹰都被迫变招，或是被震得后退，或是侧身转而借力出招。

"血斧，灭世！"壮汉嘶吼着，他身上的黑色气流大多环绕在了血斧上。

"不好。"东伯雪鹰脸色一变，他的长枪刺出后根本碰不到斧头，碰到那环绕的黑色气流时就感觉滑溜、坚韧。

血斧影响的范围一下子变大了，且威力猛了许多。

呼！血斧横扫而出，那黑色气流横扫的范围更大。

砰！东伯雪鹰被震得踉跄着后退。

"给我死！"壮汉瞬间冲出，他的速度比东伯雪鹰更快，手中的斧头直接当头劈下，这怒劈之势的威力更大。

东伯雪鹰不敢硬挡，连忙朝旁边竭力闪避。

轰！地面被斧头劈得直接轰然裂开一道二三十米长的缝隙。

"斩，斩，斩！"神使大人显然欲一气呵成灭掉对方，毕竟这禁术下的力量是有限的。

此刻他让更多的黑色气流环绕在兵器上，的确实力大增，可消耗也更快，所以他必须尽快灭杀东伯雪鹰。

铛铛铛！东伯雪鹰的移动速度不及对方，只能勉强用长枪竭力格挡以卸力，可对方的力量太强。

砰！他一次疾退，直接撞击在身后的墙壁上，撞得墙壁上出现了裂缝。而后，他狼狈地朝旁边的地面上一跳。

"他不会死吧？"余靖秋的心揪起来。

司柏荣也看得焦急。

"神使大人赢定了。"卢怀如躲在远处看着。

因为刚才关闭了大殿的三重大门，出去的路完全被封死了，他也逃不掉，所以他希望壮汉赢。

……

壮汉一招接着一招。东伯雪鹰抵挡得很吃力，越来越狼狈。

呼！东伯雪鹰在地上打了一个滚才闪避开来。

"我和他的实力差距太大了，完全落于下风，看来还是得爆发力量血脉啊！"东伯雪鹰嗖地飞蹿开来，在半空的时候他的身体周围隐约出现了赤红色气流。

太古时代的强大生命的血脉在这一刻被激发，他的眼神越发冷厉。

第 47 章
分生死

"哈哈，给我去死吧！"此刻占绝对优势的壮汉完全不给东伯雪鹰一点喘息的机会，疾速飞蹿而去，一双斧头直接横斩了过去。

半空的东伯雪鹰猛然扭转身体，长枪犹如毒蛇出洞，瞬间刺出。

嗖！他单手甩刺长枪。长枪速度快，几乎瞬间就到了壮汉的面前。

"好狠！好快！"追杀而来的壮汉遇到迎面而来的夺命一枪，心中一震，"他的枪法怎么更快了？之前没这么快的！"

壮汉顾不得其他，本能地让手中的一双血斧立即合拢，仿佛两扇大门关上，完全封死长枪的进攻路线。

砰！枪尖和斧面碰撞。

虽然这种瞬间单手甩刺长枪重在快、突兀，力量远不及抽、扫、劈等招式，但是依旧让壮汉感觉到血斧一震。

"死的应该是你。"东伯雪鹰一落地就再度冲向壮汉，雪花飘飘，长枪化作幻影开始进攻。

铛铛铛……

上百道枪影笼罩而去，速度比刚才更快了。

壮汉蒙了，他仓皇地抵挡着，甚至不敢以攻对攻了，因为此刻东伯雪鹰的枪法之快，让他感觉一旦对攻，自己很可能防御不住。

"他的枪法速度怎么可能飙升这么多？难道他之前隐藏了实力？该死，一个如此年轻的小辈，怎么会这么强？"

砰！怒刺数百枪后，东伯雪鹰顺势让长枪旋转着刺向壮汉。

壮汉连忙举着双斧迎上去抵挡。砰的一声，他感觉到一股强大的力量透过血斧传递过来，不由得踉跄着后退。

砰砰砰！

东伯雪鹰用长枪或怒抽，或刺，或扫。

长枪仿佛一条和他连接在一起的游龙，极快地一次次攻击。

壮汉不断疾退，连动作都有些乱了，额头渗出了冷汗。

呼！风声在他耳边响起。

枪尖瞬间从两柄血斧交错的缝隙间刺了进来。

壮汉眼睛瞪得滚圆，手中的血斧哐当一声掉落在地，声音响彻整个大殿。

呼！东伯雪鹰猛然拔出长枪。

壮汉捂住喉咙，他不甘心地看着眼前散发着可怕气息的黑衣青年。他是大家族的护卫出身，一步步走到现在，以凶残著称，更被尊为"血斧骑士"。

为了提升力量，他不惜一切代价。

为了得到一门上品斗气法门，他屠戮了一支大家族的少爷带领的队伍，折磨、审问那少爷。

为了得到神兵血斧，他屠戮了一个无辜的家族。

在被送到薪火世界服刑后，他被魔神的人找上了，对方答应帮他逃出来，还送上了一门禁术。他最终选择背弃夏族，投靠了魔神，成为一名魔神使者。

他九死一生地逃回凡人世界，伤势才恢复大半，可如今竟然死在一个没什么名气的年轻的枪法大师手上。

"你……你……"壮汉盯着东伯雪鹰，忽然他发现隐约有赤红色气流环绕在东伯雪鹰周围。

"太……太古……"壮汉瞪大眼睛，可眼前一阵阵泛黑，说话时嘴里有鲜血涌出，"我，服。记，住，我叫……血……"

随即他的身体一抽搐，膝盖一软，便跪在了地上。

对凡人们而言如魔头般的人物——血斧骑士仇凡，就此毙命。

在场的其他人甚至都不知道他的名字，就连那个分坛坛主卢怀如都不知道他真正的来历。主要是他从薪火世界逃出来后，夏族在追杀他，所以他一直不敢泄露自身的信息。

唯一认出仇凡的是活了一百六十多年的唐熊，可惜唐熊已经死了。

至于东伯雪鹰、余靖秋、司柏荣，都没认出他的身份，他毕竟是很久以前成名的厉害人物。

"你叫血？"东伯雪鹰没听清，看着眼前仇凡的尸体微微摇头，"不管你是谁，你是和我交手的第一个称号级存在，我会记住你的。"

说完，东伯雪鹰迅速将仇凡手上的两枚戒指取下，这两枚戒指都是储物宝物，轻易就能用斗气炼化。

"好大的空间！"东伯雪鹰有些惊讶。

两枚戒指的空间都非常大，在储物宝物中算很大的了。

东伯雪鹰之前将飞雪枪拆卸下来背着，就是因为没有足够大的储物宝物存放飞雪枪。而拆卸、装好飞雪枪需要时间，在关键时刻总是有影响的。

"现在无须拆卸，随时可用，而且我可以多携带一些短矛。"东伯雪鹰露出一丝笑容。

这是让他开心的事，随即他开始查看两枚戒指内的物品。

金票、飞镖、盾牌、斧头、食物、酒……

物品倒是挺多，毕竟戒指的空间很大，简直就是个移动的小仓库。

整个大殿一片安静。

早已躲到旮旯的柱子后面的余靖秋、司柏荣都看着远处的一幕——在飘雪的场景下，那位周身弥漫黑色气流的壮汉被长枪刺穿了喉咙，一旁的东伯雪鹰则拔出了长枪。

"东伯雪鹰竟然赢了？"司柏荣震惊了。

其实当壮汉施展禁术、东伯雪鹰体内的力量血脉爆发后，二人的战斗他已经看不懂了，因为这二人对战时的速度太快了。

在称号级存在面前，称号级以下者宛如蝼蚁。

称号级存在才是开始走出自己道路的超级强者，一些顶尖的称号级存在甚至不亚于超凡强者。

"好强，这个东伯雪鹰太强了！他才二十二岁啊！"余靖秋也被震撼了。

她在长风学院见过许多年轻的英才，她自己被称为天之骄女，可是她发现东伯雪鹰才是她见过的最了不起的天才，年仅二十二岁就有称号级实力。就在刚才，他还正面击杀了另一个强大的称号级存在。

余靖秋生出钦佩之心，其实她内心也很感激，因为东伯雪鹰也算救了她。

……

"神使大人，伟大的神使大人败了？死了？"躲在远处的卢怀如蒙了，他看着倒在地上的壮汉，不由得心中发凉。

大殿的三重大门已经落下，之前为了不让这些入侵者逃走，他完全封死了大殿的出路。若要开门实在太慢了，这些龙山楼派来的人实力很强，特别是那东伯雪鹰恐怕瞬间就能杀了他。

"完了。"

可卢怀如没想过求饶。因为他是青河郡分坛的坛主，身份特别，注定了没人会放过他。

"该死，该死，该死的龙山楼！"卢怀如怨毒地扫视了外面三人一眼，手中出现了一个奇异的圆盘。

他发出了尖锐的笑声，笑声在大殿内回荡："哈哈哈，我们一起同归于尽吧！伟大的魔神，我来了！"

同时他猛然旋转手中的圆盘。

第 48 章

遇险

卢怀如能担任青河郡分坛的坛主，绝对是狂热的信徒，而且魔神们的势力能够渗透夏族漫长岁月，至今都没被铲除，说明他们有许多极为厉害的手段。比如魔神誓言、时空契约等，这种种手段就是用来控制信徒中的精英的。那些精英活着的时候完全服从，就算死了，灵魂会前往魔神所在的地方，永远追随魔神。

"不好。"东伯雪鹰脸色一变，看向远处的卢怀如。

卢怀如行为癫狂。

轰！大殿地面猛然颤动，紧接着轰然爆炸，大殿内的一根根柱子纷纷倒下乃至被冲击得炸裂开来。

余靖秋、司柏荣见状，脸色大变。

"凝，凝，凝。"

余靖秋此刻来不及施展厉害的法术，只能瞬间施展弱些的法术。她身上的寒冰铠甲已经是她能施展出的防御法术里最强的，就算是面对银月级骑士的攻击都能撑一小会儿。此刻随着她的法术瞬间发出，前方出现了一块块寒冰，冰面倾斜，她躲在寒冰后面。显然她想要透过寒冰倾斜面尽量卸掉可怕的冲击力，可是此刻整个大殿爆炸时的毁灭气势让她胆寒，她真的能扛得住吗？

"不，我不能死，我不能死。"司柏荣眼中满是恐惧，他瞬间蹲下，躲在寒冰后面。看到笼罩在寒冰铠甲中的余靖秋，他眼中寒光一闪，瞬间抓住余靖秋的一条手臂直接把她拽过来，让她挡在自己身前。

一名银月级法师的防御能卸去很多冲击力。

"司柏荣！"余靖秋既惊又怒。

"靖秋，你就为了我牺牲下吧，我会照顾好你们余家的。"司柏荣躲在余靖秋身后，将她当成盾牌。

正因为寒冰铠甲能够自动卸力，不会传递冲击力，司柏荣才将余靖秋当成保命的盾牌。

用余靖秋在前面挡着，他活命的把握大增。至于余靖秋的死活，他才懒得管。虽然他一直追求余靖秋，但只是因为余靖秋的实力和容貌罢了。在生死面前，他当然更看重自己的小命，他还没活够呢。

"该死，该死，司柏荣！"余靖秋原本蹲在寒冰倾斜面的最下面，手臂挡在面前，可她现在被司柏荣抓着，手臂难以保护自己，死亡的可能性大增。

她愤怒。

可是她区区一个法师，哪里挣脱得了？银月级骑士的力量太大了。

她没死在那个可怕的壮汉手上，最后若因为司柏荣而死可就太冤了。

……

"不好。"东伯雪鹰瞬间感应到大地颤动并开始爆炸，他立即心念一动，左手上出现了一面黑色的方形盾牌，这是壮汉的两枚储物戒指之一中的盾牌。

他右手持长枪，左手持盾牌。

嗖！他快如闪电地直接冲向远处。此刻他瞬间完全引动了力量血脉，赤红色气流环绕在他身体周围，他的速度飙升。呼，他飞蹿间，地面已经爆炸开来，大量的石头崩飞，速度极快，冲击力惊人。

铛铛铛！东伯雪鹰左手上的盾牌连续挡住一些石头，飞雪枪则接连出击，抽打在一些大石头、轰然砸来的墙壁、巨大的石柱上，让自身尽量避让开来。

在爆炸中，他几乎一瞬间就冲到了躲在寒冰后面的余靖秋、司柏荣所在之处。他虽然一手持盾牌一手持飞雪枪，可身体依旧被一些石头击中，毕竟爆炸的冲击力无所不在。他为了尽快赶过来，只能用身体硬扛。

不过他拥有称号级巅峰力量，又爆发了力量血脉，还有斗气护体，即便身体硬扛爆炸的冲击力也最多受重伤。仅仅少许石头爆炸产生的冲击力攻击在他身上，轰破了他的护体斗气，还把他那颇为坚韧的衣服射出了一些小窟窿，可毕竟他更强的是自己的身躯。他的身体轻易就扛住了冲击。

"这司柏荣……"东伯雪鹰冲过来，看到司柏荣竟然将余靖秋当作盾牌，不由得眼中寒芒一闪，"真是无耻！"

"滚！"东伯雪鹰一手抓住余靖秋，同时一脚直接踹在司柏荣的身上。

司柏荣眼中满是惊愕。

东伯雪鹰一脚之力何等之猛？

司柏荣瞬间被踢得身体蜷缩着往后飞了出去，一口鲜血从口中喷出。他虽然之前抓着余靖秋的手臂，可余靖秋的寒冰铠甲自动卸去了拽的力量，丝毫没受伤。

余靖秋瞪大眼睛看着东伯雪鹰。

东伯雪鹰却毫不犹豫地收起飞雪枪，单手将余靖秋抱在自己身前，同时用自己选的那最大的方形盾牌抵挡后方传来的爆炸的冲击力。

余靖秋原本被司柏荣抓着当作盾牌，爆炸的冲击力袭来时，她已经绝望了。

没承想，忽然远处一个黑衣青年以恐怖的速度穿过爆炸区域，疾速朝她而来。在余靖秋的眼中，出现了大量的东伯雪鹰残影。

当时，东伯雪鹰一手持盾牌一手持飞雪枪，眼神依旧冷厉，没有丝毫惊慌。无数冲击而来的石头皆阻挡不住他。

这一刻，余靖秋感觉东伯雪鹰身上仿佛有光，他好像一个了不起的大英雄。

这一刻，她心情无比激动。

砰！东伯雪鹰一脚踹飞司柏荣后，瞬间单手抓着余靖秋，压着她，用整个胸膛护住她。

此刻贴着东伯雪鹰的胸膛，虽然还隔着一层寒冰铠甲，余靖秋却觉得很安心，仿佛小时候窝在父亲的怀抱里。

东伯雪鹰却顾不得其他，用盾牌挡在后方。

轰隆隆——

无数石头朝四面八方冲击而去。

因为整个大殿完全被封闭，这股爆炸的冲击力还在大殿内不断激荡。上方的石板崩塌，周围的墙壁也崩塌了，无数或大或小的石头疯狂地冲击。

"不！"一声凄厉的惨叫响起。

在这股冲击力下，司柏荣手持盾牌竭力抵挡，却瞬间被冲击得翻滚着，而后被大量石头撞击，他的护体斗气碎裂，身躯则更加脆弱，出现了大量伤口，头接连被撞击十余次后，眼前一黑便毙命了。

在这种封闭空间的爆炸下，要保住命太难了，恐怕称号级存在才有把握活下去吧。

"哼！"东伯雪鹰半蹲着，身体压着余靖秋，尽量让余靖秋完全在自己身体的庇护下，他的左手插入了地面，盾牌则倾斜着卸力。

轰隆隆——

又有无数冲击力碾压而来。那寒冰瞬间崩塌了，大量石头冲击在盾牌上，甚至有一些砸在了东伯雪鹰的脚上。

"哼！"东伯雪鹰的左手抓着地面深处全力稳住，右手则持盾牌竭力挡住。在自身力量爆发下，他完全扛住了这股冲击力。

余靖秋在他的庇护下没受到任何影响，她低着头，只能看到旁边东伯雪鹰有力的手插入地面，抓得很紧。

看着这有力的手，余靖秋很安心。

"小心！"忽然一道有些急切的声音响起。

轰隆隆——

大殿整个崩塌，上面的巨石落下。

东伯雪鹰立即用身体完全笼罩住余靖秋，同时将盾牌尽量顶在正上方。可几乎瞬间，他和余靖秋就被石头给完全压住了。

渐渐地，外面安静了。

盾牌在上方，东伯雪鹰和余靖秋在下方，爆炸的动静渐渐消散，周围一片漆黑。

东伯雪鹰眉头一皱。他的右腿被压住了，好在他的身体强大，只受了皮肉伤。

"你，还好吗？"余靖秋担心地问道。

"我没事。"东伯雪鹰的声音依旧平静，右臂持着盾牌硬生生挡住上面压着的石头，这些石头怕是有三四万斤重，"待会儿我破开乱石，我们就可以出去了。"

第49章

收获，返回

黑暗的环境，在无数乱石的掩埋下，余靖秋心中有百般滋味。

先前在壮汉的威压下她都放弃了，准备迎接死亡了。可一直不起眼的东伯雪鹰走出来，展露出了让她震撼的力量，正面击杀了壮汉。就在这时，卢怀如选择和他们同归于尽，她被司柏荣当作盾牌挡在了前面，几乎再次陷入必死之境。

可她又被东伯雪鹰救了！

砰的一声巨响，东伯雪鹰单臂发力，直接将盾牌上方压着的无数乱石顶起，乱石飞了起来。

"我们走！"

东伯雪鹰立即单手抱住余靖秋的腰，一跃而起，同时盾牌闪电般地一次次拍击，瞬间便拍击了数十次，将所有落下的石头都拍飞。

他单手抱着这名美丽女法师的腰部，这个场景看似很美，实际上因为余靖秋身上有寒冰铠甲，抱起来时感觉很硬很冰，一点都不舒服。

咚！咚！

两人落在旁边的乱石堆上，东伯雪鹰放下了余靖秋。

"你小心点！整个大殿随时可能有一些巨石落下，甚至发生二次崩塌，你的寒冰铠甲可千万别撤掉。"东伯雪鹰说着扫视周围，许多地方完全崩塌，甚至内城堡的一层、二层区域的一些柱子和墙壁都倒下了，支撑着上方的一些石板。

支撑的柱石、墙壁，或倾斜，或已经倒下，偶尔还有石头落下。这些落石对于厉害一些的骑士没什么威胁，可对身体弱的法师却有致命危害，所以余靖秋的护体法术要一直维持着。

"嗯。"余靖秋点点头，"你……"

嗖！

东伯雪鹰飞到了远处，长枪迅速挑开乱石堆，显然去找寻那些尸体了。

可这种爆炸的威力极大，就连壮汉的尸体都化成灰烬了，毕竟这爆炸的威力足以击杀银月级骑士。在没有护体斗气的情况下，不管是唐熊还是卢怀如，身体都被摧毁得难以辨认。司柏荣同样没有完整的尸体了。

"他们的遗物都找到了，我们走吧。"东伯雪鹰走到余靖秋身边。

"好！"余靖秋点头，和东伯雪鹰朝外走去。

此刻大殿墙壁都炸裂了，甚至上面一层都落了下来，他们自然轻易就走出去了。就算没路，东伯雪鹰这位拥有称号级实力的强者也能开出一条路来。

"东伯雪鹰，谢谢。"余靖秋感激地说道，"谢谢你救了我的命。如果不是你，我必死无疑。"

之前那种情况下，东伯雪鹰就算不救她也是很正常的。

"没什么，对我而言只是小事，对你而言却生死攸关。"东伯雪鹰说着，眼中却有一丝冷光，"只是我没想到司柏荣竟然那么无耻。"

一名骑士竟然抓着法师当盾牌?!

东伯雪鹰算是见识到了。

"我也没想到他竟然会这样做。"余靖秋对司柏荣的恨意消散了，毕竟对方已经死了，"东伯雪鹰，你放心，关于司柏荣的事我不会多说，里面发生的事情我都不会多说。"

余靖秋知道东伯雪鹰一直在隐藏真正的实力，直至关键时刻才暴露，那么她也没必要说出去。

东伯雪鹰笑着看了她一眼。

"啊，你的脚在流血！"余靖秋忽然发现东伯雪鹰的脚上有血迹，正是在之前爆炸时受的伤。

"哈哈，早就不流血了，血都干了，一点小伤罢了。"东伯雪鹰说道。随着身体越发强大，他身体的恢复力越发惊人，那点皮肉伤不算什么，现在的确已经完全好了，连皮肤上都找不到一点伤疤。

二人并肩而走。

男人身穿黑衣，女人身穿青袍，全身包裹在寒冰铠甲内。

"是梁雍！"他们走了一会儿发现了梁雍的尸体。

内城堡占地面积极大，那爆炸仅仅让地下宫殿毁掉，第一层和第二层的部分区域崩塌，整个内城堡整体上还是有大概模样的。至少梁雍所在的走廊基本完好。

"他算是留下个全尸了。"东伯雪鹰说道。

二人很快走出内城堡。

之前看到完全被冰封的卢家城堡，那些仆人和士兵早就躲远了。

东伯雪鹰和余靖秋仰头看着上方。虽然天完全黑了，但是东伯雪鹰视力很好，能清晰地看到数百米高处的飞舟。

"下来吧！"东伯雪鹰高声喊道，声音回荡在寂静的夜空中。

呼——

高空中，一直负责监视的银色飞舟很快就降落下来，落在东伯雪鹰他们正前方的空地上。

"就你们两个？"两名龙山楼的高手从飞舟中走出来，"其他人呢？司柏荣呢？"

"都死了。"东伯雪鹰说着便拿出了三件储物宝物，"这个臂环是梁雍的，这个护臂是司柏荣的，这枚戒指是唐熊的，还请你们送还给他们的家族！"

"都死了？发生什么事了？怎么会都死了？"两名龙山楼的高手有些惊诧。其中一名高手接过三件储物宝物。执行龙山楼任务而丧命的人还是挺多的，一般遗物都会被送还各自的家族，这是多年来形成的规矩。当然，死者遗留的宝物会不会被同伴拿走一些，那就很难说了。

那名高手看了东伯雪鹰一眼，没有多说。就算东伯雪鹰拿走了一些金票等宝物，他也没证据。

实际上，这三位的储物宝物东伯雪鹰一件都没拿。比如梁雍的臂环，还是东伯雪鹰在司柏荣的储物宝物内找到的呢！

"我还以为司柏荣有很多宝物呢，原来他也穷得很嘛。"东伯雪鹰暗暗想着。

他都查看过，所以很了解，司柏荣的钱财还不及唐熊的多呢！显然司家对于钱财管控得很严，司柏荣这种不愿意冒险的纨绔子弟所得的钱财就那么些。司柏荣平时衣着华美，看似奢侈，实则口袋里的钱很少，远不及靠一己之力崛起的唐熊富有。当然，他们三个的宝物加起来只有那壮汉的九牛一毛。

"那壮汉真富有啊！"东伯雪鹰回想起来仍不禁惊叹。

他哪里知道那壮汉崛起的过程？那壮汉害死了一个与自己实力相当的称号级强者，所以才有两枚空间都很大的储物戒指。

"我之前手头紧巴巴的，这下子恐怕在青河郡都算得上是排在前十的巨富了。"东伯雪鹰暗暗想着，"怕是只有一些称号级存在能和我媲美吧！我这次回去得为弟弟买几件能够保命的法师器具，我这里还有一些厉害的法术卷轴，也给弟弟。"

法术卷轴可以瞬间引动天地之力，释放出强大的法术，不过需要法师引导。所以，骑士是无法使用法术卷轴的。

当然，法术卷轴在称号级存在面前根本无用。称号级存在已达到天人合一的境界，掌握了天地之力，因此法术卷轴无法引导一丝天地之力，自然无用。

"我再将雪石城堡好好加固一下。嗯，我还可以给悠月那丫头买一根好的法杖。"东伯雪鹰这么多年来还没有如此财大气粗过。他将一位活了多年的神使的宝物全部弄到手了，比一些普通的称号级强者的家族都富有。

"是卢怀如让整个地底大殿爆炸，要和我们同归于尽，你们去看看就知道了。"余靖秋也没细说。

"曲泰城龙山楼的人很快会接手这里，我们现在送两位回郡城。"

"好。"

东伯雪鹰、余靖秋都点点头，走上了飞舟。

在飞舟上，余靖秋才解除寒冰铠甲。她神采动人，看着旁边盘膝坐着的东伯雪鹰："东伯雪鹰，等到了郡城，你就准备回去？"

"对。"东伯雪鹰点头。

"你住在青河郡哪里？"余靖秋好奇地问道。

"仪水城的雪鹰领，随时欢迎靖秋法师到我那个小领地去做客。"东伯雪鹰笑着说道。

"仪水城？"余靖秋轻轻点头。

飞舟外的天空一片黑暗，今夜完全没有月光。飞舟在高速飞行，风声隐隐传来。

余靖秋心潮起伏，她闭上眼睛，渐渐静下心来，这一天发生的事她终生难忘。

第 50 章
法师交流

待得第二天清晨时分，飞舟才降临在郡城的龙山楼内。

"我今天就会回长风学院本院。这次在爆炸时我施展寒冰类法术有所领悟，准备回本院好好研究，可能很长一段时间不会回青河郡了。"余靖秋刚坐到一只火红色飞禽魔兽的背上便说道，她也不知道自己为什么突然说这话。

"长风学院本院我还没去过，有时间定要去看看。"东伯雪鹰随意地说道。

"嗯。"余靖秋没再说什么。

火红色飞禽魔兽立即起飞，一袭青袍的余靖秋发丝飘飘，很快便远去了。高空中，她回头看了眼越来越小的龙山楼，随即看向南方。

······

东伯雪鹰骑着踏雪马驹出了龙山楼，而后来到郡城内一家贩卖法师宝物的店铺。店铺内颇为安静，只有少数客人。法师本来就很少，来买宝物的就更少了。

"吁吁吁——"东伯雪鹰下马，将马交给侍者。

"这位大人。"立即有女侍者前来迎接。

"将你们店里的寒冰一类的天阶法师器具都给我介绍一遍。"东伯雪鹰随意地道。

女侍者目光有些怪异。

全部介绍一遍？这客人真够霸道的！他是真有钱还是故意折腾人？不过，这名女侍者还是给东伯雪鹰都简单地介绍了一下。

"寒冬手环，天阶极品，内有经过改良的小型冰霜领域模型，有流星级法师施展出的冰霜领域的三成威力！"女侍者熟练地说道，"有了它，普通法师都能够瞬间施展小型冰霜领域。"

"继续。"东伯雪鹰决定这个要了。

"这个手环是天阶中品器具，内有法阵，一旦通过法力催动，威力媲美天阶法师施展的箭矢狂涛。"

东伯雪鹰听着，筛选着。

法师器具内的法术模型都是固定的，模型也很稳固，法师只需灌注法力即可激发，是最方便的。当然，法师器具施展出的威力没法提升。一名强大的法师，还是要靠自己钻研，从而领悟、建立更强大的法术模型。即便拥有厉害的法师器具的银月级法师，在称号级存在掌控天地之力下，也施展不出法术，所以自身实力强才是根本！

当然，碰到称号级存在的概率极小。

东伯雪鹰的弟弟如今只是普通法师，最多能够激发天阶法师器具。至于流星级法师器具，他弟弟是激发不了的。

"嗯，不错。"东伯雪鹰仔细筛选，"这个，这个，这个，还有那个，都给我。"

女侍者瞪大眼睛。

东伯雪鹰选的都是天阶极品器具！何为天阶极品器具？天阶极品器具一般有流星级法术的三四成威力，或是有着比较特殊的功能。

"算一算需要多少金币。"东伯雪鹰吩咐道。

"对了，那根法杖也给我，还有那件法师袍。"东伯雪鹰给孔悠月选了一根法杖和一件法师袍。那法杖的价格相对便宜多了，仅需两千金币。实力太弱的法师，就算有顶尖的法杖，也没多大用。

法师袍其实是一件天阶法师器具，昂贵得多，需一万八千金币。

东伯雪鹰觉得以自己和孔悠月的关系，送这点东西差不多了。

"这位大人，"店主被吸引过来了，连忙说道，"这五件天阶极品器具比较贵，零头抹掉，一共需要二十万金币！至于另外的法师袍和法杖，则需要两万金币！哈哈，整个算起来，就二十万金币吧！还希望你以后多多来我们这儿。我给你的价格，在整个青河郡不敢说一定是最便宜的，但是也差不了太多。"

整个青河郡，敢一掷二十万金币的没多少。像弯刀盟盖斌这种疯狂掳掠那么多年的人才赚多少金币啊？怕是得有百万金币的才敢直接花费这么多吧。这种大客户一定要好好维护啊。

"嗯。"东伯雪鹰点头。

"大人贵姓？"店主低声问道。

"东伯，你叫我东伯大人即可。"东伯雪鹰说道。

"东伯大人，我们绯月楼在整个安阳行省有很多分店，这是信物，以后你即便买再便宜的物品，都能打九折。"店主立即奉上一块紫金色的牌子，这显然也是法师制造出来的。

其实这次东伯雪鹰买的东西价格的零头都算上，差不多打个九折，就是二十万金币。

店主决定回头一定好好查查，青河郡哪里冒出来一个如此厉害的人物，竟能一掷二十万金币。

……

随后东伯雪鹰又去买了些炼金器具，他的衣袍内甲太差了，比许多银月级骑士的都差一些，而且他想着还得给宗叔和铜叔也买一些好宝贝。购买完毕后，当天他就骑着踏雪马驹飞快地赶往仪水城。

连续两天赶路，他在第二天傍晚就回到了雪鹰领。

"终于回家了。"遥遥看着巍峨的雪石山，看着山顶的雪石城堡，东伯雪鹰满心欢喜。这才是自己的家。

嗒嗒嗒……

马蹄飞奔，东伯雪鹰很快抵达雪石城堡。

"领主大人回来啦！"

"领主大人回来啦，快去告诉青石少爷。"

整个城堡很快就喧哗起来，吊桥放下，城门缓缓开启。

宗凌、铜三都满脸喜色，来到城门口迎接。

"宗叔，铜叔。"东伯雪鹰下马，笑着打招呼。

"你这一路赶回来辛苦了吧！青石还在他老师那边，仆人们已经去传话了，相信青石和悠月很快都会回来。"宗凌笑道。

东伯雪鹰笑着点点头，自己准备了礼物给他们呢。

"对了，我有一件事情要告诉你，司家的那位天才法师司尘来到了我们这里。"宗凌说道。

"司家？"东伯雪鹰眉头一皱。

难道那人是因为司柏荣的死而来？可按理说，司家应该不知道接任务的五个人的名单。龙山楼的人不敢泄露，余靖秋也不可能说，而且她早就回长风学院了。

"就在两天前，那位司尘法师来到这里，他是专门来拜访白源之大师的。他们两个都是流星级法师，据说在某项研究上需要交流……"宗凌说道，"雪鹰，你也知道司家在我们青河郡地位很高，我不敢怠慢，不过那司尘一直待在法师楼，很少露面。你既然回来了，还是要见一见的。"

"嗯。"东伯雪鹰点头。

怎么这么巧？他在任务中才碰到司家的司柏荣，现在又有一位司家的法师司尘来到自己这里。不过司尘既然是两天前到的，应该和司柏荣的事无关。

"看来我和司家颇有缘分啊。"东伯雪鹰暗道。

"宗叔，派人去邀请司尘法师明天来雪石城堡赴宴。"东伯雪鹰道。

第51章
姬容

当晚，雪石城堡内。

长桌很大，上面摆满了数十盘菜，颇为丰盛。

东伯雪鹰坐在主位，左右两边分别是宗凌、铜三，对面则坐着东伯青石和他的女朋友姬容，孔悠月坐在姬容旁边。

"哥，这是姬容，也是老师的弟子，她家就在仪水城。"东伯青石的脸有些红。

"姬容，你好。"东伯雪鹰笑道，"你和青石一样叫我大哥便是。"

"姬容见过雪鹰大哥。"姬容脆生生地说道，声音很悦耳。

"这个叫姬容的姑娘看起来还有点稚嫩，岁数应该和弟弟相当，个子不算高，小巧玲珑，眼睛很漂亮，也算是个小美女。她和弟弟在一起倒也般配。不知不觉，弟弟从那个肉乎乎的小屁孩长成了如今的帅小伙。说起来，我到现在还没真正交过女朋友呢！虽然我和悠月比较亲近，可因为救父母的事压在心头，所以从来没挑明过关系。"东伯雪鹰暗自想着。

"第一次见面，我准备了一份礼物，你可别嫌弃。"东伯雪鹰说着就一翻手，手中出现了一个白色晶玉盒。

"还不快去拿礼物。"东伯青石催促道。

姬容连忙起身走过去，从东伯雪鹰手中接过白色晶玉盒："谢谢雪鹰大哥。"

"哈哈……"东伯雪鹰笑着，有些心虚。

他给弟弟、悠月、宗叔、铜叔都买了一些重要的宝物，可根本没想到给弟弟的女朋友买礼物，毕竟从来没见过，一时间就漏掉了。在得知弟弟带着女朋友来吃晚饭后，他赶紧翻找物品。

幸好这次出去所得的收获很多，他在那壮汉的储物戒指的旮旯内找到了一箱珠宝，估计是那壮汉在某个时候偶然得到的。那一箱珠宝全部算起来价值十几万金币，他立即挑选了一串漂亮的宝石项链，再用一个上好的晶玉盒装好，估摸着价值一千金币左右。

毕竟这只是弟弟的女朋友，并非妻子，价值一千金币的礼物足够贵重了，有些领地经营一年大概也就赚一千金币。

"哥，你这次出去没耽搁多久，我还以为你又要耽搁大半个月呢。"东伯青石说道。

"嗯！我办完事就赶回来了。这次我去郡城给你和悠月都带了礼物。"东伯雪鹰笑道，"悠月，这是你的。"说完，他就拿出了一根法杖和一套紫色衣袍。

"雪鹰哥哥，这些都是给我的？"孔悠月有些犹豫，那法杖一看就很贵，衣袍看起来手工不凡，"这法杖是用风吟木制作而成的，很贵重，我……"

"让你拿着就拿着。"东伯雪鹰摇头一笑。

法杖价值两千金币，而衣袍价值一万八千金币，这可是天阶法师的护身器具。

"如果让这小妮子知道衣袍乃天阶法师的护身器具，她恐怕不肯收下吧。"东伯雪鹰暗笑。

"嗯。"孔悠月这才收下。

姬容就坐在孔悠月旁边，她看看那法杖，又看了看衣袍，忽然面色微微一变。

"哥，我呢？我的呢？你不是说给我也带礼物了吗？"东伯青石忍不住问道。

"着什么急啊。"东伯雪鹰看了他一眼，"看你小子猴急的样子，等吃完饭我再给你。"

"你故意的。"东伯青石有些无奈。

"我就是故意的，就是要好好磨一磨你的性子。身为法师，你连这点耐心都没有。"东伯雪鹰轻轻摇头。

"哦。"东伯青石只能乖乖地点点头。

吃完晚饭后，孔悠月回了住处，雪石城堡内有给她专门准备的小院。

东伯青石则送姬容回法师楼。

"姬容，给我瞧瞧，我哥送了你什么见面礼。"东伯青石和姬容并肩走着。

姬容这才打开了晶玉盒。盒子内摆放着一串通体碧绿的宝石项链，碧绿的宝石在黑夜中散发淡淡的绿光。

"一串极品的绿宝石项链。"姬容连忙说道，"怕是值一千金币呢。"

她是法师，自然了解许多材料、珠宝等。

"这么贵?!"东伯青石惊讶，随即得意地道，"我哥豪爽吧?"

"豪爽，不是一般的豪爽!"姬容收起晶玉盒，沉默了一会儿才低声说道，"青石，你知道你哥送给孔悠月的礼物值多少吗?"

"那法杖是用风吟木做的，估计值两千金币吧。"东伯青石随意地道，"悠月姐很早就住在我们雪石城堡了，和我哥哥关系很好，可哥哥一直没送过礼物给她，送给她一根好的法杖也很正常。"

"哼!"姬容轻轻冷哼一声，"我说的不是法杖，而是那件衣袍，那可是法师的护身器具!"

"法师的护身器具?"东伯青石瞪大眼睛，"你没看错?"

"孔悠月就在我旁边，我看得清清楚楚，那衣袍就是法师的护身器具，上面还有炼金大师阁文的标识。阁文大师炼制出的器具最起码是地阶的，甚至大多是天阶的!"姬容笃定地道。

"你没认错?"东伯青石依旧不敢相信。

"我好歹是一名法师，怎么会认错?"姬容脸上焕发神采，"阁文大师出手，即便是地阶的，怕也是地阶极品。那件衣袍最低都要五千金币，甚至可能要上万金币，再加上那法杖，这次你哥送给孔悠月的礼物差不多值一万金币。东伯青石，你哥真不是一般的豪爽啊!"

东伯青石咧嘴一笑："我哥和悠月姐是很亲近。"

"你别傻乎乎的了。"姬容压低声音道，"你和你哥是亲兄弟，你也是这雪鹰领的继承人，你就眼看着你哥将这些宝贝送出去?"

东伯青石微微一愣。

"你都成年了，总不能一直跟着你哥过吧? 你总要独立吧?"姬容说道，"亲兄弟还明算账呢！"

"你说这话干吗？"东伯青石有些恼怒。

"我是为你好。"姬容连忙说道，"我早就经历了这种事。当年我父亲拼死拼活地去经商，因为太相信我大伯，赚的钱一直算是整个家族的。整整二十年的打拼，整个家族几乎就是我父亲赚钱养活的。可是，后来我大伯翻脸，直接赶我父亲出门，我父亲什么都没有，甚至连住的地方都没有，只得在我母亲的娘家寄宿。我说这些是想告诉你，你没有害人之心，可你得有防人之心。"

"我早就听你说过你哥哥修炼很刻苦，而且每天都泡药浴身体才没崩溃。可你知道，泡药浴一年要多少金币吗？一年要五千金币！你哥哥泡了近十年的药浴，就花费了约五万金币。"姬容说道，"你父母当初买贵族爵位，买领地，又买了大量的破星弩，还给你哥哥准备了多年的药浴，还有铠甲、城堡、各种开销等，这些加起来就价值近二十万金币了，这说明你父母当初冒险时得到了一笔巨额财富！"

"你花钱一直大手大脚，而你哥哥在杀银月狼王前没有赚过钱，花的都是你父母留下的钱！"姬容说道，"你知道你父母到底留下多少财产吗？你知道吗？"

东伯青石沉默。

"你不知道！"姬容冷笑，"这么一笔巨额财富，你父母当年进行生死冒险时很可能得到了一位称号级存在的遗物，说不定得到了一位超凡强者的遗物。可现在这些都在你哥哥的掌管下，你对你父母留下的一切都不了解。"

"这一切都在你哥那儿，现在他随手就送了孔悠月价值一万金币的礼物！一万金币啊，我父亲当初打拼了二十年也就赚这么多吧。"姬容看着东伯青石，"严格来说，这些不是你哥的，而是你父母留下的，应该算是你们兄弟共有的！"

第52章
东伯青石的心思

"你作为东伯家族的继承人之一，没分到财产就罢了，好歹应该知道你父母到底留下了多少财产吧？"姬容摇头，"可你什么都不知道。或许是我多心了，可有防范之心总没错吧！"

"好了，别说了。"东伯青石恼怒，"我和我哥的感情你根本不懂！"

"等你哥将你扫地出门，到时你就傻眼了。"姬容没好气地说道。

"你这个女人给我闭嘴！"东伯青石眼中有泪，"他是我哥，是我最重要的亲人，你知道吗？"

姬容被吓住了。

她看着眼前眼睛通红的少年，不由得伸手抓住他的手："对不起，是我错了。"

"我和我哥的感情你根本不懂，以后别再说这些，我心里很不舒服。"东伯青石声音有些颤抖。

"嗯嗯。"姬容点头，轻声说道，"你知道的，我父亲当年被扫地出门，我们当时很惨，甚至没地方住，暂居在我母亲娘家。我、我父亲、我母亲，在母亲娘家一直被瞧不起、被打压，那段日子是我今生最不想回忆的日子，幸好我父亲重新振作，才又开辟了一番事业，否则我恐怕没机会来学法术……"

"我明白你的意思，"东伯青石说道，"可我们家的情况和你们家不一样。好了，你回去吧，我也要回去了。"

东伯青石说着，转头就朝城堡走去。

姬容默默地看着东伯青石远去的背影。

"没想到他哥哥在他心中的地位这么高。"姬容眉头微蹙，"我和东伯青石一起学法术，后来成了他的女朋友，可我从来没议论过他的家事，这次找到了机会才自然而然说了一通，而且我说的是一些理所当然的事情，没想到会刺激到他。"

"这东伯家族到底得到了什么巨额财富？如果我能查到……"姬容轻轻一笑，眼眸中有一丝邪异，"虽然他和他哥哥感情很深，可今天我也算是在他心中种下了一颗怀疑的种子。他太稚嫩、太单纯了，他哥对他的保护太过头了。如果我连这么一个小子也搞不定，那才是大笑话。"

东伯青石走在回城堡的途中。

"我哥从来没骗过我。"东伯青石狠狠地踢飞了一颗石子，石子摔落在远处又滚了好远，直接滚下了山顶。

"当初我想拜在老师的门下，听说老师给我哥开的条件是给他五万金币或者银月狼王的心脏。"东伯青石忽然眼睛一亮，"我哥当初和我说一个月内有消息，随后他就和宗叔去了毁灭山脉，一举铲除了弯刀盟，杀了银月狼王，被公认为仪水城的第一高手。"

"对了，我还记得……当初我陪我哥去买飞雪枪的时候，我哥还写了欠条，欠了一万金币！"东伯青石眼睛越来越亮，"没错，如果父母当年真的留下了巨额财富，我哥当初怎么可能不直接给老师五万金币，而是去毁灭山脉冒生命危险？他怎么可能还写下一万金币的欠条？"

长大后，东伯青石才知道毁灭山脉是何等危险。他是后来才知道当年老师收自己为亲传弟子前提出的苛刻条件——送上五万金币或银月狼王的心脏。虽然哥哥从没和他说过，可这其实不是什么秘密，他成了白源之大法师的亲传弟子后，自然很快就知道了。再结合哥哥当初去毁灭山脉杀了银月狼王的事，他自然就能推断出来，所以他心底非常感激。

他感觉哥哥好像一座大山、一直在庇护着他。都说父爱如山，可是在他的记忆里，对父母的印象模糊不清了，他只记得哥哥这么多年对他尽心的照顾。

"什么防人之心不可无？我哥才不会那样对我。就算我哥真做了什么，就算他将我赶出雪鹰领，我也甘愿。"东伯青石咬牙暗道。

不可否认，姬容说的"防人之心不可无"之类的话还是对他产生了影响，让他意识到自己已经长大，以后要靠自己了，毕竟自己一直依靠哥哥，过得太窝囊了。

"该死，该死，真的好不爽！"东伯青石心里很不舒服，多年来他一直无忧无虑，可姬容的话让他的心思很乱。

雪石城堡，书房内。

东伯雪鹰笑着坐在一旁，看着宗叔和铜叔试穿那些炼金内甲、战靴。

"雪鹰，你可真奢侈啊！"宗凌忍不住道，"你买这么多东西，花了多少金币啊？"

"哈哈哈，这些不算什么。"东伯雪鹰咧嘴笑道，"我这次执行任务的过程中遇到波折，对手中竟然有一名称号级强者。"

"称号级强者？"宗凌、铜三震惊。

天哪！在他们的心里，称号级强者是高不可攀的。所以东伯雪鹰的战力达到称号级时，他们很骄傲、很激动。可他们也认为东伯雪鹰毕竟太年轻，甚至没能悟出天人合一的境界，和一些老一辈的传说中的称号级强者相比要弱一些。没想到，东伯雪鹰竟然在执行任务时遇到了称号级强者！

"虽然他实力很强，还有一些极厉害的手段，可我最终将他干掉了。"东伯雪鹰咧嘴笑着，颇为开心，"我得到了他的储物戒指，里面的宝物颇多，哈哈，所以我买这些还是很轻松的。"

宗凌、铜三都为东伯雪鹰感到骄傲。

"雪鹰啊，"宗凌有些担心，"你只是去执行一个黑铁级任务，没想到出现了这样的意外。你说你要积攒两万个功劳点去救阿烈、阿瑜，可是要积攒两万个功劳点何其难！你就算完成简单点的青铜级任务，也就得到一千个功劳点。想要得到一万个功劳点，恐怕要完成比较危险的青铜级任务。"

"黑铁级任务都有波折、惊险，那本身就很危险的青铜级任务中难度排在前面的任务，你要完成两次？"宗凌有些不安，"这太不安全了！要不你再等等，等你的实力更强点。"

"放心吧，宗叔，我自己会把握好的。"东伯雪鹰安慰道。

"把握？"宗凌依旧不安。

怎么把握？一个黑铁级任务中就冒出来一名称号级强者。如果一些极难的青铜级任务中突然冒出来一名超凡强者呢？虽说龙山楼不会安排有生命危险的任务，可意外是很难料到的。

"哥。"外面传来东伯青石的声音。

"青石来了。"东伯雪鹰笑着，只见书房门被推开。

东伯青石兴奋地走进来："哥，你不是说给我礼物吗，什么礼物啊？哇，宗叔、铜叔，你们怎么都变样了？你们身上穿的内甲似乎很不凡啊！这靴子怎么也换了，我都没见过啊？"

"我这次出去有了大收获，所以给他们都买了些礼物。"东伯雪鹰笑道，"我也给你买了些礼物。"

他说完一挥手，旁边出现了一件件宝物，都是天阶极品法师器具。

"这件衣袍内有一个完整的冰水护甲法术模型，是寒冰铠甲、水之涟漪这两种法术结合形成的简化护体法术，有刚有柔，可瞬间激发，有流星级法师施展的防护法术的五成威力。"东伯雪鹰得意地一一介绍，"这个手环内有小型冰霜领域法术模型，有流星级法术的三成威力，这戒指……"

东伯青石既震惊又激动。

他终于明白哥哥这次为什么会送孔悠月法杖和法师衣袍了，毕竟过去几年都没送过她礼物，这是因为哥哥这次收获非常大。宗叔和铜叔身上的炼金宝物的价格加起来超过孔悠月的礼物总价很多，而他的这些礼物就更贵重了。每一件都是天阶极品法师器具，过去他想都不敢想。

第 53 章

东伯雪鹰，称号级？

"这是最后一件，也是最重要的一件法师器具。"东伯雪鹰拿起一枚吊坠，打开盖子，里面是透明的球体，"它能够储存法力，最多能储存相当于一名天阶法师的全部法力。你的法力终究太少，使用这些法师器具会很吃力，平时多储存点法力，关键时刻能调用，能够多施展些法术。"

"嗯。"东伯青石连连点头。

哥哥为他想得太周到了。

"可这些终究是外力，"东伯雪鹰嘱咐，"自身的强大才最重要。"

这些器具看似繁多，可真正厉害的骑士，就算是流星级骑士也能威胁东伯青石的性命，这些法师器具最多可以对付流星级以下者。当然也有瞬发的优势，勉强可以和流星级骑士斗一斗。

"哥，我明白的，这些器具已经很厉害了，老师都没有这么多法师器具呢。"东伯青石连忙说道。

"这储物戒指是我刚得到的，空间很大，价值难以估算，千万不可暴露。"东伯雪鹰拿出一枚黑色戒指，这戒指乍一看好像是用一根铁丝围成的一个指环，"你好歹是一名正式法师，记得将这戒指的模样稍微伪装一番，防止被认出。"

虽然从外表看，这戒指没什么特别之处，可东伯雪鹰还是很谨慎。

须知小空间的储物戒指就价值数万金币，而这种大空间的储物戒指一般价值近百万金币。这种层次的储物戒指一般在称号级存在手里，连一些贵族、商人都没能耐守住这等贵重之物。甚至很多称号级存在的储物戒指的空间都没这么大。

东伯青石用法力轻易炼化了储物戒指，顿时瞪大眼睛："空间好大！"

炼制出一件储物宝物是非常难的。一些很小的空间，能通过一些特殊的炼金方法得到。而一些大的空间，则必须请在空间方面很擅长的超凡大法师亲自出手切割。对于有些超凡强者而言，切割空间或许不算什么，可还要空间稳定，并且固定在储物宝物内是很难的，所以大空间的储物宝物都极为昂贵。

东伯青石是法师，当然明白这样一枚储物戒指有多珍贵。

"哥，你怎么得到的？"东伯青石连忙问道，"这太……太……"

"哈哈，我说了，我这次在外面有很大的收获。"东伯雪鹰笑道，"你多看看储物戒指内的法术卷轴。那些法术卷轴我和宗叔、铜叔都没法用，都给你了。那些法术卷轴加起来的价值颇为惊人，你要——研究，这些可都是你的保命之物。"

法术卷轴更了不得。

法师扔出一个法术卷轴，再用法力一引导，轰，一个强大的法术就爆发了。当然，这法术卷轴也就消耗了。法术卷轴是非常有市场的，法师们在关键时刻来不及念咒语慢慢去施展强大的法术，那么瞬间使用法术卷轴就能保命了。这些都是那壮汉活这么久所得的一些战利品，东伯雪鹰则将这些全部留给了自己的弟弟。

"大哥，这些法术卷轴太珍贵了。"东伯青石仅仅略一感应就发现这些法术卷轴不凡，有些应该是五阶法术卷轴，至于有没有六阶法术卷轴，他需要研究一下。

"我有些怕。"东伯青石有些担心。

这么多宝贝，让他心惊胆战。

"怕什么怕？"东伯雪鹰摇头道，"你按照威力大小将法术卷轴分类一下，不到关键时刻别使用这些法术卷轴。若到了生死时刻，可以使用这些法术卷轴，毕竟保命才是最重要的。"

"哦。"东伯青石点头。

"记得将戒指伪装下，法术卷轴随身带着，你只要不说，我和宗叔、铜叔也不会泄露，那么就没人知道。"东伯雪鹰说道，"记住，别对外泄露，即便对姬容也别说。"

在雪石城堡内，东伯雪鹰绝对信任的只有眼前这三人，宗叔和铜叔无须多说，他们和他的父母有生死交情，待他宛如亲人。弟弟和他的感情就更不用说了，只是弟弟太年轻，就怕弟弟不知轻重在外面乱说，所以东伯雪鹰才郑重嘱咐弟弟。

"哥，你放心吧，我知道的，谁都不说。"东伯青石连忙说道。

"哈哈，别紧张，就只是一点外物罢了，自身实力才是根本。"东伯雪鹰笑着，这些外物他从来不太在意。

东伯青石的心情却很复杂。

之前姬容对他说了哥哥一堆坏话，可现在哥哥送给他的礼物极为贵重，老师白源之辛苦那么多年所得都不及他的一成吧？

"哥，"东伯青石走近，直接抱住东伯雪鹰，"我想抱你一会儿。"

"你这小子。"东伯雪鹰被弟弟抱住，不由得一愣，随即轻轻地摸了摸弟弟的脑袋。

小时候，弟弟经常抱自己，睡觉时都喜欢抱着自己。只是弟弟渐渐长大了，已经好久没有这么抱过自己了。

"嗯，好了。"东伯青石抬头，咧嘴一笑，"哥，我回去了，我会好好研究那些法术卷轴的。"说完，他转身飞奔离去。

东伯雪鹰看着敞开的书房门，眉头却微微皱了起来。

"我们也走了。雪鹰，你早点睡觉吧。"铜三说道。

"先关上门，我有事要说。"东伯雪鹰郑重地道。

宗凌随手把门关上。

二人都看向东伯雪鹰。

"我感觉青石今天不太一样。"东伯雪鹰沉声道，"他虽然装作很自然的样子，可我是看着他长大的，他小子眼睛眨一下我就能猜出他的想法，他瞒不了我。他最后还抱了我一下，我更感觉有点不对劲了。"

"哦？"宗凌、铜三有些疑惑。

东伯雪鹰思索片刻，又道："他这个年纪，又一直在山上修炼，几乎没什么烦恼，恐怕也就一些感情问题。而且吃晚饭的时候还一切都好，他送姬容回去后再来我这里就情绪不对了，恐怕和姬容有关。"

"宗叔，"东伯雪鹰缓缓说道，"我马上写一封信，你派人把信送到仪水城龙山楼给司安大人，请他帮忙查一查姬容的底细。她从小到大的事情、她的亲戚关系等，关于她的所有情报都给我查清楚。我必须弄清楚姬容到底是什么样的人！"

就算没有今天弟弟情绪不对这事，他也会查清楚姬容的底细。

姬容来历不明，东伯雪鹰怎么放心弟弟和她交往，乃至将来生活在一起？

"好，我待会儿就派人去送信。"宗凌点头，随即一笑，"雪鹰，你拥有了称号级实力，这事怎么不告诉青石？"

"对啊，雪鹰，你都快去接青铜级任务了，为什么还要隐瞒这事？"铜三道。

东伯雪鹰轻轻摇头："青石这小子经历太少、太单纯，他如果知道我有称号级实力，恐怕尾巴都要翘到天上去了，甚至有可能变成一个纨绔子弟，这是我不想看到的。他在修炼法术上还是不够认真刻苦，连悠月都突破到地阶了，他依旧只是人阶法师。"

"要求别太高嘛，他还年轻。"宗凌笑道。

"我在他这个年纪就去毁灭山脉猎杀阴影豹和银月狼王了。"东伯雪鹰摇头，"我回头还是得找白源之大法师谈谈，让他给青石一点压力，不能任由青石每天无所事事。青石在法术上的天赋比母亲要高得多，从小精神力就极强，可实力在白源之大法师的一群弟子中却普普通通，连修炼天赋远不如他的悠月修为都比他高。"

东伯雪鹰如今已经是称号级强者，站在凡人顶尖的阶层，他的目标仍是成为超凡强者，可最让他放心不下的还是弟弟。

第二天清晨。

仪水城，龙山楼。

"楼主，这是东伯雪鹰派人送来的亲笔信。"游图将一封信放在长桌上。

司安大人坐在那里，抬头问道："是东伯雪鹰的亲笔信？这么早就送来了？"

"是昨晚连夜送来的。"游图说道。

"什么事这么急，东伯雪鹰竟然派人连夜送信过来？你怎么不早点告诉我？"司安大人立即拿起信看起来。

游图笑道："我看了下，不是什么大事，是东伯雪鹰请楼主帮忙调查一下他弟弟女朋友姬容的底细，昨天太晚了，我就没打扰楼主。"

"以后东伯雪鹰的事必须第一时间告诉我。"司安大人郑重地道。

"呃……好，我知道了。"游图觉得有些怪异。这种琐事楼主都要第一时间知道，堂堂龙山楼的楼主就这么卑微？

"对了，他还派人附上了一千金币的金票。"游图道。

"东伯雪鹰做事还真是够意思。"司安大人笑了。

强者们请龙山楼帮忙是很正常的，不过若非公务，一般都需要付劳务费。东伯雪鹰委托龙山楼调查一个人的底细就拿出了一千金币，算是很大手笔了。

"姬容？"司安大人立即吩咐，"你立马安排人启动最高级别的调查，查清楚有关姬容的一切情报，包括她的父母、亲朋好友，还有她出生到现在的一切。全部给我查清楚，尽快！"

"最高级别的调查？"游图大惊。

龙山楼本来就负责监视天下，情报网天下第一，可这种小事竟然要启动最高级别的调查，未免太小题大做了吧。

"对，去吧。"司安大人吩咐。

"是！"游图只能应命，立即去安排。

司安大人坐在那儿，拿起旁边的一份卷宗看着。

"司安，盯紧东伯雪鹰，关注他的一切动向。此人疑似称号级强者！"

这是郡城那边发来的命令，还附有一些详细的情报。

"东伯雪鹰是称号级强者？真的假的？"司安大人忍不住嘀咕，他得到这个消息有一天了，依旧震惊。

可郡城那边是有足够的证据的。比如东伯雪鹰在郡城内购物就花费了五十多万金币，这还不算什么，关键是在卢家城堡内的一战。因为牵涉到魔神使者，所以龙山楼的人检查得非常仔细，他们发现了插入巨石深处的短矛。当初龙山楼派出的五大高手中，使用短矛的就东伯雪鹰一个。十五岁时，东伯雪鹰就用短矛剿灭了弯刀盟大量盗匪。此外，龙山楼的人还发现了深深嵌在巨石中的弧形飞镖，每枚弧形飞镖都是炼金大师炼制的，价值一千金币，连银月级骑士也没这么奢侈吧。并且，他们根据短矛、飞镖刺入巨石的深度判断，称号级强者才能做到这个程度。

即便是爆炸，也不会让短矛、飞镖刺入巨石那么深。此外，据那场爆炸的威力判断，银月级骑士必死无疑，可东伯雪鹰毫发无损，连余靖秋都活下来了。

还有其他种种蛛丝马迹，比如一些崩塌的巨石上残留的战斗痕迹，根据这些能判断这里发生过一场称号级强者的对战，并且另一方死了，活下来的则是年轻的东伯雪鹰。因此，东伯雪鹰很可能得到了巨额财富，才能在郡城内随意就花费五十多万金币。

　　"他这么年轻就是称号级强者？如果是真的，那就太可怕了。"司安大人嘀咕。

　　整个安阳行省龙山楼总楼的人都在重点关注东伯雪鹰！

第54章
天人合一

东伯雪鹰设宴款待了司家那位年轻的法师司尘。

两人见过面后，东伯雪鹰暗自赞叹。

"这么年轻就能成为流星级法师，司尘果真不凡，和司柏荣完全不一样。也对，司家在青河郡兴盛数百年，族人多得很，良莠不齐，有司柏荣那种纨绔子弟，自然也有司尘这种真正的精英。

"骑士在跨入称号级前，更重视身体天赋。身体天赋好的，再加上资源和好的斗气法门，修炼起来就能一帆风顺，直接达到银月级骑士的层次。所以在银月级骑士中，中看不中用的有不少。

"法师则不同，需要剖析天地自然，对智力、知识的要求极高，任何一个厉害的法师都不能小瞧啊。"

东伯雪鹰见过的法师没有一个蠢货，个个聪慧精明。骑士则不一样，勇敢者有之，莽撞者有之，愚蠢者也有。

"不过想跨入称号级，不管是骑士还是法师都很难。"东伯雪鹰微微点头。

跨入称号级太难了，一个年轻的银月级骑士不被重视，因为这取决于身体天赋。可要成为称号级骑士，对心灵的要求太高了。成为枪法大师多年，东伯雪鹰至今没能达到天人合一的境界。他只是仗着有太古血脉才有称号级实力，由此可见，达到天人合一的境界是何等难！

任何一个称号级强者，不管是骑士还是法师，个个都了不起，心灵修为都极高。或是英雄，或是枭雄，或是魔头，个个不凡。

只有这样的人才有希望成为超凡强者！到时候，他们将不再是凡俗，连神灵都忌惮他们。

时间一天天过去，东伯雪鹰没急着去接任务，因为他隐隐感到心灵的变化到了关键时刻。

"痛快！痛快！"

在练武场练了一会儿枪法，活动了下筋骨，东伯雪鹰感到全身舒坦，当即纵身一跃。

嗖！他瞬间便蹿到了旁边城堡主楼的屋顶。

城堡主楼占地面积颇大，屋顶很宽广，是用巨大的岩石建造的。

东伯雪鹰随意地坐在一层阶梯上，倚靠着背后的巨石，遥看远处。这里是城堡最高的地方，他一眼看去，远处的城堡城墙都很低，完全阻碍不了景色，周围的其他山峰都在他的视线内。

那座法师楼也清晰可见。山下有一些农田、平民们生活的村落。

轰轰轰——

山下还有一条巨大的长河，那正是整个青河郡名字的由来——青河！

青河连绵上万里，是青河郡的母亲河，寻常处都有千米宽。

虽然从高处俯瞰，可东伯雪鹰依旧能听到河水滔滔。

"真美！"东伯雪鹰脸上浮现出笑容。

城堡，山峰，山下星星般点缀的无数村落，还有那仿佛丝带的青河，一切如梦如幻。

东伯雪鹰从小就喜欢这么俯瞰整个领地，真的好美！这是他的家，他很喜欢他的家！

他随手一翻，拿出了一壶酒，饮了一口，酒很辣，烫在心头。平常他最多喝些茶水果酒，只有心情极好或者心情极不好的时候才会喝一点白酒，显然他现在心情就极好。

灭了魔神使者，让他对自身有了更清晰的定位。

他救父母有望了！

弟弟如今也长大了，这让他心情极为轻松。至于一些琐事，他是懒得管的。在绝对的力量面前，谁胆敢来雪鹰领蹦跶，他就直接消灭！

呼，吸……

渐渐地，东伯雪鹰呼吸放缓，心跳开始放缓，血液流速减慢。

他的心越来越平静，对周围的感应越来越清晰。城堡内一些仆人走动的声音，远处一些士兵的谈笑声，他都能隐隐听到。

山顶的风很大，吹在身上好舒服。

有花香。

有草的香味。

"天地自然，真美！"东伯雪鹰欣喜地感受着这一切。

嗡！他忽然感应到天地猛然颤动，或者说，不是天地颤动，而是他的心在动。仿佛小鸡破了蛋壳而出，仿佛小草破开泥土而出。

东伯雪鹰一瞬间感觉自己的心灵终于冲破了禁锢，和天地融为一体。他原本就觉得天地自然极美，可都是隔着一层薄纱在观看、感受天地，此时心灵突破这层薄纱，完全和天地融合，感觉就截然不同了。

风在吹，他仿佛成了风，各种微风相互追逐，或混合在一起，或纷乱散开。

还有更细微的力量，火的力量、水的力量、大地的力量、风的力量、雷电的力量、光的力量、黑暗的力量……各种各样源自整个世界的最基本的力量，他无比清晰地感受到了。这才是真正的天地之力！

法师们需要通过法力构造和法术模型引导天地之力才能施展出法术，可达到天人合一的境界后，他却能直接掌控天地之力！这是本质的区别！所以在称号级存在面前，称号级以下强者都无法引导一丝天地之力，厉害的法术自然就施展不出来。

"好舒服！"东伯雪鹰瞬间受到天地之力的滋养。

自出生后，他的心灵第一次受到天地之力的滋养，瞬间开始发生脱胎换骨的变化。这种变化的速度极快，他沉浸在天人合一的境界里还没回味过来，心灵的蜕变就逐渐停滞了，可此刻他心灵的力量比过去强大十倍乃至百倍了。

受到天地之力的滋养，心灵变得强大，这才有了踏入超凡境界的希望。

"天人合一！"东伯雪鹰心念一动。

轰！其中的火焰力量瞬间涌入他的体内，直接冲刷他的肉身，无须斗气法门引导，比平常有引导的速度不知道快了多少倍。

东伯雪鹰原本提升速度很缓慢的身体在汲取了如此强大的火焰力量后，立即变强，这种变强的幅度他能清晰地感受到。

"难怪没觉醒太古血脉的骑士必须达到天人合一的境界后，借助天地之力才能完成积累，让斗气发生质变，跨入称号级。"东伯雪鹰心中欢喜。

此刻，他的身体仍在汲取外界的力量，连体内的斗气也在汲取。化为液态的斗气在不断地汲取外界力量的情况下，越来越浓郁。

一盏茶的时间后，他体内的丹田气海有些疼，显然无法再汲取外界的力量了。

半个时辰后，即便是他那觉醒了太古血脉的身体一时间也承受不了，无法再吸收外界力量了。人无法一口吃成一个胖子，显然天地之力供应无限，一次性就把他的丹田气海、身体都撑满了。他的身体也需要一个自然蜕变的过程。

"按照这种情况来看，估计斗气半个月内就能跨入银月级骑士的层次。"东伯雪鹰开心得很，"我的身体力量每天都在成长，怕是只要两个月的时间，身体力量就能再次翻倍！"

达到天人合一的境界后，东伯雪鹰的身体将不断地提升，直至达到超凡之下，他体内的太古血脉的真正极限。

那是一种非常恐怖的力量！

"天人合一！我终于达到天人合一的境界了！"东伯雪鹰站在屋顶，看着广阔天空，看着苍茫大地，看着远处奔腾的青河，不由得豪气冲天，"我将来完全有希望跨入超凡境界！超凡强者，飞天遁地，和神灵们坐下喝酒，消灭恶魔……"

了解过龙山榜上的三千名称号级强者，东伯雪鹰就明白，自己在二十二岁时就达到天人合一的境界，是何等厉害。

他的心灵成长速度如此快，有一百多年的时间可以找出属于自己的路，从而跨入超凡境界！

呼——

东伯雪鹰释放心灵和天地合一，周围一切无比清晰，甚至连外城堡的一些士兵的一举一动都能感应得清清楚楚。

他立即感应其他地方，感应到了孔悠月，她此刻正在自己小院的屋内和一名少年交谈。

"咦，悠月的弟弟来了?！"东伯雪鹰有些惊诧。

第 55 章
斩断烦恼丝

"悠月真是，她弟弟来了，她都不和我说一声，看来今天要加菜了。"东伯雪鹰忽然眉头一动。

达到天人合一的境界后，就算是远处苍蝇扇动翅膀的声音他都听得清清楚楚。孔悠月和她弟弟孔昊的对话，他自然也听得无比清楚。

……

孔悠月的屋内。

"父亲让你来找我就为了这事？"孔悠月轻声说道。

"对。"孔昊连忙说道，"父亲说，司家在青河郡的地位极高。军官、郡守、各地城主，乃至一些凶悍的盗匪、富裕的大商会，以及藏于暗中的帮派，一切明里暗里的势力，全部臣服于司家！司家堪称青河郡的天！司家说谁有罪，谁就有罪！没罪也有罪。而司尘是司家的天之骄子，十八岁时就成为流星级法师了，很受司家老祖的疼爱，将来一旦成为银月级法师，地位将更高。"

"父亲还说，他不苛求你一定要嫁给东伯雪鹰了，如果你能嫁给司尘就更好了。他说我们孔家若能和司家攀上关系，就能一步登天了。"孔昊又道。

孔昊随即撇撇嘴："不过姐，我觉得父亲太现实了，我反正是支持你的。其实你不用管父亲的话，他也就这么一说，毕竟就算你想要嫁给那位司尘少爷也不是一定能成功的！"

"哼！"孔悠月轻轻嗤笑一声，"父亲本来就是这样的人！"

"唉，父亲严令我接近东伯雪鹰，这些年我也一直在想办法接近东伯雪鹰。"

孔悠月轻轻叹息，"我已经很努力了，他也和我比较亲近了，可他依旧没有公开说我是他的女友！"

"他不喜欢你？"孔昊连忙问道。

"也不是，他一直专注修炼枪法，除了我和城堡内的一些女仆，他几乎没和其他年轻女孩说过什么话。"孔悠月说道，"东伯雪鹰外冷内热，再这样下去的话，时间一长，以他的性子，将来应该会娶我的。"

"可和他在一起真的很无趣。"孔悠月摇头，"他自己恐怕还没感觉到，他一点都不懂得哄人，甚至不如法师楼里的那些男弟子懂得哄人，没一点情趣。"

"姐，你不喜欢东伯雪鹰？"孔昊大惊。

"我刚来这里时还挺崇拜他的，可后来跟随老师学法术，了解到天地广阔后，就觉得他一般般了，他就是一个练枪快入魔的武疯子罢了。"

城堡主楼的屋顶。

孔悠月的眼神、脸上的表情，东伯雪鹰都感应得无比清晰。孔悠月说他是武疯子时嘴角的一丝不屑，他都清晰地感应到了。

东伯雪鹰的脸色有些苍白。

他的确没有多么喜欢孔悠月，对她没有炽热的情感，甚至没打算挑明双方的关系，毕竟他将来去执行青铜级任务很可能丢掉性命。可毕竟相处了六年，人不是冷血动物，终究会产生些许情感。当听到孔悠月的话后，东伯雪鹰不敢相信。

"她竟然是这种人！"东伯雪鹰心头仿佛被巨石压着，很难受。

他竟然被欺骗了，可笑的是，他还以为孔悠月一直倾心于自己。可事实上，她根本就没有真正喜欢过自己。也对！自己没情趣，总是专注修炼枪法，根本不懂得哄人……

"可她为什么一直骗我？"东伯雪鹰心头仿佛有一团火焰在燃烧。

六年来看似纯朴的感情，即便算不上爱情，也算友情吧。可竟然都是假的，原来她一直在伪装！

"她竟然是这样的人！"

原本东伯雪鹰觉得孔悠月挺乖巧懂事的，现在却觉得她……恶心！

他的朋友本就不多，孔悠月算是他的好友，可她竟然一直在伪装、欺骗，甚至骨子里认为他只是一个武疯子。

"我为什么这么生气？有什么好生气的？我从来没有多么喜欢她，多么动心。"东伯雪鹰自嘲一笑。

可再怎么劝慰自己，想到六年的情感都是假的，他很不舒服。

……

孔悠月笑道："相比起来，这位司尘少爷要聪慧得多，他虽然也有点傻，可至少有哄人的心思。"

"司尘在追你？"孔昊瞪大眼睛。

"嗯。"孔悠月轻轻点头。

孔悠月的确有吸引人的资本，长相颇美，性格乖巧，加上从小见惯了人间冷暖，对人心的把握极为准确。在她多日不着痕迹的引导下，司尘渐渐注意到了她，开始追她，只是她一直保持距离，吊着司尘。

"你喜欢司尘？"孔昊又问道。

孔悠月迟疑了下，说道："有点吧。"

她怎么可能那么轻易就喜欢上一个男人，不过她的确觉得司尘是比东伯雪鹰更好的猎物！司尘更年轻、更帅气，最重要的是，司尘更有背景、有前途！相比而言，东伯雪鹰就是个榆木疙瘩，没一点情趣，而且对她没太多心思，太无趣了。

"姐，你准备怎么办？"孔昊好奇地问道。

"我还没完全决定，顺其自然吧。"孔悠月说道。

其实她已经做了决定。只是在弟弟面前，她觉得有些事得隐瞒，否则让弟弟觉得她这个姐姐太无情、太狠辣，就不好了。

东伯雪鹰走在城堡内的石板路上，全身散发着冰冷的气息。那些仆人都不敢靠近，他们都感觉到领主大人似乎心情不好。

很快，东伯雪鹰走到了孔悠月的小院外。

砰！他的手按在院门上，瞬间震断门闩，直接推门而入。

"谁啊？"孔悠月的声音依旧那般温和。

孔悠月和孔昊从屋内走出，他们俩都看到了院中站着的东伯雪鹰。

"雪鹰哥哥！"孔悠月欢喜地喊道。

可东伯雪鹰站在那儿，周围气息仿佛凝固了，一股压抑的气氛弥漫开来，让孔悠月和孔昊都身体一颤。

"真没想到你是这样的人。"东伯雪鹰的声音有些沙哑，"我的确不懂情趣，是一个只知道修炼枪法的武疯子。"

孔昊瞪大眼睛。

孔悠月心中一惊。

他怎么知道了？

"不懂情趣""武疯子"是她说的，这说明东伯雪鹰知道了他们姐弟俩之前的对话，她再怎么掩饰都没用了。

"雪鹰哥哥，对不起，这都是父亲逼我这么做的。"孔悠月连忙说道，"我也不想的。"

东伯雪鹰只是冷冷地看着她。

他清楚地记得孔悠月说他是武疯子时的不屑，她在和他相处的时候从来没暴露过这种表情，可在天人合一的境界下他切切实实看到了。此刻她再怎么伪装，他都不会信。

被东伯雪鹰盯着，孔悠月感到一股无形的压迫力，有些心慌。

她很聪明、懂人心，所以任何时候她都懂得该怎么应对，可此刻她被东伯雪鹰盯得都紧张了。

她不知道，这其实是心灵力量的一种压迫！

达到天人合一的境界后，东伯雪鹰的心灵力量何等强大！被他这样盯着，这压迫感不亚于被上万人同时盯着。

"我走，现在就走。"孔悠月不再解释，转身就去屋内收拾行李。

东伯雪鹰默默地站在院子内，片刻后就看到孔悠月和孔昊各自拎着一个箱子迅速走出了院子。

"悠月小姐。"

城门处的士兵们客气地打招呼。

孔悠月勉强笑了笑，带着弟弟出了城堡，朝法师楼走去。

"他怎么发现的，竟然还知道我和弟弟的谈话内容？"孔悠月回头看着雪石城堡，她明白自己以后恐怕很难进入这座城堡了，"我还没能让司尘对我死心塌地，就和东伯雪鹰闹翻了，太不值了。再等一段时间，等司尘这边妥当了就好了。"

"算了算了，既然事情已经发生，我后悔也无用。哼，一个武疯子而已，有什么好骄傲的！他也就在仪水城这个小地方有点名气罢了，在司家面前他又算得了什么！不过，我也值了，从他这里得到了法杖和法师衣袍。"孔悠月暗暗想着。

……

"孔悠月竟然是这种人，我看人的眼光的确很一般啊。"东伯雪鹰飞到城堡主楼的屋顶，俯瞰着广阔的雪鹰领，"我接触的人还是太少了，竟然被她骗了这么久。算了，这也算是一种历练吧。"

他本就是枪法大师，而且他之所以能够达到天人合一的境界，是因为枪法境界足够高后，逐渐参悟了天地。

他的心性犹如长枪般锋利，快刀斩乱麻！

既然这女人怀有欺骗之心，那就将她赶出雪石城堡，再也没有什么纠葛。

"她是她，我是我。或许像父母那样，在共同经历生死后产生爱情，能够互托生死的人才更适合我。"东伯雪鹰忽然笑了，仰头喝着酒。

心灵修炼到他这种境界，一份普通情感说斩断就斩断，不算什么。

"嗯，我已经达到天人合一的境界，用哪种方式跨入超凡境界更适合我呢？"

东伯雪鹰开始思索将来跨入超凡境界的路，成为超凡强者才是他的追求！

玄冰枪法之血雨

雪石城堡练武场。

呼呼呼……

东伯雪鹰挥舞飞雪枪时，自然产生了片片雪花。

周围飘舞的雪花中隐隐有丝线。

一袭黑衣的东伯雪鹰正尽情地施展着枪法，此刻的枪法和玄冰枪法之飘雪截然不同。他施展飘雪枪法时，仿佛有一朵朵枪花绽放，而此刻他每一枪刺出后收回的幅度相对较小，旋转力道却更大，并且有大量天地之力汇聚于枪尖。

强大的旋转力道、大量天地之力被引动，长枪刚收回就接连刺出第二枪，两个化作幻影的枪尖之间隐约能看到移动轨迹形成的一道丝线。

无数枪影宛如细雨飘洒，连成丝线。

正是玄冰枪法第二层——血雨！

"这一招几乎将天地之力利用到极致，达到了匪夷所思的地步。我竭尽一切，利用天地之力让自己的枪法更快。"东伯雪鹰惊叹。

创造这枪法的谷元寒前辈在枪法速度上的追求的确到了让人惊叹的境界。东伯雪鹰虽然也达到了天人合一的境界，可单单学会这一招就足足花费了六天时间。

如果让他自己创造，对身体力量、枪法内部劲力的运转、天地之力的运转借用都要求太高，怕是不太可能创造得出来。

当然，寒冰骑士谷元寒是在实力达到超凡强者中的极高层次，决定把自己的枪法传给后人时，才专门整理出了这套枪法。

"学会玄冰枪法之血雨，我的枪法速度更快了，如果现在遇到其他魔神使者，要消灭对方可就轻松多了。"东伯雪鹰露出笑容。

足够快的枪法会让敌人防守时非常吃力，甚至难以避免地露出破绽，自己就能趁机将其击杀！

"雪鹰，"从练武场外走进来一人，正是宗凌。宗凌感叹道，"你的枪法早就达到圆满地步，你还每天练枪法，真是让我惭愧，看来我也得加把力气多练。"

"越是练枪法，越是会感觉自己渺小。"东伯雪鹰抬头看天，"天地自然，玄妙无限！我们不过是凡人，我练枪法久了之后，甚至偶尔会产生一丝迷茫，我的枪法奥妙比天地自然奥妙差太远，简直不值一提。"

"哈哈，好了，什么天地自然，你说的我们都感受不到，我们岂不是更可怜？"宗凌打趣道。

东伯雪鹰也笑了。

他是达到天人合一的境界后才更加清晰地感受到天地自然的奥妙，他的心灵能和风一起飞翔，能和火焰一起升腾，能和大地一起感受厚重，能和水一起流动……正因为他越清晰地感受，就越懂得天地自然的神秘浩瀚，心中生出敬畏。

比如他的枪法，防御时隐隐有水流的奥妙，可心灵和水完全融合在一起，感受着水自然流淌，他却发现自己的枪法是何等简陋！简直就像是小孩涂鸦和现实自然景象的差距。

当然，没达到天人合一的境界时，他的感受没有这么强烈。

"宗叔，"东伯雪鹰好奇地问道，"我今天怎么没看到青石？青石怎么连中午吃饭都没回来？"

"听士兵说，青石和他的女朋友一早就带着一些士兵下山，去仪水城游玩去了。"宗凌的六条手臂持着六柄弯刀，开始简单地施展刀法热身了，"年轻人啊，真好！"

"哦！"东伯雪鹰点点头。

东伯青石和他的女朋友关系很好，去仪水城游玩也是几天就有一次，倒也不奇怪。

夕阳西下。

一队士兵在道路旁守候着，旁边有一对年轻人悠闲地散步，欣赏美丽的花草。

正是东伯青石和姬容。

"这小花真漂亮！在我们那儿，也就夏天能看到一点花草，平常大多数时候冷得很，甚至大雪覆盖。"姬容摘下一朵小黄花插在自己的头发上，转头看向东伯青石，笑容绚烂，"漂亮吗？"

"漂亮！整个仪水城都没有这么漂亮的大美女呢。"东伯青石也笑道。

虽然前些日子他们俩有一些不愉快，不过自那以后，姬容没再提起那些事，他们俩的关系渐渐恢复如初。这次一起来仪水城游玩，二人的心情都是极好的。

"你嘴巴真甜！"姬容打趣道，"当初我咋没看出来你嘴巴这么甜呢！不过说到美女，悠月姐姐可比我漂亮呢！对了，我发现悠月姐姐这些天都没去过城堡，她和你哥哥之间是不是出了什么问题？"

"嗯。"东伯青石点头，"我也发现悠月姐最近都没去城堡，我问过哥哥，哥哥让我别多问，还说悠月姐以后都不会回城堡，让我和她保持距离。"

"看来他们分手了。"姬容道。

"或许吧。"东伯青石笑道，"其实我哥和悠月姐从来没开始过。"

姬容笑着。她有些得意、有些畅快。在白源之门下的这群女弟子中，她虽然容貌气质极佳，可总是被孔悠月压一头。其实单单论容貌，她很漂亮，眼睛更是吸引人，只是个子稍微矮了点，可身材比例很好，小巧玲珑。相对而言，孔悠月窈窕高挑，加上她对每一个人都很好，许多弟子都很喜欢她，再加上她和东伯雪鹰关系较为密切，自然成了女弟子中的领头人物。

嗒嗒嗒！

旁边道路上响起了沉重的马蹄声。

一支身穿暗红色铠甲的骑兵队伍正在疾速前进。领头的是一名穿着华美白衣的三角眼青年，他看向左右，一副意气风发的模样。

"赵哥，这仪水城真是个偏僻的小地方啊，比我们郡城差得多，不过那城主送来的两个小美女倒是颇为不错。"三角眼青年嘿嘿笑道。

他身旁的一名冷酷的灰袍骑士说道："少爷，你玩也玩够了，等去了军队后就得乖乖守规矩。在其他地方，大人罩得住你，可是军队里容不得你胡来。"

"放心，放心，进了军队，我肯定不胡来。"三角眼青年说道。

忽然他眼睛一亮，看到远处和东伯青石在一起的姬容，不由得有些心动："赵哥，快看，挺漂亮的小姑娘啊，真有味道。"

姬容年仅十八岁，略带一丝青涩，却已经颇显身材了。她身为女法师，气质不是一般女子能比的，头上戴着一朵小野花，尤显娇媚，让三角眼青年看得心痒痒的。女法师本就很少，漂亮的女法师更少，自然受一些豪门贵族子弟追捧。

"嘿，姑娘。"三角眼青年大喊一声，胯下的踏雪马驹立即走出了官道，朝那边靠了过去，他笑嘻嘻地道，"哥哥带你去玩玩好不好？你旁边的傻小子太年轻，不懂得哄美女，哥哥会好好待你。"

"哼！"

东伯青石和姬容脸色微微一变。

旁边的雪鹰领士兵们更是个个大怒，甚至有大部分人将背上的破星弩拿在了手里。

"你是谁？"东伯青石冷冷地喝道，至少在仪水城还没谁敢挑衅他。

"少爷。"灰袍骑士一眼就认出了这些士兵的铠甲上的标识，连忙骑马靠近三角眼青年，压低声音道，"这是仪水城雪鹰领的人，雪鹰领的领主东伯雪鹰十五岁那年就去毁灭山脉杀了银月狼王，现在应该是一名银月级骑士！我们离军团不远了，还是别惹麻烦了。"

"雪鹰领，东伯雪鹰？"三角眼青年眉头一皱。

如果是在青河郡郡城，他哪里会在乎一个东伯雪鹰？他的家族在青河郡有极大势力，虽然处处得听司家的话，可好歹是颇为强大的家族，他根本瞧不上偏僻小城的家族。可他此次只带了一支护卫队出来，护卫队的首领只是流星级骑士，面对雪鹰领的人还是有些扛不住。

三角眼青年心中已经打退堂鼓了，不过他丝毫不愿弱了气势，嗤笑一声："我是谁，哼，你们这等偏僻小地方的人还没资格知道！"

"你给我听清楚，"东伯青石旁边的姬容有些恼怒，"他可是雪鹰领的东伯青石！他哥哥是雪鹰领领主东伯雪鹰！你竟然敢调戏我……青石，你怎么一点反应都没有，任他调戏我？"

"向她认错！"东伯青石当即怒喝，"否则你休想走出仪水城！"

"哟，你够厉害的啊！"三角眼青年嚣张惯了，此刻顿时火气上来了，他眼中寒光闪烁，"一个偏僻之地的小家族的人，竟敢在我面前嚣张，真是不自量力！给我上，男的全部杀了，那个小美女给我带走！"

他心一横，决定解决这些人后再去军队，等那东伯雪鹰知道此事已经晚了。

"是！"

他身后那群早就习惯了杀戮的士兵立即应命。

"你敢！"东伯青石大惊，他只是让对方认个错，对方竟然要杀人？

"上！"

灰袍骑士眉头微皱，但还是瞬间跃下马背，身上出现了一层青色护体斗气，疾速杀了过去。

流星级骑士？

看到这一幕，雪鹰领一方的士兵们吓了一跳。他们手中的破星弩倒是能威胁到流星级骑士，可一般需要上百把破星弩围攻，否则的话，他们都很难瞄准，毕竟流星级骑士的速度极快。

"快散开，攻击那个白衣男子。"

雪鹰领一方的士兵们作战经验丰富，一个个迅速分散开来。

"杀！"

对面身穿暗红色铠甲的士兵们冲了过来。

三角眼青年一翻手，手中出现一面盾牌，挡在了身前。他有盾牌，又躲得远远的，根本不怕对方的破星弩。他看着东伯青石冷笑："小子，竟敢跟我嚣张，找死！"

"啊！"流星级骑士对付普通士兵简直轻而易举，瞬间就有一名试图攻击的雪鹰领士兵被一刀斩杀。

此时，更多的身穿暗红色铠甲的士兵直接杀向东伯青石。

东伯青石第一次遇到这场面，不禁心慌，他的法师器具的法术根本无法同时击溃这么多人，特别是其中还有一名流星级骑士。

他手一翻，手中出现了一个法术卷轴，正是东伯雪鹰给他的大堆法术卷轴中的一个，是一个五阶法术卷轴。

第57章

来历？

"不好！"灰袍骑士看到东伯青石扔出法术卷轴，莫名地恐惧。

东伯青石却盯着他，显然这强大的法术最主要的目标是他。

轰——

只见天地间陡然出现了一道道巨大的青色雷霆，青色雷霆直接劈向大地。

足足八道青色雷霆同时劈在灰袍骑士身上，而灰袍骑士根本无法闪躲。轰的一声，他的整个身体瞬间化作焦炭。

强大的五阶雷电法术，若是让一名银月级大法师施展，念咒语都需要耗费不少时间，威力之大不可思议。

"不！"远处躲在最后面持着盾牌的三角眼青年惊恐地瞪大眼睛，"我——"

"轰！"他也被青色雷霆击中，瞬间丧命。

他的实力太弱，根本扛不住。

这些巨大的青色雷霆劈下，仿佛一棵棵大树，一共有九十九道，乃五阶法术——雷电森林！

以东伯青石的实力，他只能勉强让青色雷霆集中劈向那名流星级骑士。至于其他青色雷霆，他就没法精确地引导了，只能竭力让那些青色雷霆劈向其他方向，尽量不伤到雪鹰领的士兵。可是，竟然刚好有一道青色雷霆劈在三角眼青年的身上，算那三角眼青年倒霉。

"啊啊啊啊！"

好些身穿暗红色铠甲的士兵被五阶雷电法术波及，瞬间毙命。

雪鹰领的士兵们原本就分散开来了，他们人数相对较少，东伯青石又操纵青色雷霆尽量避开他们，所以一个都没被青色雷霆劈中。

"快逃！"

"快，快逃！"

侥幸逃过一劫的二十多名身穿暗红色铠甲的士兵惊恐地大喊，他们骑着马朝远处飞奔。

嗖！嗖！嗖！

雪鹰领的士兵立即用破星弩追击。

"没事吧？"东伯青石连忙拉着姬容的手问道。

"我……我……"姬容被吓坏了，"差一点，差一点就完了，幸好你有厉害的法术卷轴。"

"这是我哥给我的保命之物。"东伯青石没细说，因为东伯雪鹰严令过他不得将此事泄露出去，今天他是被逼得没办法了才用法术卷轴。

很快，追击的雪鹰领士兵就退回来了。

"青石少爷，逃跑的士兵比较多，破星弩装弩箭又麻烦，对方逃走了十六个。"领头的士兵队长连忙说道。

"将这里收拾一下，我们回雪石城堡。"东伯青石有些不安，连忙说道。

傍晚时分。

城堡门口，得到仆人传信的东伯雪鹰、宗凌、铜三聚集在这儿，吊桥缓缓放下。

城门外就是东伯青石一行人，他们还带了些尸体回来。

"我先回法师楼了。"姬容低声说道。

"嗯。"东伯青石点点头。

城门开了。

东伯青石走到东伯雪鹰面前，低着头："哥。"

"你先回去歇息，我们晚上慢慢说。"东伯雪鹰没有责怪，他看得出弟弟此刻有些慌乱。

东伯青石轻轻点头，立即进入城堡了。

"你跟我来。"东伯雪鹰看了士兵队长一眼。

士兵队长立即恭敬地跟上去。

一行人走在城堡内。

"怎么回事？"东伯雪鹰问道。

旁边的宗凌、铜三听着。

"禀领主大人，今天我们和往常一样护送青石少爷和姬容姑娘去仪水城游玩……"这位吴队长将整个过程细细说了一遍，说完后叹息一声，"幸好青石少爷施展出法术，否则我们就不止两个兄弟殒命了。"

那名灰袍骑士速度太快，在遭到青色雷霆袭击前，他已杀了两名雪鹰领士兵。

东伯雪鹰点点头："死去的两名士兵，抚恤金翻倍！他们的家眷城堡会继续养着，其他士兵每人给十个银币。"

"多谢领主大人。"吴队长感激地道。

"你认得那个白衣男子吗？"东伯雪鹰又问道。

"不认识。听他的口气，他不是我们仪水城的人。"吴队长说道。

东伯雪鹰皱眉。

这就有点麻烦了。他弟弟杀了一位贵族子弟，这事情说大不大，说小也不小。从帝国法律角度来说，对方攻击在先，弟弟反击，属于正当防卫。可对方如果只是一名普通贵族也就罢了，就怕对方来自某个大家族，那么事情就不会这么轻易地了结了。

"雪鹰，对方不是仪水城的人，我们要查出对方的身份可就麻烦了。青河郡太大了，贵族那么多，谁知道他是哪一个。"宗凌也有些烦恼。

"有他们的尸体吗？"东伯雪鹰问道。

"有，我们带回来了，不过那个白衣男子的身体被雷霆给轰得灰飞烟灭了，那名流星级骑士的尸体倒是在，可因为被好些雷霆同时轰击，都成焦炭了，看不出容貌。"吴队长说道。

"有活口吗？"东伯雪鹰问道。

"当时兄弟们很愤怒，出手都没留情。那些人被破星弩射中，瞬间毙命，两个重伤的也被兄弟们给解决了。"吴队长无奈地道，"没有一个活口。"

东伯雪鹰的眉宇间有一丝愁意。

这么看来，想要查出对方的身份的确有些麻烦。管他呢！若对方来明的，他弟弟这次算是反击，自然不惧；若对方来阴的，就算是整个青河郡最强大的司良红，乃至那位极可怕的项庞云前来，他一概不惧，而且他觉得那个白衣男子的来历应该不会太特殊。

"查！"东伯雪鹰吩咐道，"从对方的遗物查，看能不能找出些蛛丝马迹，查出他们的身份。"

"我这就去安排。"宗凌说道，他心思缜密，做事妥当，"三个时辰足够了。"

"如果查不出，那就只能请龙山楼的人去查了。"东伯雪鹰说道。

驻扎在青河郡内的第三军团，就在毁灭山脉的边缘地带。

青河郡各地的城卫军等地方性的军队，都受到司家的掌控。可在毁灭山脉周围驻扎的军队直属于龙山帝国，乃帝国军队，更加强大、神秘。司家也只能凭借关系网稍微影响一下在自己地盘上的帝国军队，却无法掌管。而且，帝国军队的背景太大了，当帝国军队大规模地进入毁灭山脉时，更有超凡强者坐镇！

第三军团，一间颇为宽敞的屋内。

"二老爷。"

"少爷死了。"

一群士兵狼狈地站着。

坐在上位的是一名独眼军官，独眼军官脸色阴沉，咬牙切齿地道："少爷竟然死了?! 你们这些废物！我大哥一定会发疯的，一定会！快告诉我，到底是谁干的？少爷怎么会死？"

"是是是！"

士兵们连忙叙说事情的经过。

独眼军官听着，脸上的肌肉都在抽搐。

他能在第三军团的后勤部门当主管，多亏他大哥花费了大量金钱，还动用了人脉。青河郡的人都说他大哥是司家的一条忠犬，他大哥性子乖张，经常做出疯狂的事情。

而那位死去的少爷——崔琥，便是他大哥的独子！

"雪鹰领领主东伯雪鹰的弟弟，东伯青石？"独眼军官目露凶光，"他好大的胆子，竟敢杀我崔家的人！他一定得死！他哥哥也得死！整个雪鹰领的人都要为我侄儿陪葬！"

这些士兵原本只知道对方是雪鹰领的，还是当时姬容大声喊出东伯青石的名字，还说他是东伯雪鹰的弟弟，他们才知道对方的身份。

"我必须尽快将此事告诉大哥。"独眼军官没有迟疑，当即起身，通过帝国军队的传信系统将消息传到青河郡郡城。

他可是第三军团后勤部门的主负责人，和家里联系这种小事可以轻松搞定。

距离第三军团十余里的一座高山上。

一头通体雪白、四蹄却黑黑的、隐隐有黑暗气息环绕、颇为可爱的小狼正遥望第三军团驻地。这小狼看起来也就几个月大，还很稚嫩，可它眼中充满悲凉、忧伤以及无尽的恨意。它出生不久，它的母亲就被人类猎杀了。而就在刚才，它的父亲被那些士兵抓住，被带到那个驻地去了。它一路悄然跟踪到此，却不敢再跟了，因为前面就是人类的军队驻地。

"孩子。"一道温和的声音响起。

那些黑暗气息汇聚，很快就凝聚成一名黑袍白发的老者，他的眼中满是慈爱："你是不是很恨人类？"

小狼看着老者，感到亲切，它发出了低吼声。

恨。

当然恨！

"你的父母只是普通的魔兽，可你拥有非凡的力量，不过，你需要完全掌控住这样的力量，将来才有机会向人类复仇。"老者手一伸，手中出现了一根奇异的白骨权杖，"我给你这个机会。"

嗡——

一道红色流光从白骨权杖中飞出，笼罩在小狼的身上。

小狼的身体开始发生变化，渐渐地，它直立起来，身上的毛隐去，四肢化作胳膊和腿，变成人类模样。

　　仅仅片刻，一个五六岁的人类孩童站在这里。

　　"这是你的人类之躯，是真正的人类之躯，人类是发现不了丝毫破绽的。"老者说道，"记住！你只有真正融入人类世界，将来才能更好地向他们复仇。走吧，进入人类世界之前，你要追随我十年，你可以称我为父亲！"

　　"是！父、亲！"孩童说话有些结巴，可咬字十分清楚。

　　"你真是不凡，刚变成人形就能说话。"老者露出一丝笑容，"走！"

　　顿时一片黑暗笼罩了老者和孩童。

　　紧跟着，他们便凭空消失了。

第 58 章
血刃酒馆

夜，青河郡郡城内的一座豪奢府邸。

许多蛮横的护卫在府邸周围巡逻，府邸内也有一队队护卫在巡逻，戒备森严。

这座府邸的主人崔金鹏是青河郡地下世界的老大，各种黑暗、肮脏的事情都是他一手在操控，他还是司家的一条"忠犬"。

许多人想要取代他的位置，成为地下世界的老大，所以经常发生争斗。

呼！呼！

府邸内的仆人呼吸声很轻，他们都压抑着，实在忍不住了，才缓缓呼吸一次。许多人的后背渗出了冷汗，因为今夜他们的主人已经怒杀了十二个仆人。

"该死！"

大殿内，身穿金袍的崔金鹏来回踱步，眼中满是怒意。

其他人都退下了，在殿外候命。

"琥儿，琥儿啊。"崔金鹏的心都在颤抖。

他凶残又癫狂。

他出生在贫民窟，他母亲是社会底层人士，他没有父亲。母亲根本不在乎他的死活，他从小就像野狗一样，一步步往上爬，在这黑暗世界中爬到了极高的位置，更得到了青河郡的那位无冕之皇司良红的赏识。

在黑暗中行走无尽岁月，他堪称无恶不作，而他最宠爱的是他的独子。他儿子想要美女，他就亲自安排人直接抓美女来送给儿子。因为对儿子太过宠溺，他又不擅长教导，导致儿子越来越跋扈。他庇护不住了，这才决定将儿子送到军队里好好磨炼磨炼，没想到……

他的儿子竟然死了！

"琥儿，我的琥儿啊，你死了，我该怎么活啊……"崔金鹏泪流满面，这个癫狂的地下暴君此刻无比痛心。

"我要他们死！我要他们给你陪葬！那雪鹰领东伯家族，那个该死的东伯青石，还有他的哥哥东伯雪鹰，还有雪石城堡的其他人，我都要让他们给你陪葬！"崔金鹏眼中有无尽的杀意。

"大哥。"此时，从外面冲进来一人。

这是一个脸上满是毛、身上也都是毛、双眸泛着绿光的兽人男子，看长相显然是狼人族的。

此人便是他们这个帮派的二号人物，也是一名极为强大的银月级骑士。

他大哥被人称为"疯狗"，他则被称为"野狼"。

"大哥，你说一声，我们就杀过去。"这狼人低吼道。

"我们杀过去有把握吗？没有！"崔金鹏面目狰狞，"你没听到消息吗，琥儿和赵老五是遭到法术卷轴的袭击才毙命的！连流星级骑士都扛不住对方的法术，瞬间毙命，那定是五阶法术。那个东伯雪鹰应该是银月级骑士，而我们整个帮派就三名银月级骑士，有把握灭掉他们吗？雪鹰领可是他们的老巢！"

"那怎么办？"狼人急切地问道。

"悬赏！"崔金鹏冷冷地道，"血刃酒馆！"

"血刃酒馆？"狼人大惊。

血刃酒馆是一个古老的势力，它的历史和整个位面世界差不多。在那里发布悬赏任务，赏金由血刃酒馆定，且血刃酒馆拿走八成，剩下的两成才是给杀手的报酬，所以一般要价很高。

"那价格会很高很高的。"狼人忍不住说道。

"我就要他们死，要整个东伯家族灭绝，我可以不惜一切代价。"崔金鹏咬牙切齿地道，"这个消息是二弟通过帝国军队传送过来的，我必须抓紧时间行动，一旦那东伯雪鹰查出死的是我的儿子，他说不定会先下手为强。"

"嗯。"狼人点头。

他们常年混迹地下世界，很清楚先下手为强的道理。

"传令，不得泄露我儿子的死讯。将知道消息的那些下人全部关起来。"崔金鹏冷冷地道，"等整个东伯家族的人全部死绝，再放了他们！我现在就出发前往血刃酒馆！"

既然决定动手，就不能给对方一点还手之力。

夜，血刃酒馆。

这是一座颇为热闹的酒馆，许多冒险者和一些刀口舔血的人都混迹于此，就算是豪门贵族也不敢在这儿放肆。因为这里的人都是把脑袋系在裤腰带上过日子的，哪里会顾忌他人的身份？一旦下了杀手，这些人恐怕就立即逃了。很多杀手都在各地流浪，很难查出身份。

"上楼。"

酒馆有一个侧门，只有那些直接发布任务、接任务的才能上去。

裹着黑袍的崔金鹏出示了一块血刃令。须知不是谁都有资格发任务、接任务的，要么有血刃令，要么有龙山楼发出的黑铁令、青铜令之类的信物，这都是能证明实力、身份的。

酒馆二楼。

这里安静得很，虽然只有几个人，但是个个都隐藏了身份或者戴着面具，显然杀手几乎都不愿意暴露身份。像青河郡第一强者项庞云那般张扬的还是极少的，项庞云毕竟实力强大，他如果愿意建立家族，恐怕青河郡司家的地位都会被撼动。

"我要悬赏。"崔金鹏进入屋子后坐下，他对面坐着一名紫袍女子。

"请说。"紫袍女子微笑道。

"我要灭了仪水城雪鹰领的东伯家族，我要毁了整个雪石城堡！特别是东伯青石、东伯雪鹰两兄弟，必须死！"崔金鹏怒气冲冲。

"可以，请稍等，我们这边需要计算一下赏金。"紫袍女子说道。

这种任务不算什么！就算是杀超凡强者，血刃酒馆也照样接。只要悬赏的人出得起足够的价！

"哼！"崔金鹏强忍着怒气等待着，他眼中满是杀意，他想要尽快铲除整个东伯家族给他儿子报仇。

这时候，紫袍女子看了一下手中的晶球，晶球上面浮现出一些文字。

紫袍女子轻轻点头，随即道："要灭了仪水城的东伯家族，需要三百万金币！"

"三百万金币？"崔金鹏猛地站起来，"悬赏金额怎么这么高？那东伯雪鹰只是银月级骑士，灭掉他的家族竟然要三百万金币？你们血刃酒馆就算收八成，剩下的两成足足有六十万金币，灭掉东伯家族需要这么多金币？什么杀手啊，需要这样高的价？"

血刃酒馆定价非常严格。虽然龙山楼把关于东伯雪鹰的情报定为机密，可血刃酒馆还是搜集到了关于东伯雪鹰的情报——十五岁就斩杀银月狼王和阴影豹！东伯雪鹰杀阴影豹一事虽然是机密，但是他暗中卖掉了阴影豹的尸体，血刃酒馆这种大势力还是能够查到的。并且，东伯雪鹰前些日子花费了五十多万金币，这么大的花销，手头若没有几百万金币怎么敢这么做？

血刃酒馆认为，东伯雪鹰有可能是称号级强者，所以定了这个悬赏金额，如果百分百确认，悬赏金额还要翻倍！

"这……这……"崔金鹏简直不敢相信。

这悬赏金额未免太高了，一般称号级强者家族的财产恐怕也就两三百万金币，也就是说，一般的称号级强者倾家荡产都付不起。崔金鹏虽然是地下世界的首领，可他上面还有司家，他这么多年来也就勉强攒了一百万金币。

"我们血刃酒馆的定价是没得商量的，你付不起，就请出去。"紫袍女子淡然地说道。

第59章
风魔

崔金鹏脸色难看。

在血刃酒馆面前，没有人能够摆谱！即便那位统一天下、建立龙山帝国的开国皇帝也是如此。开国皇帝还是一位神灵，却极为维护血刃酒馆、大地神殿的超高地位。可是，崔金鹏真拿不出三百万金币啊！

难道他不报仇了？

可他死也不甘心啊！

"我、我更改任务内容！"崔金鹏咬牙道，"其他人就算了，我只要凶手东伯青石的命！"

"凶手？"紫袍女子眉毛一挑，看了崔金鹏一眼。不过按照血刃酒馆的规矩，她不会追问，不会泄露消息。

"对，凶手。"崔金鹏相信血刃酒馆的信誉，继续道，"我要凶手死！凶手名叫东伯青石。告诉我，击杀东伯青石这名法师需要多少金币。对了，必须尽快动手，我担心那东伯雪鹰查出真相，到时候恐怕会生出很多波折。"

"请相信我们血刃酒馆的办事效率。"紫袍女子微笑道，"请稍等，很快悬赏金额就会出来了。"

紫袍女子看了看桌子上的晶球。

"一天内击杀东伯青石，需要一百万金币！"紫袍女子说道。

"一百万金币？他只是一名人阶法师，连地阶法师都不是啊！"崔金鹏瞪大眼睛，"血刃酒馆只需派一个厉害点的刺客潜入雪石城堡刺杀他，很简单的。"

"如今雪石城堡一定戒备森严，那东伯青石恐怕会待在城堡里，短时间内不会出去。"紫袍女子说道，"如果你给一年时间，杀手完成这个任务大概只需十万金币。可你想要杀手在一天内完成，我们还需传达任务给杀手，杀手则要做好准备后赶过去，时间太短了，而且杀手恐怕还要面对雪石城堡其他人的阻拦。"

崔金鹏咬牙。

血刃酒馆定的悬赏金额是没法变的。要么发布悬赏任务，要么滚蛋。

"好！"崔金鹏面目狰狞，"赶紧动手，尽快解决。"

"交钱。"紫袍女子看着他。

崔金鹏虽然极心疼钱，可丧子之痛早就让他失去理智，他不惜一切代价也要东伯青石的命。

他当即拿出一大沓金票，刚好价值一百万金币。他过去没事时就喜欢拿出来翻一翻数一数，心里无比爽快，这几乎是他在地下世界闯荡这么多年的所有积蓄啊。

"交易愉快。"紫袍女子微笑道，"我们会立即安排合适的杀手去执行任务！"

"嗯。"崔金鹏点头，眼中满是恨意。

他仿佛看到了东伯青石死亡的情景，心中很是痛快。他非常信任血刃酒馆的实力！血刃酒馆接下任务后一般都会完成，除非遇到极为特殊的情况。比如明明下达的任务是杀一名称号级强者，可杀手动手时才发现对象是一名超凡强者。这种情况下，血刃酒馆会暂时撤销任务，并且要求加价且不会退款。

血刃酒馆就这规矩，接受不了就别来。

实际上，血刃酒馆已经很有口碑了。

当夜。

血刃酒馆以自己的隐秘消息渠道迅速通知了在青河郡内的三位强大的杀手。任务很急，杀手们必须在一个时辰内做出回应，如果都不接任务，那么血刃酒馆会立即通知其他郡的一些强大的杀手。

因为这一任务中有东伯雪鹰这个障碍（东伯雪鹰有可能是称号级强者），所以收到任务的都是拥有称号级战力的杀手！

因为无须杀东伯雪鹰，所以悬赏金额是一百万金币。如果要杀东伯雪鹰，整个青河郡只有一个杀手有资格接任务，那就是项庞云！他是青河郡最强大的存在，他拥有绝对碾压式的力量，可以一个照面就灭杀普通的称号级强者。

他的强大让人战栗。

就连转化成了血妖之躯、活了数百年的司良红这个老妖婆，在龙山榜上的排名都在项庞云之后。龙山榜定排名可是非常准确的。

很快，接下任务的杀手已经确定。

那是一个极为厉害的刺客，代号"风魔"。

一座宽敞的院落内，此刻灯火通明，五人聚在一起谈论着。

"大哥，我带老三他们去就行了。"身穿银灰色软甲、胸口有诡异的青铜护心镜、半边脸被银灰色面具遮住的精瘦男子坐在一旁，连忙劝说道，"这种刺杀的小任务太简单了，虽然情报上说那个东伯雪鹰有可能是称号级强者，可他才二十二岁。二十二岁的称号级强者，怎么可能？"

"就算他真的是称号级强者，他也奈何不了我。"精瘦男子咧嘴笑道，"大哥就不必出面了。"

这男子便是风魔！

一个拥有称号级战力的可怕刺客！

"对啊，大哥，而且还有我们三个帮忙。"一名白发法师也劝说道。作为银月级法师，他极为骄傲，可在大哥面前根本骄傲不起来。

坐在主位的是一名穿着暗红色袍子的壮汉。他的袍子宽松，微微露出部分胸膛，他个子也就一米九左右，虽然算精壮，却远远无法和东伯雪鹰遇到过的那魔神使者相比，那魔神使者简直有着怪物般的身体。可论威压，这壮汉比那魔神使者强多了。

他身上的煞气很重。那些煞气正是他一次次杀戮积累而成的！杀手们一般都会隐藏身份，可他丝毫不在乎公开身份。因为他接的都是血刃酒馆的任务，所以谁也无法从明面上找他的麻烦。

风魔也是颇厉害的杀手，可在自己大哥面前大气都不敢出，乖巧得很。

"司良红那老妖婆躲起来了，我想要找她比试比试，她都不肯出来。我都有些日子没活动筋骨了，心痒得很，这次跟你去瞧一瞧。如果任务很简单，你们就自行解决，如果那个东伯雪鹰真的是称号级强者，那我就有得玩了。"坐在主位的壮汉随意地笑着，双眸泛红，这正是他的修炼斗气法门所致。

他便是青河郡的第一强者，也是最可怕的杀手——项庞云！

"好吧，好吧，既然大哥要去，那就去呗！这个任务其实很简单，估计轮不到大哥出手。"风魔打趣道。

"既然说定了，我们明天一早就前往仪水城雪鹰领。"项庞云直接起身下令。

"是！"

风魔等四人接连应道。

第 60 章

威胁

第二天清晨。

一艘三十多米长的黑色炼金飞舟升空，飞入云雾中，而后疾速朝仪水城飞去。

飞舟上，除了专门驾驭飞舟的两名仆人外，只有项庞云等五人。

项庞云随意地坐在飞舟的甲板上，看着周围缥缈的云雾，甚至透过云雾看到下面的苍茫大地。

"东伯雪鹰，二十二岁？"项庞云嘴角有一丝诡异的笑意，"如果他真是称号级强者，如此年轻的称号级强者简直是难得一见的奇才啊。"

……

雪鹰领，雪石山之巅，雪石城堡外靠近悬崖处，一袭黑衣的黑发青年独自站在那里俯瞰着，让士兵们感觉到了淡淡的威压。

平常东伯雪鹰会刻意收敛，只是此刻他心情并不好，自然而然散发出的一丝气息就让寻常人感到压迫了。

嗒！嗒！嗒！

马蹄飞奔，三名骑士正从山道上飞驰而来。

"来了。"东伯雪鹰看向他们。

三名骑士也看到了在城堡外等着他们的东伯雪鹰。为首的骑士连忙一跃而下，将马交给同伴，就飞奔向东伯雪鹰。

"领主大人。"骑士恭敬地行礼。

"司安大人有消息了？"东伯雪鹰问道。

"司安大人说了，整个仪水城没听说有哪个贵族少爷突然死了，他已经将消息上禀青河郡郡城的龙山楼，相信三天内会有结果。"骑士恭敬地道。

　　东伯雪鹰皱眉。还真和自己预料的一样，司安大人毕竟只负责仪水城内的事务，自己之前深夜派人去送消息，请司安大人以最快速度查探，自己的手下则留在那里随时等候消息，结果司安大人没有查出来，还是得上禀！

　　"三天时间。"东伯雪鹰暗暗道，"希望别出什么波折。哼，不管是谁，休想伤到石头。"

　　父母被抓走后，他一直照顾着弟弟，看着弟弟长大成人，兄弟之情极深。当初为了让弟弟成功拜师，他毫不犹豫就进入了毁灭山脉。

　　他过去不太懂，为什么有些人可以为他人奋不顾身，甚至牺牲自己的性命。后来他一直陪伴着弟弟，听着弟弟屁颠屁颠地跟在自己身后喊哥哥，看着弟弟抱着自己大腿撒娇，看着弟弟在自己面前乖乖听训……

　　他终于明白，当感情足够深时，便可以超越生死！

　　他对弟弟就是如此。

　　"领主大人，这是司安大人给领主大人的。"一名骑士从怀里取出一份卷宗，恭敬地递过去。

　　东伯雪鹰接过卷宗就朝城堡内走去。

　　城门口的士兵见状，都恭敬行礼。

　　"传我命令，三天内，禁止青石出城堡一步！"东伯雪鹰吩咐道。

　　"是，领主！"

　　所有士兵恭敬应命。

　　至于三天后他是否放弟弟出来，还要看这次的麻烦有没有解决。

　　行走在城堡内，东伯雪鹰翻看着手中的卷宗。

　　"嗯？"东伯雪鹰皱眉，"这是关于姬容的情报？"

　　之前他请龙山楼的人调查姬容的底细，这次那位贵族少爷的身份还没查出来，司安大人却将有关姬容的情报先送来了。

　　"哦……"东伯雪鹰看着卷宗。

"姬容的父亲姬五海年轻时努力奋斗，打拼二十年，终于为家族攒下一份大家业，之后他娶妻生了个女儿，女儿就是姬容！姬容很小的时候还过着富足的生活，后来掌管家族的大伯翻脸，将姬容一家人给逐出门去。姬容跟着父母狼狈地寄居在母亲的娘家——晏家。

"在晏家，他们被歧视，姬容的童年过得颇为凄惨，她父亲更是整日借酒消愁。有一年，姬五海醒悟，出去打拼，仅仅一年就获得巨额财富，回到仪水城后，他们家的生活迅速变好。而晏家、姬容大伯掌控的姬家很快就破败了。"

"嗯？"东伯雪鹰翻看着，卷宗描述得非常详细。

"经仔细调查，我们发现了一些蛛丝马迹，怀疑姬五海是魔神信徒，他的妻子和女儿也有可能是魔神信徒。不过，确切证据还需查证。"

东伯雪鹰看到这一条，不由得瞳孔一缩。

魔神信徒？

龙山楼在追查魔神方面一直不遗余力，如果查实了姬容一家人是魔神信徒，恐怕就直接动手剿灭他们了。其实在这之前，龙山楼根本没发现姬五海有问题，还是这次因为东伯雪鹰请其帮忙调查姬容，才启动最高级别的调查。龙山楼经过无比仔细的调查，顿时发现了一些问题。不过如今只是怀疑，并无足够的证据。

"嗯？"东伯雪鹰仔细看着卷宗，发现卷宗后面还记载了许多事实，这都是龙山楼推断的依据。

"就算不是魔神信徒，这姬五海也是一个极凶残的伪善之辈。"

东伯雪鹰暗暗吃惊。

姬五海当年吃过大亏，被自己亲哥哥扫地出门，还被妻子娘家的人瞧不起。可他之后东山再起，对自己大哥和妻子娘家报复极狠，行事极为隐秘，甚至龙山楼之前都没有得到丝毫消息，还是此次仔细调查才发现的。

"一个小乞丐仅仅冲撞了姬容，就被姬容命仆人给打死了？"

这是龙山楼查探到的一些信息，证明不但姬五海是凶残之人，连他的妻女都有凶残的一面，只是他们平常都伪装得很好。

"不行！这种女人不能再和青石在一起。"东伯雪鹰当即做出了决定。

姬容是个心机深、善于伪装，且骨子里颇为凶残的女人，和她相比，他的弟弟太稚嫩、太单纯，恐怕被她卖掉还会给她数钱。

下午时分。

东伯雪鹰坐在城堡主楼的屋顶，他的心灵和天地完全融合为一，感受着天地自然的奥妙。

"嗯？"

东伯雪鹰忽然睁开眼睛，遥遥看向外城堡城门的方向。

"是姬姑娘！"

"快请进！"

士兵们没有阻拦，让姬容进入了城堡。

姬容笑得很甜，缓步进入城堡，她心底则有些疑惑。平常东伯青石早就去找她了，怎么今天一直没去找她？是因为上次和那贵族少爷的冲突？她决定来探望一下，让东伯青石感受到自己对他的关心。

"姬容。"一袭黑衣的东伯雪鹰站在走廊上。

姬容一怔，随即脆声唤道："雪鹰大哥。"

"你还记得六年前惨死的小乞丐吗？"东伯雪鹰冷冷地道。

姬容心中一颤。

他怎么知道？知道这事的人极少啊。

"雪鹰大哥。"姬容抬头看向东伯雪鹰，一看到东伯雪鹰那冷厉的眼神，就感到心慌。

达到天人合一境界的强者，心灵力量何等强？她被此等强者盯上，仿佛小蝼蚁被巨龙盯上。这是生命层次本能的恐惧。

姬容不由得更加惊慌。

"我不会管你的事，但是你最好离开我弟弟。"东伯雪鹰说道，"我给你三天时间处理好这一切，我相信你能很好地了结和我弟弟的这一段感情。"

"你最好乖乖地听我的话，你若是敢违背我的话，那我绝对不会放过你。"东伯雪鹰冷冷地道。

心灵力量的压迫，东伯雪鹰的威胁，甚至东伯雪鹰说出了她过去做的隐秘的坏事，这都让她感到惊慌。

东伯青石的确是个单纯的家伙，可他的哥哥东伯雪鹰智力超群，实力又极强。

显然她若不答应，东伯雪鹰不会放过她！

要知道东伯雪鹰人称枪魔，十五岁的时候就凭一杆长枪灭了整个弯刀盟啊！

（本册完）

更多精彩尽在《雪鹰领主 新版2》！